래빗
빗
인
더
홀

김나현 소설

래
빗
인
더
홀

자음과모음

차례

안의 세계

1

색연필을 쥐고 있던 손이 저려왔다. 한참을 집중하고 있는데 초인종이 울렸다. 택배 올 것이 있나 기억을 더듬어보았지만, 최근에는 아무것도 주문하지 않았다. 선물이거나 잘못 배송된 물건이라고 생각했다.

인터폰 화면으로 바깥을 보았을 때, 하마터면 소리를 지를 뻔했다. 현관문을 열자 백 과장이 서 있었다. 턱 언저리가 거뭇한 짧은 수염으로 덮여 있었다. 옷깃을 세운 연보라색 셔츠는 볼썽사납게 구겨져 있었다.

"안녕."

백 과장이 인사를 했다. '안녕'이라니. 그의 얼굴을 보자 여러 생각이 뒤섞였다. 백 과장은 현관으로 성큼 걸어 들어왔다. 그는 내 손에 들려 있던 두꺼운 독일제 색연필을 흘긋 보았다.

"어떻게 되신 거예요?"

문을 닫아걸고 그를 따라갔다.

"들어가도 돼?"

이미 들어와놓고 무슨 소리인가. 백 과장의 뻔뻔함에 짜증이 났다. 한때는 그가 고된 사회생활을 견디기 위해 뻔뻔함으로 자신을 위장한 것이라 믿고 싶었다. 당연하게도 그 믿음은 오래가지 않았다.

"뭐…… 하고 있었네."

백 과장이 바닥에 널브러진 종잇장을 내려다보았다. 회사에서 가져온 이면지였다. 그 위에 아몬드 모양의 눈이 수십 개 그려져 있었다. 종이 뭉치 속에는 백 과장이 그린 것도 섞여 있었다. 혹시라도 백 과장이 알아차릴까 싶어 종이들을 침대 밑으로 쓸어 넣었다.

"과장님, 도대체 어떻게 되신 거예요?"

"아, 아, 많이들 놀랐지?"

백 과장은 그렇게 말하고, 셔츠의 주름진 부분을 탈탈 털었다. 그렇게 하면 주름이 펴지기라도 할 것처럼 거칠게 털어냈다. 주름은 그대로였고 먼지만 날렸다. 백 과장의 말마따나 갑자기 그가 사라져 많이들 놀라기는 했지만, 내심 홀가분하게 여기고 있었다.

백 과장의 빈자리는 금방 채워졌다. 처음부터 그의 자리가 공백에 가까웠다는 사실만 새삼 확인했다. 그가 사무실에서 하는 일이라고는 딸깍딸깍 손톱을 깎고, 전자 결재 창을 열어 대충 서류를 검토한 후 승인 버튼을 누르는 일뿐이었으니까. 굳이 말하자면 그는 일에 대한 번복 지시가 없어 편한 상사였다. 그런 상사였기 때문에 실수에 대한 책임을 부하 직원에게 온전히 떠넘기는 것도 자연스러웠다.

그러거나 말거나 계약직으로 결재 서류에 이름을 올리지 못하는 나에게 그런 건 별 상관없는 일이었다. 그보다 버거웠던 일은, 그의 애매한 요구였다. 거절하자니 조금 치사한 기분이 드는 요구였다. 거의 매일이었다. 그는 자신을 집 앞까지 데려다달라고 했다.

부탁을 해온 건 석 달 전이었다. 그의 집으로 향하는 골목에서 납치 사건이 일어났는데, 납치된 사람이 딱 자기만 한 크기의 남자라고 했다. 그러니까 키가 180센티미터에 가깝고 몸무게가 90킬로그램이 넘는 거구라는 뜻이었다. 신문 기사 한 조각 찾아볼 수 없는 그 사건을 믿을 수 없었지만, 그와 도보로 오 분 거리에 산다는 이유로 나는 팀 내에서 떠밀리듯 그의 귀가 도우미가 되어 있었다.

*

"배가 좀 고픈데."

백 과장은 스스럼없이 부엌을 기웃거렸다. 싱크대 선반을 열어 마른미역 한 봉지를 꺼냈다.

"미역국은 어때?"

백 과장이 수저통에서 가위를 찾아 미역을 잘랐다. 싱크대 선반에서 바가지를 꺼내 물을 받았다. 오랫동안 이 집에서 살아온 사람 같았다.

"지금 밥하시는 거예요?"

불쑥 찾아와 남의 집에서 밥을 하겠다는 사람이 정상인가. 하지만 납치 사건 운운하며 집에 데려다달라는 백 과장이라면 이해 못 할 것도 아니었다.

"계란 있어?"

냉장고를 열어 계란 세 알을 그에게 건네주었다. 백 과장은 계란을 흐르는 물에 씻고 오목한 그릇에 풀었다.

"내가 계란말이를 기막히게 하는데, 안 먹어봤지?"

당연히 먹어본 적 없었다. 대답을 하는 것도 우스운 일 같아서 잠자코 입을 닫고 있었다.

"나도 알아. 이상하다는 거. 그래도 너무 배가 고프잖아. 어딜 가려 해도 밥은 먹고 가야지."

"어디를요? 회사 진짜 안 나오세요?"

"나 없어도 잘만 굴러가잖아."

나는 할 말을 찾지 못했다.

"우유 있어?"

냉장고 선반에서 우유를 찾아주었다. 백 과장은 우유갑에

새겨진 유통기한 따위 눈길조차 주지 않고 뚜껑을 열어, 풀어놓은 계란에 조금 부었다.

말한 대로 그는 계란말이를 잘했다. 기름을 두른 팬에 계란물을 한 번에 쏟더니 숟가락 두 개를 사용해 돌돌 말았다. 접은 자리가 티 나지 않게 덜 익은 상태에서 말고 또 말았다. 그렇게 하나로 뭉쳐진 통통한 계란말이가 완성되었다. 백 과장은 그것을 먼저 먹으라고 내어놓은 후 미역국을 끓였다. 불린 미역을 솥에 넣고 마늘과 참기름을 넣고 볶다가 물을 붓고 끓였다.

"햇반은 좀 이따가 데우자. 그 정도는 네가 해."

요리하는 백 과장을 가만히 지켜보다가 네, 하고 건성으로 대답했다.

"요리는 좀 하고 살아?"

"거의 안 해요."

"그런 거 같네."

고소한 냄새가 집 안에 퍼졌다. 보글보글 미역국 끓는 소리가 컸다. 문득 내 집이 너무 좁다는 생각이 들었다. 침대 모서리에 앉아 주방에 서 있는 그의 등을 가만히 쏘아보고 있으니, 슬슬 허기가 들기 시작했다.

2

그날은 월요일이었다. 아침부터 부슬부슬 비가 왔다. 적당한 비가 기분을 가라앉히고, 평소보다 사람을 차분하게 만들었다. 그래서일까. 출근 시간이 지났는데도, 여태 나타나지 않은 백 과장을 두고 아무도 관심을 갖지 않았다.

"과장님 오늘 휴가야?"

점심시간이 다 되어 이선이 물었다. 백 과장이 아무리 덤벙거려도 말없이 안 나오는 사람은 아니었다. 구글 캘린더에 휴가 일정도 올라오지 않았고, 그가 휴가 신청을 한 적이 없다는 사실도 확인했다. 오전 외근을 마치고 돌아온 부장도 백 과장의 행방을 몰랐다.

"백 과장 무슨 일 있어?"

부장에게 연락을 해보라는 지시를 받은 후에야 백 과장에게 전화를 하고 문자를 남겼다. 퇴근 무렵이 되도록 연락은 오지 않았다. 부장은 혀로 앞니를 차면서 쯧쯧 소리를 크게 냈다.

백 과장의 책상은 부장이 앉은 자리에서 대각선으로 바로 보이는 곳에 위치해 있었다. 부장이 조금만 고개를 돌리면, 백 과장의 모니터가 보였다. 그가 업무 중 모니터 한쪽에 작게 동영상 화면을 띄워놓고 요리 채널을 본다는 것을 사무실 안에서 모르는 사람이 없었다. 이제 그 자리에는, 영상을 보다가 자신도 모르게 키득거리던 백 과장은 사라지고 꺼진 모니터와 업무 파일 몇 개, 볼펜과 무선 충전기만 놓여 있었다. 비어 있는 자리를 보고 있자니 가슴이 조금씩 갑갑해졌다. 백 과장에게 다시 문자를 넣었다.

'과장님, 연락주세요. 다들 기다리고 있어요.'

그로부터 일주일이 지났지만 백 과장은 나타나지 않았다. 경찰들이 사무실을 들락거렸다. 한 사람씩 빈 회의실로 불려 갔다. 경찰은 백 과장이 어떤 사람이었는지 물었다. 나는 그가 대체로 유쾌하고 특별히 걱정이 없어 보였다고 말했다. 어떤 마찰이 있었느냐 질문을 받았을 때는, 직장 상사와 부하 직원 사이 갈등 정도는 다들 있지 않느냐 되물었다. 경찰들은 나와 백 과장이 매일 같이 귀가한 것을 의아하게 여겼다. 이선이 그가 직원들에게 집에 데려다달라는 등 황당한 부탁을 해왔다고, 오히려 내가 피해자라며 변호해주었다. 덕분인지 몰라도 경찰은 더 이상 나를 의심하지 않는 것 같았다.

3

백 과장이 이사를 가게 되었다고 말한 날, 그를 데려다주던 골목길은 유난히 어두웠다. 비구름이 짙게 깔려 있었다. 원룸

촌으로 향하는 길목에 자리한 편의점은 간판 조명이 나가 있었다. 우리는 각자의 우산을 팔에 걸고, 패여 있는 물웅덩이를 피해 걸었다. 백 과장은 약간 들떠 있었다. 이사를 한다더니 결국 아파트 전세 계약을 한다고 말했다.

"더는 안 데려다줘도 돼."

미안하다는 기색도 없이 툭 내뱉어서, 그동안 내가 자발적으로 그의 귀가를 챙겨온 것처럼 들렸다.

"이레 씨도 이 사람 알아두면 좋을 거야."

백 과장은 입고 있던 진남색 재킷 주머니를 뒤져 명함 하나를 꺼냈다. 종이접기라도 한 것인지 쭈글쭈글 뒤틀린 명함이었다.

"어떻게 알고 마음에 쏙 드는 걸 찾아주는지."

그는 부동산 업자가 마음에 들었는지 자랑을 늘어놓았다. 명함 한 면에는 볼드체로 이렇게 적혀 있었다.

원하는 집 보여드립니다! — 방아짐

"집 구할 때 연락해봐."

나쁘지 않은 정보였다. 명함을 가방 안으로 살포시 떨어뜨렸다. 감사하다고 말하면서 그의 옆얼굴을 올려다보았다. 턱에는 면도날에 베인 옅은 상처 자국이 남아 있었다. 그가 면도에 재능이 없다는 것은 사무실 사람들 모두 알고 있었다.

오늘도 베였다고, 면도기를 바꾸거나 얼굴을 바꿔야 한다고, 백 과장은 아침마다 징징거렸다. 직원들은 그 엄살을 묵묵히 들었고 어쩔 수 없이 맞장구를 쳐주기도 했다.

드디어 그가 사는 5층짜리 원룸 건물 앞에 도착했다. 돌아 서려는데 그가 불렀다.

"이레 씨, 돈 좀 있어? 한 오백 정도? 있지? 있을 거야."

그가 답을 정해둔 질문을 던져 뒤통수를 때렸다.

"없어요."

"월급 받았잖아."

백 과장은 어두운 얼굴로 나를 내려다보았다.

"이럴 거야? 겨우 오백 갖고?"

'겨우'라는 단어가 어딘가 잘못 붙어 있는 것 같았다. '겨우' 와 '오백' 그 조합이 납득되지 않았다. 그 순간 새삼 깨달았다. 왜 그를 매일 집까지 데려다줬는지, 돈을 빌려달라는 말에 머 릿속이 짓눌린 채 꼼짝 못 하는지. 정규직 평가에서 과장급 이상의 평가는 필수였다. 나에 대한 그의 평가는 어느 정도 영향력이 있었다.

"이백 정도는 가능할 것 같아요."

여윳돈이 이런 식으로 나갈 줄 몰랐다.

"지금 계좌로 쏴줄래?"

그의 화법은 도통 이해할 수 없었다. 돈을 맡겨놓은 사람 같았다.

집으로 돌아가는 길에 백 과장에게 돈을 보냈다. 통장 잔고
의 앞자리 하나가 신기루처럼 사라졌다. 비가 쏟아질까 올려
다본 하늘은 어느새 구름이 걷히고 있었다. 편의점 간판 조명
은 여전히 들어오지 않고 있었다. 편의점으로 들어가 카스텔
라와 복숭아 향 사이다를 샀다. 간이 의자에 앉아 빵 봉지를
급하게 뜯었다. 의자 앞 통유리에 희미하게 비친, 등이 굽은
한 사람이 보였다. 빵이 아직 입에 들어오지도 않았는데 입부
터 크게 벌리고 있었다. 그건 도대체 누구였을까…… 나에게
는 머리가 멍해질 정도로, 너무나도 단것이 필요했다.

4

7월 들어 가장 더운 날이었다. 저녁에 방아깨를 만나기로
약속했다. 방아깨를 만나야 한다는 생각이 든 건, 집주인이
보증금을 올리겠다고 통보한 날이었다. 통장 잔고와 백 과장
에게 빌려준 돈을 더하면 무리는 없을 액수였지만, 백 과장을
찾을 수 있을 것 같지 않았다.

가능하면 계약을 연장하고 싶었다. 지금 살고 있는 집은 회
사에서 가까웠고, 빵집이나 카페가 많은 거리에 있어서 운치
가 있었다. 더군다나 이제 백 과장도 이사를 갈 테니까…….
생각을 하다 보니 방아깨가 떠올랐다. 가방을 뒤져 명함을 찾

아냈다.

원하는 집 보여드립니다! — 방아짐

볼드체 글씨가 눈에 박히듯 들어왔다.

*

우리가 만난 곳은 어느 동네의 횟집 옆 공터에 들어선 프랜차이즈형 카페였다. 안으로 들어가자 노트북을 앞에 두고 앉은 혼공족들이 카페의 절반을 채우고 있었다. 나머지 절반의 풍경은 어지러웠다. 마주 앉은 사람들은 끊임없이 떠들었다. 부모를 따라온 아이들은 소리를 지르며 뛰어다녔다. 부모들은 아이들을 혼냈다. 높은 천장에 소리들이 반사되어 윙윙 울리고 뒤섞였다. 그 혼란의 중심에 방아짐이 앉아 있었다. 여섯 명이 앉을 수 있는 테이블의 가장자리였다. 이 세상에서 자신에게 주어진 한 조각만을 조심스럽게 차지한 사람 같았다. 동그랗게 움츠린 어깨가 유난히 작아 보였다. 방아짐은 그곳에 앉아 책을 읽고 있었다. 고개를 푹 숙이고 있어서 정수리만 보였다. 따뜻한 주홍색 불빛에 반사되어 반질반질 빛이 나는 가르마에 대고 인사했다.

"안녕하세요."

그러자 방아짐이 책을 덮고 천천히 고개를 들었다.

"안녕하세요."

방아짐은 상냥하고 부드러운 저음으로 인사했다. 목소리는 귓속을 기분 좋게 울렸고, 나를 올려다보는 그녀의 얼굴에는 눈이 없었다. 코와 입은 있는데, 눈썹도 있는데, 눈동자가 있어야 할 자리에 피부만 남은 채 아무것도 없었다. 눈알이 있으리라 짐작되는 부위에 볼록한 윤곽도 없었다. 초면에 눈이 없으시네요, 하고 말할 수 없어서 일단 자리에 앉아 미소를 지었다. 입술 끝이 잘 올라가지 않았다.

"놀라셨죠? 제가 눈이 없어서요."

아니라고는 할 수 없었다. 고개를 가만히 끄덕였다. 그러다가 소리를 들려주지 않으면 그녀가 알아차릴 수 없을까 봐 조금 크게 대답했다.

"좀 놀라긴 했어요."

방아짐이 슬며시 입가에 미소 같은 것을 지었다.

"신기하죠? 혹시 만져보고 싶으세요?"

"아니요. 그런 건 아니에요."

정말로 아니라는 듯 손을 들고 강하게 내저었다.

방아짐은 앞에 놓인 책을 들어 테이블에 올려둔 검은 백팩에 집어넣었다. 눈이 보이는 사람처럼 자연스러웠다.

"걱정하지 마세요. 그저 눈이 없을 뿐이니까요."

방아짐은 부드러운 목소리로 어린아이를 타이르는 듯 말

했다. 그저 눈이 없을 뿐이라니. 그렇게 말하고선 백팩을 오른쪽 어깨에 둘러멨다.

"일단 가시죠. 시간이 얼마 없어요."

카페를 나선 방아짐은 큰 보폭으로 시원하게 걸어갔다. 누구와도 부딪히지 않았다. 공사 중 팻말도 잘 피해 갔다.

"아시겠지만, 집을 볼 때는 집만 보면 낭패예요. 걸어가면서 주변이 어떤지도 살펴야죠. 아까 카페 앞이 정류장이잖아요. 거기서 삼 분 정도 걸어요."

우리는 대로변으로 걸었다. 두 개의 샤브샤브 뷔페가 나란히 붙어 있었고, 등산복 할인 매장과 분식집과 교복 가게와 인테리어 가게가 이어졌다. 원룸 건물로 들어서기 위해 왼쪽으로 돌아선 코너에는 구운 도넛을 파는 가게가 있었고, 그 가게가 들어선 건물 2층에 노래방이 있었다. 일 분 정도 걸어가니 작은 동네 마트가 하나 있었다. 마트를 지나자 길옆으로 우글우글 주름진 무늬가 새겨진 회색 벽이 이어졌다. 그 벽을 따라가자 나란히 서 있는 두 건물이 나왔다.

"파출소는 걸어서 오 분 거리예요. 이쪽은 정류장으로 이어지는 길이라 사람들도 계속 지나다니고요."

우리가 보기로 한 집은 열두 평의 투룸이었다. 주변 환경은 흡족하지 않지만 생활에 큰 불편은 없는 정도였고, 무엇보다 지금 살고 있는 방에 비해 보증금이 절반이었다. 월세도 더 저렴했다.

집 안에 들어서자 진한 탈취제 냄새가 났다. 그 냄새를 없애려고 집주인은 창문을 모조리 열어두었다.

"짐이 남았는데, 곧 가져갈 거예요."

집주인은 자꾸 방아짐의 얼굴을 흘깃거렸다. 눈이 없는 사람을, 나처럼 처음 보는 것 같았다.

은은한 아이보리색 벽지가 마음에 든다고 하자, 방아짐은 대꾸하지 않고 집 안만 둘러봤다. 그러다가 거실 벽에 걸린 달력을 가만히 보았다. 여자는 공손하게 두 손을 맞잡고 방아짐 옆에 서 있었다. 방아짐은 말없이 달력을 벽에서 떼어냈다. 달력을 떼어낸 자리는 눈에 띄게 하얗고 깨끗했다. 달력이 걸려 있던 자리만 제외하고 벽지 전체가 누르스름하게 변색되어 있었다.

집주인은 방아짐의 손에 들린 달력을 가만히 가져와 벽에 도로 걸었다.

"여기 살던 사람이 담배를 좀 피웠어요. 벽지는 다시 해드릴 수 있어요."

잠시 후 우리는 어색한 인사를 나누고 도망치듯 그곳을 나왔다.

도넛 가게가 있는 건물까지 돌아왔을 때, 2층 노래방으로 사람들이 올라가고 있었다. 그들은 일렬로 줄을 서서 어깨에 손을 올리고 기차 소리를 냈다. 칙칙폭폭. 칙칙폭폭. 기차가 나가신다. 길을 비켜라. 방아짐은 그들 쪽을 보았다가 다시 반대쪽으로 고개를 돌렸다. 그들 중 몇몇이 방아깨비의 얼굴을 보았는지 뒤늦게 목소리를 높였다. 봤어? 지금 봤어? 방금 저 사람 눈이 없었지? 그들은 의아한 듯 고개를 기울이더니 다시 칙칙폭폭 기차 소리를 내며 사라졌다.

"조만간 다른 매물을 알아볼게요."

우리의 출발지였던 카페 앞에 도착하자, 방아깨비는 인사 대신 급하게 다음 일정을 말하고 돌아섰다. 그녀가 횟집 뒷길로 들어가려고 했다. 차를 거기에 세워둔 것 같았다. 그녀를 뭐라고 불러야 할지 몰라서 저기요, 하고 소리쳤다. 방아깨비는 날카로운 것에 찔린 사람처럼 움찔하더니 뒤를 돌아봤다.

"뭐라고 불러야 돼죠?"

"선생님은 어때요?"

"선생님?"

"네."

"혹시 백승영 씨 아세요?"

눈이 있다면 표정을 보기가 더 쉬웠을 텐데, 입가가 조금 벌어지는 것만으로는 얼마나 놀랐는지 가늠되지 않았다.

"저희 회사 과장님이세요."

"세상에나."

"그분 실종됐어요."

"알아요. 경찰한테 전화가 왔었어요."

"그분이, 제 돈을 빌려 갔어요. 계약금 낸다고요. 선생님이 집을 알아봐주신다고 했어요."

"그래요? 그 사람 내 돈도 빌려 갔어요."

우리는 서로를 한동안 마주 보았다. 눈이라는 게 없어도 거기 있다고 생각하니까 보이는 것도 같았다. 얼마나 보고 있던 걸까, 방아깨의 눈이 희미하게 솟아오르고 있었다. 눈동자는 청록색이고, 눈썹이 한 올 한 올 눈동자 위로 그어졌다. 그 눈은 한동안 선명하더니 홀연히 사라졌다.

"계약은 하신 거예요?"

"계약하는 날 사라졌어요. 그 돈 중요한 거예요?"

"네……."

중요하지 않은 돈이란 것이 있을까.

똑같이 돈을 잃은 사람치고 방아깨은 차분했다. 말투에서 노기가 느껴지지 않았다. 눈이 보이지 않으니 표정과 감정을 알 수 없었다.

"상심하지 마요. 지금은 사라진 돈이잖아요. 속 끓여봐야 몸만 안 좋아요."

방아깨은 잠시 머뭇거리더니 다시 입을 열었다.

"그 사람 돈만 안 준 게 아니라, 나한테 눈을 그려준다고 했는데 그것도 안 해주고 갔어요."

"눈이요?"

"눈 그려주면 복비를 안 받는다고 했더니, 열심히 그리는 것 같더라고요."

"왜 그런 제안을 하셨어요?"

"눈을 갖고 싶어서요. 나한테 딱 어울리는 눈이요. 진짜 내 눈이 되어줄 것 같은 그런 눈을 만나면, 나도 눈을 가질 수 있을 것 같아서요."

나도 미신 같은 걸 믿었다. 회사 로비에 깔린 대리석 바닥의 경계선을 밟지 않으려 땅만 보고 걸어 다녔다. 선을 밟으면 정규직 심사에서 탈락할 거라는 미신을 혼자 만들어 지키려고 했다.

"백승영 씨도 그런 게 있다고 해요. 월요일 오후 세 시에는 꼭 자기 자리에서 손톱을 깎아야 한대요. 액운을 떨쳐내는 의식 같은 거라고요. 그걸 안 하면 한 주 내내 불안하다고요."

그런 이유였다니.

"발톱보다는 손톱이 낫지요?"

별것 아닌 농담에 웃음이 터졌다. 예상치 못한 실소에 긴장이 풀어졌다. 방아짐도 웃고 있는지 알고 싶어서, 나도 모르는 새 뚫어져라 보고 있었다.

"아가씨, 나처럼 눈 없는 사람 처음 봤죠?"

"죄송해요. 제가 예의 차리는 걸 잘 못 해요."

"그럴 필요 없어요. 입에 발린 말 좋아하는 사람하고 친해질 필요도 없고요. 만나는 내내 비위 맞춰야지, 마음만 불편해요."

"그래서인가, 친구가 별로 없어요."

"나도 없어요."

우리는 근처 조용한 술집으로 자리를 옮겼다. 자정까지 이야기를 나눴다.

"아까 봤는데, 선생님 눈동자는 아주 묘한 색이에요. 청록색? 차가운 기운이 도는 풀색이요. 그리고 막 반짝거려요. 계속 보고 있으면 검은색으로도 보이고, 흰자위는 핏발이 서 있는데, 신경 쓰일 정도는 아니에요."

방아깜은 재롱을 피우는 아이를 보듯 두 손을 턱으로 받치고 나를 보았다.

"그 눈이요. 그려줄 수 있어요?"

"암요. 암요."

장난스럽게 말하며 고개를 힘차게 끄덕거렸다.

우리 사이에 더 이상 백 과장에 대한 이야기는 오가지 않았다. 눈동자와 눈썹, 눈꺼풀의 두께 따위로 대화를 가득 채웠다.

5

백 과장이 끓인 미역국은 첫맛은 삼삼했지만 먹을수록 감칠맛이 있었다. 방금 데워 온 햇반은 갓 지은 밥처럼 윤기가 돌았다. 따듯한 식사를 하고 있으니 정신이 조금 맑아졌다. 백 과장은 다리를 꼬고 옆으로 비스듬히 앉아 집 안을 둘러봤다.

"이 집은 회사 들어올 때 계약한 거야?"

"네."

"계약 끝나가겠네?"

입 속에 밥을 한 숟가락 집어넣고 고개를 작게 끄덕였다.

"얘기해두는 게 좋을 것 같은데, 너 정규직 안 될 거야."

숟가락을 그대로 식탁 위에 내려놓았다.

"이제까지 비정규에서 정규로 돌린 사람 없어."

백 과장이 내 눈을 응시했다.

"그런데 혹시 말이야. 손톱깎이 있어? 못 깎았더니 길었네."

맥이 탁 풀렸다. 화장대 서랍을 뒤져 손톱깎이를 가져다주
었다.

"왜 정규직이 못 돼요?"

똑, 똑, 손톱이 잘려나가는 소리가 울렸다.

"사람은 오래되면 묵은 감정 같은 게 생기는데, 이 년이면
말이야, 충분히 썩어서 냄새가 날 정도로 감정이 묵어버리는
거지. 그런데 새 사람은 냄새가 안 나. 말 그대로 새롭다는 거
야."

그 말은 내가 떠나지 않기 위해 버텨온 시간들 때문에 오
히려 떠나야 한다는 말이었다.

"이런 얘기 왜 하세요?"

"세상이 호의적이지 않다는 걸 알아야 하니까. 엎드려봤자,

아무것도 없어. 엎드리면 엎드릴수록 바닥만 차갑다니까."

정말이지 밥맛이 뚝 떨어지는 소리였다.

"설거지는 내가 할게."

백 과장이 일어나서 앞에 놓인 그릇을 싱크대로 가져갔다. 그릇이 옮겨진 텅 빈 식탁을 바라보았다. 물소리가 들렸다. 백 과장은 주방 세제를 수세미에 짜고 북북 문질러 거품을 냈다. 그릇들끼리 부딪치는 소리가 났다. 그는 어깨를 약간 들썩이면서 설거지를 했다. 희미하게 콧노래를 흥얼거렸다. 나는 분해서 그의 등을 뚫을 기세로 노려보았다. 그러나 등은 뚫리지 않았다. 눈만 아파왔다. 그의 등이 뚫린다고 해서 달라지는 것은 없다, 그렇게 생각하니 더 이상 눈에 힘이 들어가지도 않았다.

6

책상 서랍에 흩어져 있는 눈 그림은 스무 장 정도였다. 사업비 예산을 세울 때 출력한 종이 뒷면에 그린 것이었다. 백 과장은 그 서랍 안에 예민한 수치들이 기록된 문서를 쌓아놓고 있었다. 부장이 서랍에서 그 종이들을 발견하고 치우라고 지시했다. 아무도 하고 싶어 하지 않는 일이었기에, 내가 나선다고 말릴 사람도 없었다. 다들 퇴근할 때까지 기다렸다가 눈 그림이 그려진 종이들만 골라냈다.

종이를 반으로 접어 가방에 넣자, 버클이 아슬아슬하게 닫히지 않았다. 가방을 옆구리에 끼고 팔꿈치로 단단히 눌러 몸에 붙였다. 집으로 돌아와보니 가방을 메고 있던 오른쪽 어깨가 뭉쳐 있었다. 뜨거운 물에 샤워를 하고 나와 왼손으로 어깨를 주무르면서 그림을 한 장 한 장 넘겨 보았다. 검은색 모나미 볼펜으로 그려놓은 눈동자는 종이가 찢어질 정도로 새까맣게 칠해져 있었다.

방아짐이 두 번째 집을 보여주기로 한 날, 백 과장의 그림을 들고 갔다. 우리는 그때처럼 프랜차이즈형 카페에서 만났는데, 이번에는 동네가 달랐다. 그러나 카페 안 풍경은 다르지 않았다. 공부하는 사람들이 있었다. 쉼 없이 말을 하는 사람들이 있었다. 아이들도 있었다.

백 과장의 그림을 본 방아짐은 그중에서 몇 가지 마음에 드는 눈을 골랐다.

"이건 눈동자에 하얀 구슬이 들어가 있네요. 순정만화 스타일 같아서 좋아요."

"비현실적이지 않나요?"

"뭐, 어때요? 가장 예쁘고 마음에 드는 걸 갖고 싶거든요."

방아짐의 얼굴에 하얀 구슬이 두 개 들어간 눈을 상상해보았다. 가장 예쁘고 마음에 드는 게 자신과 어울리지 않을 수도 있다. 그렇더라도 가장 예쁘고 마음에 드는 걸 선택하기 위해 살아간다. 정말로 그렇게만 살아간다면 어떨까? 그제야 방아짐이 착용하고 있는 호박색 브로치와 하얀 블라우스가 눈에 들어왔다. 팔에 걸린, 순도를 가늠할 수 없는 얇은 여러 줄의 금팔찌와 팔찌 아래로 늘어뜨린 작은 큐빅 참의 작은 움직임이 보였다. 집을 보러 가자고 일어섰을 때, 은색의 비닐 소재 스커트와 하얀 스트랩으로 엮인 가죽 샌들이 보였다. 나는 그녀를 따라 일어섰다. 그리고 밑창이 떨어져나갈 것 같은, 나의 남색 스니커즈를 내려다보았다. 한동안 그 자세로 멈춰 있었다. 방아짐이 팔을 잡아끌지 않았다면 그곳에 뿌리를 내릴 것만 같았다.

두 번째로 보러 간 집은 텅 비어 있었다.

집 안으로 들어섰을 때 은은한 풀 냄새가 났다. 방구석 한쪽에 작은 디퓨저가 놓여 있었다. 새 건물이라 냄새가 다 빠지지 않은 탓에 디퓨저를 놓아둔 것이었다. 구석에 놓인 디퓨저가 생물처럼 느껴졌다. 혼자 있었을 시간의 외로움과 후각을 지나치게 자극시키지 않으려는 조심스러움이 느껴졌다. 그런 이야기를 하자, 방아짐은 다정한 눈길로 나를 보다가 입을 열었다.

"방을 보러 다니다 보면 사람들이 자기 얘기를 꺼낼 때가 있어요."

"백 과장님도 그러셨어요?"

"주말에 배식 봉사를 다닌다고 했어요."

"배식 봉사요?"

"30명분을 만들어서 도시락 통에 담아 가져간대요. 주말마다."

백 과장을 통해 직접 들었다면 의아하기만 했을 이야기였다.

"돈이 한두 푼 드는 게 아니라고 불평이 많았어요. 그만하면 되잖아요, 하니까 저를 무섭게 노려봤어요."

백 과장이 그 멍한 눈으로 누군가를 노려보는 것이 상상되지 않았다.

"배식 봉사는 왜 하시는 거래요? 그렇게 돈도 없으면서요."

"거기에 자기 또래 노숙자가 있는데, 그 사람이 그렇게 밥을 잘 먹는대요."

"그래서요?"

"주말에 가서 그 사람한테 뭘 만들어줄지 생각하다 보면, 회사에 있어도 회사 생각이 안 나니까 좋다는 거예요. 세상에서 밥이란 걸 처음 먹어보는 사람 같대요. 보고 있으면 그렇게 시간이 잘 간대요."

그 순간, 문이 열리더니 긴 백발을 하나로 묶어 어깨 위에 늘어뜨린 여자가 들어왔다.

"안녕하세요."

집주인이었다. 먼저 허리를 숙여 인사하는 바람에 나도 자연스럽게 허리를 숙였다.

"아직 갖춰진 게 없어서 죄송해요."

"괜찮아요."

방아짐은 슬며시 미소 짓고 고개를 돌려 방을 둘러보았다.

"전화로 듣기는 했는데, 정말 눈이 없으시네요."

집주인 여자가 스스럼없이 물어왔다. 방아짐은 그렇다고 대수롭지 않게 답했다.

"옷을 참 예쁘게 입으셨어요. 아주 화사해요."

"고마워요."

그 집은 열 평짜리 방에 별도로 작은 베란다가 연결되어 있었다. 베란다에 세탁기를 놓을 자리가 마련되어 있었고, 바닥에서 한 뼘 올라온 창틀을 따라 작은 화분도 나란히 놓아둘 수 있을 것 같았다. 그런 건 어딜 가나 흔히 볼 수 있는 구조일지도 몰랐다. 그 집으로 들어오는 남향의 빛 때문인지 몰라도, 햇살 좋은 날 화분에 물을 주는 내 모습이 그려졌다.

"마음에 드세요?"

집주인 여자는 마치 자신이 마음에 드느냐고 묻는 것 같았다. 나는 이 집이 마음에 든다고 말했다.

"우리 집들은 창이 다 튼튼해요. 태풍이 와도 흔들리지 않게 해달라고 시공업자한테 부탁했거든요. 제일 비싸고 단단한 창문으로 달았어요."

흔들리지 않는 집에서 살면 마음도 단단해질까.

그날, 바로 계약서를 작성했다.

"좋은 집을 계약한 것 같아요."

나는 흡족한 마음으로 말했다. 방아짐은 이 집이 좋다 나쁘다 평가하지 않았다. 다만 복비를 받지 않을 테니, 나에게도 눈 그림을 그려달라고 했다.

7

"배식 봉사 다니셨다면서요?"

설거지를 마치고 자리에 돌아와 앉은 백 과장에게 물었다.

"어디서 들었어?"

"방아짐한테서요."

"둘이 만났단 말이야? 나를 갖고 많이도 씹었겠네."

"왜 사라지셨어요? 돈도 안 갚으시고."

백 과장은 이마로 내려온 짧은 앞머리를 자꾸 뒤로 넘겼다. 너무 여러 번 쓸어서 이마가 빨개질 정도였다.

"아무도 인생을 몰라."

이게 무슨 헛소리인가.

"무슨 말씀 하시는 거예요?"

어느 순간부터 그를 비난받아 마땅한 사람으로 여기고 있었다. 회사에서 그는 이제 돌아와도 받아줄 수 없는 사람이

되어가고 있었다. 하등 쓸모없는 인간, 있는 것보다 없는 것
이 나은 인간. 노골적으로 말하는 사람은 없어도 모두 동의하
고 있었다. 그러한 동조 속에서 백 과장에 대한 나의 짜증도
당연한 것이 되어 있었다.

"이레 씨는 누가 밥을 해주면 어떤 기분이 들어?"

방금 전 누가 밥을 해주지 않았는가. 그렇다면 그저 지금의
기분을 말하면 될 텐데, 아무런 기분도 찾아지지 않았다.

"누가 밥을 해주는구나, 하는 기분이 들겠죠."

"그게 기분인가?"

백 과장은 입술을 뾰족하게 내밀었다. 기분이란 무엇일까.

"모르겠어요."

"기분 때문에 그랬어. 그날, 기분이 묘하더라고."

"그날이요?"

"그래, 그날. 그 사람이 내 집에 찾아왔어."

8

이것은, 그날, 그 사람에 대한 이야기이다.

백 과장이 들려준 이야기이다.

그날, 백 과장은 배식 봉사에 가져갈 도시락을 만들기 위해

푸짐하게 장을 보고 돌아오는 길이었다. 집으로 돌아갈 때, 두 손에 들린 짐의 무게 탓인지 몰라도 백 과장은 묵직한 안도감을 느꼈다.

골목에 들어선 순간, 누군가 그를 불렀다. 누구세요, 하고 뒤를 돌아보니 배식 봉사를 할 때 매주 마주치던 노숙자가 서 있었다.

노숙자는 며칠을 못 먹은 사람 같았다. 모자의 챙 아래 얼핏 드러난 눈이 퀭하고 볼이 홀쭉했다. 배식을 받으면 입을 쩍쩍 벌려 우악스럽게 밥을 먹던 사람이었다. 그런 그를 보자 백 과장은 당장이라도 식사를 차려주고 싶은 충동이 들었다.

"선생님, 저랑 같이 올라가실래요?"

노숙자는 그렇게 하겠다면서 순순히 백 과장을 따랐다. 백 과장은 올라가면서 그날 요리 채널에서 보았던 전복을 넣은 굴소스 볶음밥을 해야겠다고 생각했다. 전복을 손질하는 방법도 몇 번이나 돌려 보았다.

살과 껍데기 사이에 숟가락을 꽂아 넣어 온전히 살만 빼낸다. 내장을 자르고 이를 빼고 작게 썬다. 손질한 전복과 채소를 프라이팬에 넣은 후 굴소스를 크게 두 스푼 넣고 살살 뒤적이며 익힌다. 전자레인지에 살짝 돌린 밥도 넣고 섞어 비비듯이 열을 가해 볶아낸다. 재료 사이사이 남은 수분이 날아갈 수 있도록 부지런히 휘젓는다.

백 과장은 레시피를 복기하면서 3층까지 올라갔다. 현관문을 열고 집 안으로 들어섰다. 노숙자는 멀뚱히 문밖에 서서 안을 들여다보기만 했다. 오랫동안 안으로 들어와본 적이 없는 사람처럼, 그 낯선 공간 앞에서 망설이고 있었다.

"괜찮습니다."

백 과장이 실내용 슬리퍼를 바닥에 놓아주면서 말하자, 노숙자는 슬리퍼를 내려다보다가 그것을 신지는 않고 자기 신발만 벗은 채 안으로 들어섰다.

"발이 너무 더럽습니다."

노숙자의 말과 동시에, 오래된 치즈에서 날 법한 역한 냄새가 올라왔다. 신발 속에 감춰져 있던 발냄새였다. 백 과장은 자신도 모르게 손으로 코를 틀어막고 창문을 활짝 열었다. 그는 노숙자에게 필요하다면 욕실을 써도 된다고, 밥을 만드는 데 삼사십 분은 걸릴 거라고 말하면서 보일러 온수 버튼을 눌렀다. 노숙자는 쓰고 있던 벙거지 모자를 두 손으로 감싸듯 잡아 벗은 후 백 과장에게 꾸벅 인사를 했다.

"편하게 생각하세요, 선생님."

"선생님이 아닙니다."

노숙자는 그렇게 말하고, 욕실로 들어갔다. 백 과장은 노숙자가 걸어간 자리를 보았다. 잿빛 발자국이 도장처럼 찍혀 있었다. 백 과장은 걸레로 바닥을 한번 훔치고 요리를 시작했다.

전복 손질은 처음이었다. 살과 껍데기를 분리하는 과정에서 손에 과도한 힘을 주면 껍데기 가장자리에 손바닥이 베일 수도 있겠다는 생각이 들었다. 힘을 뺀 채 능숙하게 살과 껍데기를 분리하는 일은 쉽지 않았지만, 세 번째 전복부터는 그 요령을 터득했다. 열 마리의 전복을 모두 손질하고, 그중 볶음밥에 넣을 두 마리만 따로 빼놓은 뒤 나머지는 냉장고에 넣었다. 전복을 손질하는 동안 욕실에서는 샤워 물줄기 소리가 끊임없이 들려왔다. 백 과장은 아차 싶어 얼른 옷장에서 포장을 뜯지 않은 새 속옷과 실내복 세트를 꺼내 욕실 앞에 살포시 놓아두었다.

잠시 후 욕실 문이 삐익 하고 열리는 소리가 백 과장의 등 뒤에서 조심스럽게 울렸다. 그러다가 딸깍 다시 문이 닫혔다. 돌아보니 문 앞에 둔 옷들이 사라져 있었다. 백 과장은 다시 주방 쪽으로 고개를 돌려 손질한 재료에 굴소스를 넣고 센 불에 볶기 시작했다. 전자레인지에 돌린 밥을 웍에 넣고 수분이 날아가도록 빠르게 휘저었다. 반찬은 얼마 전 담가둔 파김치 하나만 꺼냈다. 하얀 사기그릇에 볶음밥을 가득 담아 식탁에 올리고, 수저받침 위에 숟가락과 젓가락을 두었다. 노숙자는 식탁이 다 차려지기를 기다렸다는 듯이 문을 열고 나왔다.

"이쪽으로 오세요."

노숙자는 물이 뚝뚝 떨어지는 머리카락을 수건으로 엉성하게 짜면서 식탁으로 왔다. 어깨에 닿은 머리칼이 옷을 적셨다.

"머리 말리고 오셔도 돼요. 헤어드라이어가……."

말하는 백 과장을 무시한 채 노숙자는 숟가락부터 들고

밥을 퍼먹기 시작했다. 머리카락에서 떨어지는 물이 밥그릇 안으로도 들어가고, 어깨를 타고 가슴께로 흐르며 번지고 있었다.

"천천히 드세요."

노숙자는 배식 봉사 때마다 보이던 그악스러운 식욕을 감추지 못하고 눈앞의 음식을 먹어치웠다. 어떤 음식이든 상관없이 배만 채우면 되는 것 같았다. 그런 생각이 이어지자 백 과장은 심기가 불편했다. 무엇을 위해서 전복을 손질하고 채소를 썰고 밥을 볶았는가. 도대체 무엇을 위해서. 백 과장은 숨을 길게 뱉어냈다. 그런 후 숟가락을 들어 밥을 한 수저 입으로 떠 넣었다. 맛있었다. 작게라도 한 번은 감탄할 만큼 해산물의 풍미와 달짝지근한 굴소스 향이 잘 어울렸다.

"맛이 없으십니까?"

참지 못하고 백 과장이 노숙자에게 물었다.

"맛이 없는 음식이 어디 있습니까?"

노숙자는 접시에 고개를 박은 채 우물거리며 말했다. 말을 하느라 그의 입에 들어가던 음식이 도로 밥그릇으로 쏟아져 나왔고, 순식간에 다시 입으로 들어갔다.

"항상 맛있게 드셔주셔서 감사합니다."

백 과장은 '선생님'이라는 말을 붙이려다가 말았다. 그를 뭐라고 불러야 할지 도통 알 수 없었다.

"뭐, 항상 맛있지는 않습니다."

그 말을 듣는 순간, 백 과장은 미간을 찌푸렸다. 노숙자는 여전히 밥그릇만 내려다보고 있었기 때문에 백 과장의 얼굴을 보지 못한 것 같았다. 그는 순식간에 밥 한 그릇을 다 비웠다.

"더 없습니까?"

백 과장은 자신의 그릇을 그에게 넘겨주었다. 이번에도 노숙자는 고맙다는 인사도 없이 밥그릇을 받아 들고 황급히 먹어치우기 시작했다.

"선생님은 제가 여기 사는 줄 어떻게 알고 오셨습니까?"

그 말에 노숙자는 동작을 멈추고 백 과장의 얼굴을 올려다보았다. 밥알이 그의 얼굴 사방에 붙어 있었다. 그것만 떼어 먹어도 한 숟가락은 나올 양이었다.

"일단, 저는 선생님이 아니고요. 선생님이 여기 사는 줄은 저번에 몰래 따라와서 알았습니다."

"선생님이 아니면 제가 뭐라고 불러야 할까요?"

"그냥 부르지 마세요. 저는 선생님을 선생님이라고 부를 건데, 서로 선생님 하다 보면 누가 선생인지 헷갈리잖아요."

"그런 스승과 제자 사이의 선생이 아니고 호칭인데 뭐 어떻습니까?"

"사람들은 저를 발목 삼촌이라고 불러요. 발목을 자주 삐끗한다고요."

"그럼 발목 삼촌이라고 불러드려요?"

"발목과 삼촌 중에 하나만 불러야 한다면 '삼촌'이라고는 하지 마세요. 우리가 삼촌 조카 사이는 또 아니잖아요."

"발목이라고 불러요?"

"목이라고 불러요. 또 무슨 발목이라고."

"목 님?"

"님은 빼도 됩니다."

"목?"

"이상하군요."

"이상하네요."

목은 다시 밥그릇 안을 내려다보았다. 일정 시간 사람의 눈을 바라보면 안 되는 사람처럼 수줍게 고개를 떨어뜨렸다.

"왜 저를 찾아오셨어요?"

"할 말이 있어서요."

"무슨 말씀이요?"

"새우는 안 된다고요. 우리 중 누군가는 새우 알레르기가 있다고요."

백 과장이 새우를 넣은 요리를 가져간 것은 반년 전의 일이었다. 새우를 넣은 베이글 샌드위치를 가져간 날이었다. 백 과장 맞은편에서 배식하던 성당 봉사자가 샌드위치를 보더니 다급하게 다가와 새우나 땅콩같이 알레르기를 일으킬 수 있는 음식은 안 된다고 주의를 주었다. 이후 백 과장은 새우를 음식에 넣지 않았다.

"그 말을 하려고 오신 거라고요?"

"그날, 새우가 들어간 빵을 먹고 응급실에 갔거든요."

"목이요?"

"제 친구가요."

"거의 두 계절이나 지난 이야기를⋯⋯."

"없던 일이 되는 건 아니잖아요. 분명히 있었던 일이죠."

"하고 싶은 말씀이 뭔지 모르겠네요."

"선생님은 그다음 주에 우리한테 네모지게 자른 두툼한 고기 조각을 던져주고 갔어요."

"던져줬다니요? 그건 찹스테이크예요. 그걸 만드는 데 얼마나 시간이 걸렸는지 아세요?"

"다 식은 고기 조각을 던져주고, 선생님은 만족스러운 얼굴로 빈 도시락 통을 들고 떠났어요."

"그게 잘못인가요?"

"아주 잘못된 일이었어요."

"무슨 소리를 하시는지 모르겠습니다. 세상을 그렇게 삐딱하게만 보시니까 그런 생활을 하고 있으신 건 아닌가요?"

"당장 사과하십시오."

"미안하게 됐군요. 됐습니까?"

"그건 사과의 자세가 아닙니다."

"사과의 자세가 뭡니까?"

"진심을 담은 것 말입니다."

"진심을 담았다고 칩시다."

"자신이 이런 사람이라는 것에 부끄러움이 없습니까?"

"알고나 있습니까? 제 돈이 얼마나 들어가는지 말이에요."

"그렇게 돈이 들어가면 그만하시면 되는 거 아닙니까? 왜 그런 식으로 자기 위안을 삼으면서 사람들을 괴롭히나요?"

백 과장은 주먹으로 식탁을 꽝 내리쳤다. 그릇들이 들썩이면서 짤그랑 소리를 냈다.

"배부르게 먹어놓고 감사는 못할망정 이게 무슨 짓입니까?"

"배부르게 먹여달라고 누가 부탁했나요? 왜 바란 적도 없는 것을 해주고 감사받지 못해 안달입니까?"

"미쳤습니까?"

"사과하십시오."

"네, 네, 죄송하게 되었습니다."

"진짜 사과를 하시라고요."

백 과장은 벌떡 일어나 떨리는 손으로 식탁 상판을 부여잡았다. 조금이라도 더 힘을 주면 상판이 뜯어질 것 같았다. 목은 앉은 채로 그를 올려다보았다. 두 사람은 몇 초간 서로를 노려보았다. 방심한 틈을 보이면 금방이라도 상대의 목을 물어뜯을 기세였다. 백 과장은 고작 몇 초의 시간이 영원처럼 길게 느껴졌다. 순간, 목이 입가를 씩 올리며 미소 지었고 그 사이로 송곳니가 드러났다. 갈지 않은 동물의 것처럼 크고 뾰족했다. 백 과장은 잡고 있던 상판에서 손을 떼어냈다. 일단 손을 떼자 마음이 좀 누그러졌다.

"미안해요."

백 과장은 숨을 거칠게 쉬면서 의자에 도로 앉았다. 이성을 먼저 되찾은 사람이 자신이라는 생각에 약간의 뿌듯함이 밀려왔다.

"강요한다고 제대로 된 사과를 받을 수는 없죠."

목은 그렇게 말한 뒤 고개를 틀고 입술을 잘근잘근 씹어댔다. 목이 입은 티셔츠 어깨 부분은 이제 흥건하게 젖어 있었다. 무엇이 문제일까. 축축하게 젖은 머리카락이 문제일까. 어깨까지 내려오는 저 머리 길이 때문일까.

"머리를 자르는 게 어떤가요?"

목은 손으로 머리카락을 뒤적이듯 만져보더니 고개를 끄덕였다. 그러고는 가위를 달라고 했다. 백 과장은 주방에서 쓰던 가위를 키친타월로 꼼꼼히 닦은 후 식탁으로 가져갔다. 가위를 건네받은 목은 그 자리에서 머리카락을 한 움큼 잡아 잘라냈다. 머리카락이 시원하게 잘려나갔다. 잘린 머리카락을 그대로 쥔 채 쓰레기통을 찾았다. 백 과장은 식탁 아래 놓여 있던 쓰레기통을 그의 발쪽으로 밀어주었다. 목이 그런 방식으로 두 번 더 잘라내자, 더 이상 어깨에 닿는 머리카락은 없었다. 그렇지만 티셔츠는 젖어 있었고, 백 과장은 그에게 새 옷을 꺼내주면서 늦었으니 자고 가라고 청했다. 여분의 이불이 한 세트 있다, 아직 사용하지 않은 새것이다. 그렇지만 목은 거절했다.

"사과의 의미로 받아주시죠."

"괜찮습니다. 저는 원래 있던 곳으로 돌아가겠습니다. 아까 당신이 의자에 다시 앉은 순간, 사과받았다고 생각했습니다. 나도 사과해야 한다고 깨달았습니다."

백 과장은 다음 말을 기다렸다. 목의 말이 금방 이어지지는 않았다.

"미안합니다."

목은 격렬한 전투를 끝낸 작은 동물처럼 어깨를 축 늘어뜨렸다. 그러고는 등을 돌려 젖은 티셔츠를 벗었다. 백 과장은 보아서는 안 될 장면을 보고 있는 것 같아 질끈 눈을 감아버렸다. 그러나 감은 눈 속으로 계속 그 모습이 상상됐다. 목이 자신이 내어준 속옷도 벗고, 다시 자신이 입고 온 속옷으로 갈아입고, 욕실 앞에 벗어두었던 더러운 옷을 주워 입고, 역한 냄새가 올라오는 양말을 꿰어 신고, 벗어두었던 모자를 손에 들고, 식탁 옆을 지나 현관으로 향하는 모습을 눈 감은 채 보았다. 백 과장은 눈을 뜨지 않았다. 그는 소리를 들었다. 문이 열리고 닫히는 소리, 정적 속에서 냉장고가 돌아가는 소리, 시계 초침이 지나가는 소리, 창으로 불어오는 바람 소리, 그리고 멀리 사라지는 한 사람의 발소리를 들었다.

9

방아짐과 다시 만난 곳은 동네의 작은 카페였다. 공부하러 온 사람도 없었고, 뛰어다니는 아이들도 없었다. 저녁 일곱 시 무렵, 한여름의 저녁은 아직 밝았다. 방아짐은 미리 나와 책을 읽고 있었다. 따뜻한 카페라테를 마시고 있었다. 에어컨 바람 때문인지 목에 얇은 손수건을 둘러 묶고 있었다. 나는 차가운 얼그레이를 주문했다. 가방에서 다소 구겨진 종이를 꺼내 방아짐 앞에 펼쳐 보였다. 방아짐은 종이에 그려진 눈을 유심히 봤다. 그중 일곱 개의 눈에 붉은 펜으로 동그라미를 쳤다. 백 과장이 그린 순정만화 톤의 눈에는 동그라미를 그리지 않았다. 청록색으로 눈동자를 채워 넣은 눈 그림이 세 개나 선택받았다. 가장 고심해서 그린 눈들이었다. 눈동자를 채운 색이 다소 어두운 청록이었지만, 가만히 들여다보고 있으면 햇살을 품은 듯 노란기가 살짝 감돌고 있었다. 어두운 듯하지만 따뜻한 기운을 담은 색. 마침 그녀가 입은 다갈색 반팔 셔츠와 썩 잘 어울릴 것 같았다. 방아짐은 한동안 그림을 내려다보다가 그중 하나를 검지로 짚었다.

"이게 좋겠어요."

청록의 눈 중 가장 평범한 눈이었다. 눈동자가 크지도 작지도 않고, 눈 길이가 길지도 짧지도 않았다.

"잠시만요."

카페 직원에게서 차가운 얼그레이를 받아 오면서 문구용 가위와 풀을 빌려 왔다. 그 직원은 위험하다 말하며, 방금 씻었는지 서늘한 손으로 가위의 손잡이 부분을 내 손에 쥐여주었다. 자리로 돌아와 얼그레이를 홀짝거리며, 가위로 방아짐이 그려놓은 동그라미를 따라 눈을 잘라냈다. 자르고 보니 그 눈은 보통의 알사탕만 한 크기였다. 눈이 그려진 반대편으로 종이를 돌려 풀을 바르고, 그것을 방아짐의 눈이 있어야 할 자리에 붙였다. 처음에는 잘 붙지 않아서 풀칠을 더 했다. 두 번째로 붙이자 피부에 녹아들듯 눈이 접착되었다. 그 눈이 점점 피부색에 가까워지면서 자연스럽게 제자리를 찾아가는 과정을 지켜보았다. 가방에서 손거울을 꺼내 방아짐에게 건넸다. 방아짐은 손바닥만 한 거울 안에 자신의 얼굴을 여러 각도로 비춰 보았다.

"눈이 생겼네요."

거울을 돌려주면서 방아짐이 말했다.

"남은 한쪽도 그려드릴게요."

방아짐이 선택한 눈과 같은 여분의 눈이 없었기 때문에, 당장 종이에 똑같은 눈을 그려야 했다. 필통을 꺼내 회색과 청록색을 꺼냈다.

"천천히 해요."

방아짐은 아까 읽던 책을 다시 펼쳐 들었다. 우리는 서로의 노트와 책에 코를 박고 시간을 보냈다. 한쪽에서는 그림이 완성되어가고, 한쪽에서는 책의 페이지가 부지런히 넘어갔다. 따듯한 라테와 차가운 홍차는 식어서 같은 온도가 되었다. 그림을 다 그리고 뻐근한 고개를 들었을 때, 방아짐에게 눈이 생겼다는 것이 비로소 현실로 느껴졌다. 방아짐도 고개를 들어 나를 보았다. 그녀는 테이블 위에 뒤집어놓았던 손거울을 들어 나를 비춰주었다.

"보여요?"

거울 속에서 눈을 감고 있는 나를 보았다.

"언제부터 눈을 감고 있었어요?"

"여기 들어올 때부터요."

눈을 뜨려고 했으나 떠지지 않았다. 눈을 뜨기 위해서 어떤 근육을 움직여야 할지 몰랐다.

"눈이 안 떠져요……. 그렇다고 보이지 않는 건 아니에요."

아까 카페 직원이 다정한 손길로 가위를 내 손에 안겨주던 것이 떠올랐다.

"이레 씨도 눈이 사라지려나 봐요."

방아짐은 차분한 목소리로 예감했다.

"눈은 왜 사라지는 거예요?"

"나도 잘 몰라요. 그래도 괜찮아요. 눈이 사라져도 볼 수 있으니까요."

"이제 저는 어떻게 해야 하죠?"

"이레 씨를 위한 눈을 찾아야죠. 이레 씨만을 위한."

그렇군요. 가위로 또 하나의 눈을 동그랗게 잘라내면서 그렇게 말한 것 같았다. 뒷면에 풀을 바르고 방아깨비의 얼굴에, 눈이 있어야 할 자리에 그것을 붙여주었다. 그런 후 나는 감긴 눈을, 안구가 남아 있는 볼록한 자리를 손가락으로 살포시 만져보면서 눈이 사라지기 시작한 순간을 기억에서 더듬어보았다.

10

"발소리가 사라지고 나서도 오랫동안 생각했지. 도대체 이건 어떤 마음일까. 밤새 잠이 오지 않았어. 얼른 그곳에 가서 그 사람을 찾아 맛있는 걸 먹게 해주고 싶었어."

"그래서요?"

"다시 주방으로 갔지. 냉장고 앞에 한참 서 있었는데, 뭘 어떻게 해야 할지 모르겠더라고. 그건 내가 회사에 있을 때랑 비슷한 마음이었어."

"무슨 마음이요?"

"뭔가 잘못하고 있다는 무거운 마음. 잘못된 곳에서 살아가고 있다는 불편한 확신. 뭘 하든 죄책감이 떠나지 않는 마음."

그 마음의 무게를 상상하는 것만으로 압력을 받았는지 백 과장의 미간이 좁아졌다. 나는 그가 사용한 '죄책감'이란 단어에 뜨끔했다. 꽤 자주, 그가 없는 곳에서 그를 비난했다. 흉보고 허물을 지적했다. 그가 나에게 준 불쾌감에서 해방되기 위해 그런 방식을 선택했다.

"거기 가면 사람들은 나한테 칭찬을 해. 음식이 맛있다고, 내가 친절하다고. 그런 말을 듣다 보면 기분이 좋아져서 더 그런 사람인 척하게 돼."

그는 약간 취한 것 같았고, 한편으로는 삶의 피로에 찌든 것 같았다.

"사람이 무언가에 돈을 써가면서 계속하는 건, 결국 그거야. 그게 슬픔을 지워주니까."

백 과장의 눈가가 촉촉했다. 나는 그가 울까 봐, 우는 장면을 목격하게 될까 봐 고개를 다른 쪽으로 돌렸다. 상대를 이해하지 않으려 순간적으로 마음의 문을 닫아버리는 나를 깨달았다.

"다시 그런 마음을 느끼고 싶지는 않았어."

"그래서 제 돈도 떼어먹고, 그대로 사라지기로 하신 거예요?"

"돈은……."

백 과장은 바지 주머니에서 두 번 접은 봉투를 하나 꺼냈다. 거기에는 백만 원권 수표가 두 장 들어 있었다.

"여기 있어. 이걸 돌려주려고 왔던 거니까."

그렇게 말하면서 백 과장은 일어섰다. 식탁 의자에 앉아 있느라 구겨진 바지의 무릎 부분을 탈탈 털어냈다. 그렇게 하면 정말로 주름이 펴지고 새 바지가 될 것처럼, 이번에도 힘주어 털어냈다. 당연하게도 주름은 잘 펴지지 않았다. 여전히 먼지만 날렸다.

"이렇게 가신다고요?"

"이레 씨, 미안했어. 정말로, 아무리 생각해도, 미안하기만 했지."

영원한 작별 인사처럼 들렸다. 우리가 영원히 이별한다고 서운할 사이인가 따져보면 그런 사이라고는 할 수 없었다. 그럼에도 섭섭한 기분이 없지 않았다.

"안 돌아오실 거예요?"

백 과장은 대답 없이 등을 돌렸다. 그리고 들어올 때처럼 거침없이, 현관문의 열림 버튼을 눌러 문을 활짝 열어젖혔다. 나는 문손잡이를 붙잡은 채 척척척, 구두 소리를 내며 계단을 내려가는 그의 정수리를 내려다보았다. 정수리는 머리털이 별로 없어 비어 있었다. 그의 키가 나보다 훨씬 컸기 때문에 그를 위에서 아래로 내려다보는 것은 처음이었다. 그 빈약한 정수리를 보고 있으니 가슴이 먹먹해져서 눈을 감아버렸다. 눈을 감아도 그 정수리는 보이는 것 같았다. 아니, 눈을 감으니 어둠뿐인 것 같았다.

다시 눈을 뜨려고 했을 때에는 이미 눈꺼풀끼리 위아래로 달라붙어서, 아주 진득하게 눈곱이 낀 아침의 눈꺼풀처럼 그렇게 붙어 있어서 눈이 떠지지 않았다. 꼭 눈을 떠야만 볼 수 있는 것일까, 그런 생각으로 바라보고 있으니 전혀 새로운 것들, 한 번도 보지 못한 것이 보이기 시작했다. 그것은 빈 정수리였지만, 이번에는 뭔가 숱이 풍성한 머리의 위쪽이었다. 방금 본 것과 크게 다르지 않았지만 달랐고, 눈앞이 아닌 눈 안에서 펼쳐졌다.

　그것은 또 하나의 세계였다. 천천히 손을 내밀자, 백 과장의 텅 빈 정수리가 아닌 숱이 많은 머리칼이 손끝에 닿을 듯 가까웠다.

　나는 그 순간에서 머뭇거렸다. 오랫동안 '안'을 떠나 있던 사람으로서 그곳으로 들어가기를 망설였다.

오늘 할 일

우리 부부는 식탁에 마주 앉았다. 그 식탁은 결혼할 때 장만한 것으로, 지난해 아파트로 이사를 오면서 한쪽 모서리가 어딘가에 긁혀 약간 패여 있었다. 선일은 식탁의 상처 난 모서리를 잠시 바라보다가 앞에 놓인 파란색 양장 다이어리를 펼치고 볼록한 표면을 손바닥으로 꾹 눌렀다. 그는 몇 초간 생각하더니 납작해진 종이에 무언가 적었다. 맨 윗줄에 '원고지 30매' 그다음 '3km 달리기' 마지막은 '장보기'라고 썼다.

　특별할 것은 없어 보였다. 그러고 보니 평범한 계획이라도 반드시 필요한 법이라 말해준 사람은 선일이었다. 요즘 선일은 그런 말을 하지 않았다. 불과 몇 달 만에 그는 다른 사람이 된 것 같았다. 마치 숙제 검사하듯 선일이 쓴 다이어리를 확인하고 내 것도 보여주었다. 나의 계획은 대단하지 않았다.

출근길에 책을 읽는 것, 바닐라라테를 마시는 것, 그리고 일을 맡아줄 업체를 찾는 것. 선일은 한참을 보더니 바닐라라테가 계획이냐고 물었다. 오전 내내 정신이 몽롱하다 말하자 그는 납득한 듯 고개를 끄덕였다.

선일이 다이어리를 사 온 것은 지난 연말이었다. 새해에 대한 열망으로 가득할 때였다. 두툼한 양장 다이어리는 매일 한 장씩 기입하는 구조로, 날짜 아래 할 일 세 가지를 적은 후 남은 칸은 자유롭게 활용할 수 있었다. 선일은 낱장마다 세로선이 그어진 내지와 만년필로 써도 뒷장 비침이 없는 종이 재질이 마음에 든다며 내 것까지 두 세트를 사 왔다.

당시 선일은 새해가 되면 맡게 될 축제팀 업무에 들떠 있었다. 소문에 따르면, 그는 제법 규모가 있는 페스티벌 업무에 배치될 예정이었다. 팀 이동에 대한 공식 발표가 있기 전이었지만 해마다 초청하는 밴드의 공연 영상을 매일 밤 찾아보았다. 미리 진행 일정을 유추하고 대략의 업무 리스트까지 적어두었다. 벌써부터 그렇게 할 필요가 있느냐 물으면 선일은 꿋꿋하게 그럴 필요가 있다면서 '계획이 있는 것과 없는 것은 하늘과 땅 차이'라고 말했다.

그해 그가 맡고 있던 문화틴틴카드의 사용 실적은 전국 14개 시도 중 1위를 달리고 있었다. 청소년에게 카드 형태로 문화비를 지원하는 전국 단위의 그 사업은 완료까지 한 달도 남지 않은 상황이었다. 그 안에 실적이 바뀔 변수는 보이지 않았다. 나는 선일이 내심 자랑스러웠고, 전국 1등이란 타이틀은 한 해를 계획적으로 보낸 그에게 응당한 결과라는 생각마저 들었다.

해가 바뀌어 선일이 회사를 그만둔다고 했을 때, 나는 코를 얻어맞은 듯 얼굴이 얼얼했다. 주택 대출금을 다달이 갚고 있었다. 빌라 전세 계약이 끝날 즈음 재계약 대신 여섯 평을 넓혀 아파트로 이사를 가자고 말을 꺼낸 사람은 선일이었다. 그때 그가 대출이자와 원금을 계산해 보여주었을 때 나는 손이 떨렸다. '0'이 여덟 개 붙은 돈을 갚아나갈 수 있을까. 괜찮을까, 물으니 선일은 둘이 벌잖아, 하고 답했다. 우리가 싱글이었다면 이렇게 집을 사는 일은 꿈도 꾸지 못하겠지만, 둘이 벌고 있으니 해볼 만하지 않느냐고 했다. 선일의 입에서 나온 '둘이 번다'는 그 말은 인생을 한결 편하게 해주는 공식처럼 들렸다. 집을 사기 위해 우리는 신혼부부 대출을 신청해야 했으므로, 그동안 양가 부모 몰래 미뤄둔 혼인신고까지 마쳤다.

그러나 불과 일 년도 지나지 않아, 둘이 번다는 그 말은 선일이 회사를 그만둠으로써 성립하지 않게 되었다. 그는 일 년의 갭 이어를 선언했다. 갭 이어? 자신이 하던 일과 다른 분야에 도전하기 위해 준비 시간을 가진다는, 결국 일 년 동안 일을 하지 않겠다는 말이었다. 짜증도 내고 회유도 해보았다.

나 역시 회사를 그만두겠다며 협박도 했다. 하지만 선일은 생각을 바꾸지 않았고, 고집스럽게도 지금까지와 다른 계획이 필요하다고 주장했다.

연초가 되었을 때, 그는 소속되어 있던 청소년문화팀보다 규모가 적고 일은 고된 예술복지팀에 배치된 사실을 알았고, 며칠 고민하더니 말릴 틈도 없이 사표를 냈다.

"축제팀 아니면 어때서?"

선일은 마른세수를 하며 고개만 저었다. 사실 축제 기획은 재단 업무 중 가장 규모가 큰 건이었다. 오랫동안 선일은 스케일이 큰 프로젝트를 맡고 싶어 했다. 승진을 고려하면 내세울 만한 역량이 필요했고, 스스로도 큰살림을 다루는 데 자신이 있어 했다. 그러나 기회는 사라지고 말았다. 나는 다른 업무에서 선일이 기회를 다시 잡을 수 있을 거라고 믿었다. 하지만 그는 자신의 커리어가 결정적으로 어긋나버렸고, 그것을 원래의 궤도로 되돌리기는 힘들 것 같다고 말했다. 그러면서 얼마 전 국문과 동기들을 만났는데, 그중 웹소설로 대박은 아니더라도 중박 정도 나는 친구가 있더라는 이야기를 꺼냈다. 그러니까 그 친구가 자기보다 나을 것도 없어 보였는데 몇 년간 진득하게 끄적거리더니 대기업 연봉 정도를 번다고 했다.

"한번 해보려고. 열심히 할게."

"열심의 문제가 아니잖아."

"딱 일 년이야."

결혼 후 처음으로 선일과 말이 통하지 않는다는 생각이 들었다.

"빚이 얼마인 줄 알아?"

"일 년이잖아. 금방 가."

우리는 원하는 답을 해주지 않으며 서로의 말을 튕겨냈다.

어쨌든 시간은 흘러 선일은 회사를 정리했고, 퇴직연금과 연차 보상비를 내 통장으로 이체했다. 그것으로 우리가 갚아야 할 빚의 일 년 치 할당량을 채우라는 의미 같았다. 달리 방법이 없었으므로 선일의 생각대로 하기로 했다. 나는 그에게 회사에 다닐 때처럼 부지런히 살아달라고 요청했다. 선일은 그때까지 자신이 어떻게 살아왔는지 잊어버린 사람처럼 확실한 대답 없이 뚱한 표정만 지었다. 나는 처음 샀을 때와 다름없이 깨끗한 상태로 나란히 놓여 있는 다이어리 두 권을 책장에서 꺼내왔다. 그것을 보자 선일은 지난 연말에 다이어리를 산 일이 떠올라 잠시나마 모든 일이 이렇게 되기 전으로 돌아간 듯한 기분이 든다고 말했다.

*

우리는 아파트 단지에 마련된 산책로 쪽으로 향했다. 선일은 한 바퀴가 1킬로미터 정도 된다면서, 세 바퀴를 돌고 씻은 후 곧장 글을 쓸 거라 말했다. 곧 봄이었지만 아직 쌀쌀한 기운이 남아 있었다. 날이 따듯해지면 산책로 중앙 분수대에서 물을 뿜어내고 그 주위로 색색의 꽃들이 피어날 것이었다. 이전에 빌라촌에 살 때는 인근에 산책 코스가 없어 방바닥에 매트를 깔고 '층간 소음 없음'이 표기된 홈트 영상을 따라했다. 그러고 보니 이곳에 이사 오기로 마음을 굳힌 계기가 바로 이 산책로였다. 예상한 것보다 더 많은 빚을 내야 했지만 기꺼이 그렇게 했다. 가끔 저녁에 산책로에 나가 사람들 틈에 섞여 가로등이 알사탕처럼 늘어선 길을 돌고 있으면, 우리의 생활이 이곳에 속해 있어 다행이라는 안도감이 들었다.

"저녁에 뭐 사 올까?"

"아무거나."

"아, 장본다고 했지?"

"먹고 싶은 거 있으면 사 와."

선일은 단지 앞 횡단보도까지 배웅을 나왔다. 나는 신호가 바뀌자마자 갈게, 하고 건조한 인사를 건넸다. 뒤통수에 미지근한 시선을 느끼며 지하철역을 향해 걸어갔다. 문득 뒤를 돌아 그에게 손을 흔들어줄까 싶었지만 그렇게 하지 않았다.

출근길 책 읽기는 실패였다. 가방에 책을 챙겨오지 않은 탓이었다. 첫 번째 할 일은 완수하지 못했지만 업무 시작 전 회사에 도착해 1층 카페에서 바닐라라테를 샀다. 두 잔을 사서 한 잔은 옆 자리 김 대리 책상에 올렸다. 김 대리는 답례로 서랍에서 커피 드립백을 꺼내주었다.

"업체는 찾았어?"

"해준다는 곳이 없어."

"찾아질 거야. 지금까지 그랬잖아."

"내가 예외를 만들어보려고."

메일함을 열어 연락을 돌린 업체들의 회신을 확인했다. 스무 곳 중 두 곳에서 답신이 있었다. 거절 메시지였다. 예산도 문제였고 일정도 문제였다. 배리어 프리 상영일보다 미리 포스터를 배포하려면 시간이 빠듯했다. 지난 분기 때 홍보 자료를 맡긴 업체 한 곳의 명함을 찾아보는데, 백 팀장이 나를 불렀다.

"이 대리, 나랑 면담."

그러더니 백 팀장은 업무 노트를 옆구리에 끼고 사무실을 나갔다. 어디서 보자는 말도 없이 면담이라고 툭 던져놓고 가버리니 재빨리 일어나 따라갈 수밖에 없었다.

그리하여 점심시간이 될 때까지 사내 카페에서 백 팀장과 면담을 했다. 그는 열정적으로 회사 구성원 사이 유대감을 강조하며 면담의 필요성을 늘어놓았다.

"이 대리랑 나랑 요새 좀 소원하지 않아? 이러면 우리가 일하는 데 재미가 없잖아."

어째서 재미가 있어야 하는 걸까? 무엇보다 이것을 사내 구성원의 유대감 증진을 위한 면담이라 해야 할지 알 수 없었다. 백 팀장은 지나치게 사적인 토크를 시작했다. 지난밤 이혼소송 중인 부인의 문자까지 보여주었다.

'제발 전화 좀 하지 마. 밥은 알아서 챙겨 먹고.'

"이게 도대체 무슨 뜻이야? 전화는 하지 말고 밥은 먹으라니?"

문자 그대로 전화는 하지 말고 밥은 알아서 챙겨 먹으라는 말이었다. 백 팀장은 그 안에 담기지도 않은 의미를 찾고 싶어 했다. "어때?" 자꾸 물어보는 말에 어떻게든 엮이고 싶지 않아 잘 모르겠다는 말만 반복했다.

"실은 내가 모텔에서 달방을 살아. 갑자기 집을 나오니 어디 갈 데도 없잖아. 그게 걱정된 거겠지?"

"모텔에서 지내세요?"

"그렇게 됐어. 내가 요즘 이래. 신경 쓰이는 게 한두 가지가 아니야."

다시 말을 붙이기도 전에 백 팀장이 입을 열었다.

"모텔 옆방에 애들이 살거든. 정확히 말해서 애들만 사는 거야. 도대체 부모는 어딜 간 건지……. 가끔 출근할 때 애들하고 마주쳐. 가방을 메고 있는데, 아마 학교를 가는 것 같아. 그걸 다행이라고 해야 하나……."

백 팀장은 지난밤 컵라면 한 박스를 아이들 방 앞에 놓아 두었다고 했다. 그렇게 말한 후 나에게 무슨 응답을 바라는 듯해서 "잘하셨네요" 하고 기계적으로 호응했다.

"불쌍해⋯⋯. 다 불쌍하지⋯⋯."

그렇게 말하면서 백 팀장은 자신 역시 불쌍한 처지라고 했다. 인생이 이럴 줄 몰랐다, 이혼을 당할 거라 생각도 못 했다, 중얼거리며 현실을 부정하듯 고개를 저었다. 일 년쯤 전에 백 팀장 자리로 걸려온 전화를 돌려 받은 적이 있는데, 그 일을 떠올리면 과연 그가 인생이 이럴 줄 몰랐다 말할 자격이 있는 건지 의문스러웠다.

그날, 수화기 건너편에서 여자 목소리가 들려왔다. 울다 만 듯 잠긴 목소리였다. 여자는 백 팀장이 자신의 전화를 피한다 면서 이쪽으로 전화를 걸 테니 제발 그와 연결해달라고 했다. 나는 아무것도 모르는 척 전화를 돌렸고, 백 팀장은 전화기가 귀에 닿자마자 쾅 하고 그것을 내려놓았다. 사무실에 있던 모 두가 거친 소리에 놀라 백 팀장을 돌아보았다. 전화를 옮겨쥔 그의 팔이 후들후들 떨리고 있었다. "내연녀 아니야?" 김 대 리가 농담인 듯 속삭였다. 그 후 백 팀장의 내연녀는 종종 우 리 팀으로 전화를 걸어왔다. 김 대리 역시 그를 바꿔달라 호 소하는 여자의 간절한 목소리를 들었다고 말했다. 김 대리는 나와 달리 여자의 부탁을 들어주지 않았다. 어째서 편을 들어 주지 않느냐 물었더니, 김 대리는 이렇게 하는 게 그 여자를 도와주는 일이라고 했다. 백 팀장을 만나서 좋을 일이 뭐가 있겠냐면서.

그런 일이 있던 탓에, 이혼 소식을 들었을 때 그 유책 사유가 백 팀장에게 있을 것이라 확신했다.

"힘드시겠어요."

전화기를 붙들고 팔을 떨던 백 팀장의 모습이 떠올랐다.

"어쩌겠어……."

짧은 한숨이 흘렀다.

"이 대리는 요새 힘든 일 없어?"

"있죠."

"무슨 일?"

어쩐지 백 팀장은 우리가 보다 친해질 수 있다고 믿는 것처럼 반색했다.

"배리어 프리 영화제요. 포스터 업체 못 찾았어요."

몇 초간 침묵이 흘렀다.

"포스터가 안 나왔다는 말이야?"

"네."

"영화제까지 보름 남지 않았어? 그럼 지금 나와도 늦은 거 아닌가?"

"그런 것 같아요……."

백 팀장이 이마를 벅벅 긁었다. 긁은 자리에 곧 벌겋게 손톱자국이 부어올랐다.

64

"어떻게 이런 일이 있지? 포스터는…… 보통 영화제라고 하면 포스터가 있잖아? 안 나오는 경우도 있나? 안 나오면 이상하지? 그렇지 않아?"

"그렇긴 하죠……."

"이 대리가 하는 일이잖아. 왜 이렇게 남 일처럼 얘기해?"

죄송하다는 말이 입술 끝에 걸려 나오지 않았다.

"이렇게 될 줄 몰랐어요……."

"할 수 없을 것 같으면 말을 했어야지."

"할 수 있을 것 같았어요."

나는 상황을 수습하듯 말을 이어갔다.

"아직 시간 있어요. 할 수 있어요. 최대한 예산에 맞춰서 할 거예요. 처음부터 예산은 부족했지만……."

백 팀장은 양손 검지로 관자놀이를 눌렀다. 그의 반응을 보자 그제야 일이 제대로 굴러가지 못한 것이 일정보다 예산에 초점을 맞춰 일을 진행한 나의 우선순위 문제라는 사실을 깨달았다.

"예산은 변수잖아. 그런 건 조정을 했어야지."

이혼한 부인 이야기를 할 때보다 더 긴 한숨이 흘러나왔다. 그는 턱에 힘을 주어 입술을 모으더니 휴대폰 연락처를 넘겨보았다.

"혹시 모르니 검수용 시안이라도 미리 받아두고……."

백 팀장의 얼굴이 다 일그러져 있었다.

"저번에 진행한 업체에 가보려고요……. 거기 사장님이랑 얘기가 잘 될 것 같아요."

그 면담이란 것이 끝나갈 즈음 백 팀장은 곤경에 처한 팀원을 챙겨주는 유능한 팀장 같았고, 나는 그런 팀장이 있어야만 제대로 사람 구실을 하는 무능력한 존재처럼 느껴졌다.

퇴근 후 귀가하자 선일이 현관문을 열어주었다.

"왔어?"

그는 어깨에 늘어져 있던 숄더백을 잽싸게 낚아채고 내 손에 들려 있는 두 개의 초밥 도시락도 받아들었다.

"초밥 도시락 오랜만이네."

나는 씻지도 않고 부엌으로 향했다.

"연말에 사케 받은 거 있잖아. 그거랑 같이 먹자."

사케는 선일이 재단에서 받은 것이었다. 연말 행사 때 그의 실적을 미리 축하하며 팀원들이 준 선물이었다. 사케 이야기를 꺼내자 선일은 떨떠름한 얼굴이 되었다. 마시지 말까 물으니 선일은 고개를 저으며 이참에 마셔 없애버리자고 답했다.

초밥 도시락을 열고 사케를 한 잔씩 따랐다. 한치감태초밥을 입에 넣고 유자향이 나는 사케를 마시자 하루의 피곤이 조금 날아가는 듯했다.

"오늘 어땠어? 글은 썼어?"

선일은 두툼한 유부초밥 하나를 입에 넣었다. 그가 유부초밥을 다 씹어 삼킬 때까지 사케를 홀짝이며 기다렸다.

"안 썼지?"

"쓰려고 했어……."

선일은 눈치를 보다가 물었다.

"너는?"

우리는 초밥을 먹던 젓가락을 내려놓고 서로의 다이어리를 꺼내 왔다. 그리고 숨길 것도 없다는 듯 각자의 다이어리를 바꿔서 보았다. 선일이 계획한 일은 하나도 체크되어 있지 않았다.

"너는 하나 했네. 바닐라라테."

"해야지."

선일은 어이가 없다는 듯 고개를 뒤로 젖히며 웃었다.

"왜 아무것도 안 했어?"

내가 묻자 선일은 진지한 얼굴로 말했다.

"일부러 그런 거 아니야. 바빴어."

"뭐가 바빠?"

그렇게 물으면서 나도 그랬다고, 왜 계획대로 되는 건 바닐라라테뿐인지 모르겠다고 생각했다. 선일은 연어볼초밥을 입에 넣고 우물거리며 말했다.

"시끄러워……."

"나한테 하는 말이야?"

"아니……. 시끄러워서 바빴다고."

"시끄러워서 바쁘다니?"

선일은 검지를 세워 허공을 찌르듯 가리켰다. 나는 천장을 한 번 바라보았고, 그 순간 술기운이 나른하게 퍼져 머리가 약간 어지러웠다. 선일이 그만 마시라며 사케 잔을 옆으로 치웠다.

"취하기 전에 다이어리 쓰자."

"다이어리 쓸 분위기 아닌데."

선일은 펜을 들고 와 내 손에 쥐어주었다. 나는 첫째 줄에 '출근길 책 읽기'라고 썼다. 그리고 '바닐라라테'를 적었다. 어제와 다르지 않았다. 달리 떠오르는 계획이 없었다. 마지막 줄에는 '(반드시) 업체 확정'이라고 썼다. 선일 역시 어제와 똑같은 목록이었다. 달리고 글 쓰고 장보기. 선일은 한 유명한 소설가의 루틴이 자신의 계획과 비슷하다고 말했다.

"유명한데 이렇게 살아?"

선일은 두 눈을 끔뻑거렸다. 유명한데 단조롭게 살아가는 소설가와 그 루틴을 비꼬는 나, 둘 중 하나는 잘못되었다는 듯 고개를 갸웃거렸다.

"어느 쪽이 문제인지 모르겠네."

적어도 나는 문제가 아니라고 말하려다, 어떤 방식이든 이미 유명해져버린 사람과 붙으면 이길 수 없으리란 생각이 들었다. 새우초밥을 입에 넣고 선일이 치워놓은 사케 잔을 다시 앞으로 가져왔다. 연거푸 술잔을 기울이자 선일은 내일 회사

갈 사람이 이렇게 마셔도 되는 거냐며 나를 말렸다.

"안 갈 거야. 못 가겠어."

그렇게 칭얼거리자 잠시 선일의 얼굴이 굳은 듯했다. 그러나 그 표정은 술기운이 흐려놓은 인상이라 완전히 믿을 수는 없었다. 다시 보니 그가 희미하게 웃는 것도 같았다.

*

다음 날, 역시나 출근길에 책을 챙겨오지 않았다. 어차피 읽을 수도 없었을 것이다. 아직도 목구멍에서 유자향이 올라왔다. 지난밤의 일이 떠올라 얼굴이 홧홧했다. 어제 우리는 초밥도 사케도 남김없이 다 먹어버렸다. 나는 취해서 선일의 이야기를 듣다가 그의 멱살을 잡았다. 그리고 뭐라고 했던가……. 이건 사기 결혼이라고 했다. 둘이 번다며…… 둘이…….

아침에 집을 나설 때, 선일은 나에게 잘 다녀오라는 인사도 없었다. 나는 기억하지 못하는 척 서둘러 집을 나섰다. 문득 이게 내가 미안할 일인가 싶었다. 잘못은 누구에게 있는가? 잘못은…… 선일에게 있는 걸까? 그렇다고 할 수 있나? 선일이 보낸 어제 하루, 나는 거기에 무언가 잘못된 것이 있다고 생각했다.

어제 아침 나를 배웅한 후 선일은 산책로 팔각정에서 노닥

거리는 두 여자를 마주쳤다. 마침 노이즈 캔슬링 이어폰을 꽂기 전인 그의 귀에 둘의 대화가 들려왔다.

"보상금 받았어?"

"받긴 받았지. 얼마 안 하던데?"

선일은 발목을 돌리면서 아파트가 위치한 곳의 상공이 공군 비행 훈련 경로에 포함되고, 그 때문에 소음 피해 보상 지원금이 가구당 사람 수대로 지급된다는 사실을 듣게 되었다. 아파트 단지의 비행 소음 피해에 대해 모르는 건 아니었다. 처음 이곳을 둘러볼 때 부동산에서 말해주었다. 부동산 소장은 어차피 평일 낮 시간에 훈련 비행을 할 테고, 젊은 사람들은 보통 그 시간에 집에 없지 않겠느냐고 단언했다. 그러다가 혹시 아이가 있느냐고 물었다. 그 말에 우리는 잠시 주춤했다. 그즈음 길에서 우연히 마주치는 아기들을 볼 때면 눈을 떼지 못했다. 무언가에 시선이 간다는 것이 그것을 바란다는 근거 같았는데, 아파트를 사려면 이전에는 겪어보지 못한 경제적 부담이 생길 터라 우리는 당분간 아이를 갖지 않기로 합의한 상태였다. 부동산 소장은 잠시 눈치를 보더니 비행 소음보다 그 소리를 듣고 빽빽 울어대는 아이들이 더 시끄러울 거라고 말했다. 어쨌든 피해 보상금이 나온다는 소식은 듣지 못했다. 선일은 정보를 얻을 요량으로 여자들에게 다가가 보상금을 어떻게 받느냐고 물었다.

"이사 왔어요? 몇 동?"

그로부터 한 시간 후 선일은 그 여자들이 이 아파트에 십오 년 전 입주했고 그때는 사십 대였으나 지금은 각자 손주가 둘 있는 할머니가 되었다는 사실까지 알게 되었다. 불쑥 한 여자가 선일에게 "애 없어요? 딩크족이에요?" 물었고 선일이 아직은 그런 것 같다고 대답했다. 여자는 자기 둘째 딸도 '아직은 딩크족'이라며 반가워했다. 그렇게 돌고 돌아 대화의 주제가 다시 비행기 소음 피해로 돌아왔을 때, 두 여자는 한 달 전만 해도 행정복지센터에서 신청을 받았다며 찾아가보라고 했다.

집으로 돌아온 선일은 샤워를 한 후 노트북을 열었다. 모니터 가까이에 몸을 기울이고 뜸을 들이다가 겨우 한 줄을 적었다.

'눈을 뜨자 십오 년 전이었다.'

그는 문장을 지우고 텅 빈 화면을 바라보았다. 그 다음 심호흡을 하고 다시 썼다.

'마을에는 한 사건이 있었다.'

그 순간 바람이 하늘을 과격하게 가르는 소리가 들렸다.

쿠우우우우우우 키우우우우우우.

선일은 반사적으로 의자에서 일어나 창문 새시가 미세하게 떨리는 것을 보았다. 그의 말에 따르면, 전쟁이 나면 꼭 이러겠다 싶을 굉음이었다. 쿠우우우우우우 키우우우우우우.

그제야 그것이 비행 소음이라는 것을 알았다. 선일은 자리로 돌아와 정신을 가다듬고 다시 글을 써보려고 했다.

'전쟁이었다. 하늘에서 시작되었다.'

소음은 계속되었다. 쿠우우우우우우 키우우우우우우. 선일은 다음 문장을 썼다.

'쿠우우우우우우 키우우우우우우.'

그다음 문장을 써보려고 했다.

'쿠우우우우우우 키우우우우우우.'

그로부터 삼십 분도 지나지 않아 선일은 행정복지센터를 찾아가고 있었다. "어떻게 오셨어요?" 묻는 직원에게 소음 피해 신고를 하러 왔다고 말했다. "이제 신청 안 받아요. 피해 보상 센터에 연락해보세요." 직원이 번호를 알려주었으나 센터에서 전화를 받지 않았다. 선일은 한 시간가량 버스를 타고 구청 근처 센터로 갔다. 하필이면 점심시간이라 문이 잠겨 있어 또 한 시간을 기다려야 했다. 한 시가 되자 센터 문이 열렸다. 안으로 들어가니 중년 남자가 그를 맞았다. 선일 말고는 센터를 찾아오는 사람이 없는 듯했다. 남자는 박카스를 한 병 까서 건넸고, 선일에게 피해 지역에서 얼마나 살았는지 비행기 소음이 일어나는 시간에 주로 어디 있었는지 물었다. 선일은 작년 8월에 해당 지역으로 이사를 왔고, 당시 비행기 소음 피해에 대해서는 알았으나 보상금을 받을 수 있다는 이야기는 듣지 못했으며, 직장은 9킬로미터 떨어진 곳인데 지금

은 퇴사한 상황이라고 말했다. "퇴사하셨다고요? 언제?" 남
자가 심드렁하게 물었다. 선일은 설이 지나 퇴사했다고 답했
다. 남자는 선일을 마주보더니 "아무래도 명절에는 가족들 얼
굴을 봐야하니까요. 퇴사는 상당히 껄끄러운 문제죠" 하고 말
했다. 곧이어 남자는 8월에 이사를 왔다면 9월부터 12월까지
피해 일수만큼 지원이 가능할 테지만, 이미 신청 기간이 마감
되었다고 말했다. 선일은 남자의 말을 단번에 이해할 수 없었
다. "올해는 보상금 지급이 어렵다는 말이죠." 선일은 그 말도
이해되지 않아 되물었다. "돈을 못 받는다는 건가요?" 남자
가 고개를 끄덕였다. 그 순간 선일의 눈에 방금 전 남자가 건
네준 박카스 병이 들어왔다. 굳이 뚜껑까지 열어 건네준 남자
의 행동이 이제는 불쾌하게 느껴졌다. 언제 퇴사를 했느냐 물
은 일도 무례한 듯 여겨졌다. 선일은 박카스를 한 입도 마시
지 않고 그대로 놓아둔 채 일어났다. 다시 한 시간 동안 버스
를 타고 집으로 돌아왔을 때는 오후 네 시가 지나 있었다.

그 실속 없는 하루가 영 마음에 들지 않았다. 돌이켜보면
마음에 들지 않았던 것은 그의 하루가 아니라 나의 하루였
다. 그날 오후, 나는 두어 번 일을 맡긴 업체에 찾아가 상식적
으로 납득할 수 없는 예산을 제시하며, 사장에게 그동안 함께
일한 내력을 줄줄 읊고 있었다. 그러면서 다음 달 기안을 올
릴 계약 건에 대한 정보를 흘렸다. 그런 나를 보더니 사장이

껄껄 웃었다. 이런 식으로 일할 줄도 아느냐면서 그 역시 말해놓고 민망했는지 머리를 자꾸 매만졌다. 그는 내일까지 생각해보겠다 말했다. 그사이 다른 곳에서 일을 가져간다 해도 어쩔 수 없다며, 고개를 숙인 채 씁쓸한 듯 입꼬리만 슬쩍 올렸다. 그가 이 일을 맡고 싶어 하지 않는다는 것을 알았지만 아무 내색하지 않았다. 그 앞에서 더없이 한심한 자신을 깨달았지만 아무렇지 않은 듯 새침을 떨고 있었다.

*

　계획에 없던 일이었다. 나는 백 팀장이 운전하는 차 조수석에 앉아 있었다. 회사에서 차로 거의 두 시간이나 떨어진 J시로 향하게 되리라고는 김 대리가 바닐라라테를 건네기 전까지 결코 상상도 못한 일이었다. 김 대리는 급한 미팅에 참석해야 했다. 원래 백 팀장과 팀을 꾸려 가기로 한 제안 발표회보다 큰 건이었다. 발표회는 한 사람이 빠져도 무방한 일이었지만, 백 팀장이 '혼자 가면 파이팅이 없다'면서 끝내 팀원을 붙여달라 떼를 쓰니 어쩔 수 없었다. 김 대리는 미팅을 마치고 들러볼 곳 중에서 디자인을 맡길 업체가 있다면서, 이쪽에 사정을 설명해 부탁해볼 테니 서로 상부상조하는 것이 어떻겠느냐고 했다. 나는 무조건 좋다고 했다. 김 대리가 맡은 사업 예산은 넉넉할 테니 암묵적으로 두 개의 일을 한 세트로 진행한다면 업체도 손해가 아닐 거라고 생각했다.

차 안에서 백 팀장은 어제 면담의 후속편을 시작했다.

"내가 라면 박스를 가져다두었잖아."

"무슨 라면이요?"

뜬금없이 무슨 라면 이야기인가 싶어 물어본 것인데, 백 팀장은 "말 안 했나? 오동통통 농심 너구리"라고 멜로디까지 붙여 답했다. 그제야 아이들 방 앞에 놓아둔 라면을 말하는 것이란 감이 왔다.

"어제 출근할 때까지 문 앞에 있었는데 퇴근하고 보니 없더라고."

"애들이 가져갔겠죠."

"정말로 애들이 가져갔을까?"

옆을 돌아보니 백 팀장이 고개를 젓고 있었다.

"실은 그 모텔에 나같이 달방 사는 인간들이 있거든. 그 애들도 그렇지만."

"도대체 그 모텔은 어디에 있어요?"

"이렇게 오픈할 수는 없고……."

백 팀장이 말할 수 없는 부분도 있다는 것이 새삼스러웠다.

"설마 누가 훔쳐갔을까요?"

"그럴 수도 있지 않겠어? 청소하는 아주머니한테 들었는데, 그 모텔에 내 나이쯤 들어와서 이십 년도 넘게 사는 사람이 있다잖아. 그 사람이 도둑으로 몇 번인가 의심받은 적이 있나 봐. 바로 내 아래층에 사는 사람이거든. 한 번은 경찰이 와서 수색도 했다는 거야."

"그렇게 오래 모텔에서 사는 거면 돈은 있는 거 아니에요?"

"돈이 있으면 집을 구하겠지."

돈이 있으면 모텔이나 호텔처럼 날마다 누군가가 청소해주는 방에서 사는 것이 더 낫지 않나 생각도 들었지만, 백 팀장의 말도 일리가 있었다.

"다들 사는 게 근근하지만……."

백 팀장은 쯧쯧 혀를 차고 "그래도 그렇게 살면 안 되는데……" 하며 중얼거렸다. 이미 그 장기 투숙객이 라면을 훔쳐 간 것으로 생각하는 듯했다.

"CCTV 확인하는 게 어때요?"

"모텔 주인이 연락이 안 돼. 카운터 보는 애는 허락 없이 절대 안 된다 하고. 티격태격하고 있으니까 청소하는 아주머니가 계단참에서 부르는 거야. 혹시 라면 도둑 찾느냐고."

"목격자가 있었네요."

"자기가 봤대. 누가 가져갔냐고 하니까, 이 아줌마가 나한테 술을 사라는 거야. 술을 얻어 마시면 말해주겠다고. 그래서 소주에 국밥이나 먹으려 했더니, 이 인간이 족발을 먹자는 거야. 그것도 앞다리 살로."

백 팀장은 어이가 없다는 듯 허허 웃었다.

"국밥 한 그릇으로는 입을 열 수 없대. 뭐, 나도 인정이야. 비밀은 원래 비싼 법이잖아."

백 팀장은 목이 막힌 듯 크음 크음, 긁는 소리를 내더니 글러브 박스에 사탕이 있다면서 꺼내달라고 했다. 박스를 열어 청포도맛 사탕을 하나 꺼냈다. 백 팀장이 정면을 보면서 오른손을 앞으로 가져와 펼쳤다. 사탕 하나를 손에 올려주자 "이렇게 먹으라고? 까서 줘야지" 하고 그가 말했다. 봉지를 까서 끈적한 사탕을 그 손에 올렸다.

"그런데 이 대리 남편은 뭐해?"

나는 무미건조하게 답했다.

"지금 일 안 해요."

"일을 안 해? 왜?"

캐물을 심산인 듯했다.

"갭 이어예요."

"뭐?"

"갭 이어요."

"그게 뭔데?"

"다른 일 해보려고 준비 중이에요."

"무슨 일?"

선일이 웹소설을 쓰려 한다는 말이 입에서 떨어지지 않았다. 어쩐지 직업으로 삼기 위해 그 일을 한다는 말이 누구도 납득시킬 것 같지 않았다. 나는 선일이 콘텐츠 관련 업계에서

일하고 싶어 공부 중이라고 둘러댔다. 백 팀장은 모르는 이야
기가 나오자 싱겁게 그렇군, 하더니 전방만 주시했다.

곧 J시에서 두 번째로 크다는 P 대학의 인문연구원에 도착
했다. 나는 차에서 노트북을 꺼냈다. 백 팀장은 드라이빙용
낡은 운동화를 벗고 반질반질 닦아놓은 갈색 구두를 꺼내 갈
아 신었다.

발표회는 3층 대강의실에서 열릴 계획이었고, 마침 엘리베
이터가 점검 중이라 우리는 계단으로 올라가야 했다. 백 팀장
에게 먼저 계단을 오르라고 길을 터주었는데, 오히려 그가 먼
저 가라는 듯 손을 앞으로 내밀었다.

"내가 걸음이 느려."

나선형 계단을 오르며 뒤따라오는 팀장을 내려다보니, 그
는 한 손으로 무릎을 짚고 있었다. 그러고 보니 백 팀장은 두
시간 가까이 한시도 쉬지 않고 운전한 데다 혼자 발표도 해
야 했다. 게다가 이혼소송 중이고 모텔에서 달방을 살고 있
다……. 발걸음을 멈춘 채 백 팀장이 숨을 고르고 올라올 때까
지 기다렸다.

"너무 티가 나네."

백 팀장이 말했다.

"네?"

"배려하는 게 티가 나거든. 그거 사람 불편하게 하는 건데

말이야."

그렇지만 백 팀장이 불편해 보이지는 않았다.

"먼저 올라가. 쉬엄쉬엄 갈 거니까."

먼저 올라가려는데 백 팀장이 뜬금없이 뒤통수에 대고 물었다.

"포스터 업체는 하기로 했어?"

"거의 해줄 것 같아요."

"거의 해주는 건 뭔데?"

어떤 점이 웃긴 것인지 알 수 없었으나 백 팀장은 계단을 올라오는 내내 낄낄거렸다.

발표는 나쁘지 않았고 심사 위원들은 고개를 끄덕이며 집중했다. 대기실로 돌아와 축축하게 젖은 손수건으로 이마를 닦는 백 팀장을 보자 마음이 편하지 않았다.

"진짜 고생하셨어요."

그를 보고 있으면 과연 나는 저렇게 할 수 있을까 의문이 들었다. 게으른 듯하지만 어느새 주어진 일을 능청스럽게 해내고, 사람들에게 기분 나쁜 농담을 던지기는 하지만 결정적으로 누구와도 적이 되지 않는 사람이었다. 그처럼 되고 싶은 것은 아니었지만 그렇게 되고 싶다 한들 그렇게 될 수 없을 것이 자명해 보였다.

발표 결과는 주최 측에서 문자로 통보할 테니 대기할 필요가 없다는 안내를 받고 차로 돌아왔다. 백 팀장은 구두에서 낡은 운동화로 갈아 신으며 말했다.

"느낌이 좋아."

결과에 대해 자신이 있는 듯했다. 몇 시간 만에 다시 차에 오르자 불쑥 배 속에서 뜨거운 기운이 올라왔다. 유자향이었다. 내장 어딘가 술기운이 남아 있는 듯했다. 오전만 해도 괜찮던 속이 이제야 울렁거리는 것이 이상했다. J시 톨게이트를 지나 고속도로에 접어들자 백 팀장이 왜 그러느냐고 물었다. 나는 출발할 때부터 줄곧 손으로 입을 가리고 있었다.

"좀 메슥거려서요."

"혹시 임신한 거 아니야?"

백 팀장이 장난기 섞인 말투로 묻는 순간 욱하고 욕지기가 치밀었다. 목구멍 밑으로 누를 수 없을 만큼 무언가 차올랐다. 몸을 앞으로 숙이고 있으니 백 팀장이 말했다.

"야, 야, 안 되겠다."

백 팀장은 갓길에 차를 세우고 비상등을 켰다. 나는 급히 차에서 내렸다. 갓길 바깥으로 고개를 돌리고 배 속에 든 것을 게워냈다. 백 팀장이 다가와 등이라도 두드려줄까 마음을 졸였는데, 그는 차에서 내리지 않은 채 운전석에 앉아 있었다. 내가 돌아오자 그의 무릎에 물티슈 팩이 놓여 있었다. 그는 물티슈 세 장을 뽑아 건네주었다.

"출발해도 되겠어?"

"네."

"갑자기 왜 그래? 요새 힘들어? 아니면 진짜 임신한 거야?"

선일과 마지막으로 관계를 맺은 것이 언제인지 떠올려보았다. 그러고 보니 선일이 퇴사를 선언한 이후 우리 관계도 감정 기복이 있던 만큼 상당히 두서없었다는 것이 기억났다.

"정말이야?"

"네?"

"진짜?"

어째서 대화가 그런 식으로 흘렀는지 알 수 없었다. 백 팀장은 입을 헤 벌린 채 앞을 내다보며 말을 잇지 못하다가 한 박자 늦게 "축하해"라고 말했다.

"왜 말 안 했어? 초기에 조심해야 돼. 우리도 큰애 임신했을 때 말이야……."

백 팀장은 아내가 첫아이를 임신했을 때 혹시 문제가 생길까 계속 마음을 졸였다고 했다. 그의 아내가 입덧으로 고생한 이야기를 듣는 동안, 나는 한 달이 지나도록 생리가 없었다는 사실을 떠올렸다. 생리 불순은 이십 대 중반 이후 계속되는 지병 같은 것이었지만, 이번에도 그런 경우라고 단언할 수는 없었다.

"우리 큰애는 다 컸어. 이제 고딩이야."

"네……."

울렁거리던 속은 차차 나아졌다. 나는 지난밤 술을 마신 것이 후회되었고 더 이상 임신을 주제로 대화하고 싶지 않았다.

"족발은 드셨어요? 앞다리 살로?"

라면 도둑 이야기로 화제를 돌렸다.

"그랬지. 이 아주머니가 십만 원어치를 먹더라. 심지어 포장도 해갔어. 염치가 좀 있어야지……."

"범인은 알려줬어요? 이십 년 동안 모텔 살았다는 투숙객이에요?"

"그 아주머니가 정말 황당한 소리를 하더라."

"무슨 소리요?"

백 팀장은 어이가 없는지 잠시 볼에 힘을 주고 입술을 일자로 다물었다.

"그 도둑이 라면 상자를 들고 바로 애들 옆방으로 들어갔다는 거야."

"옆방이요?"

"아이들 방이 복도 끝이거든. 그래서 옆으로 방이 하나잖아."

"아…… 혹시…….'"

"그래. 거긴 내가 살아. 도둑이 내 방으로 들어갔다는 건데……. 그 아주머니가 얼핏 뒷모습만 봤는데, 라면 도둑이 구겨진 파란 셔츠에 검은 트레이닝팬츠를 입고 있었대."

"그렇게 입고 다니는 사람이 범인이네요."

"그게 나랑 비슷하단 말이야. 파란 셔츠에 검정 트레이닝 팬츠. 그 옷이 제일 편해서 맨날 그렇게 입고 다니거든."

무심결에 백 팀장의 차림새를 훑어보았다. 경량 패딩 손목 둘레로 파란 셔츠 소매가 새끼손톱만큼 삐져나와 있었다. 바지는 검회색 모직이었다.

"그렇게 입는 사람이 팀장님만 있는 건 아닐 거예요. 도둑이라면 방에 너구리가 있겠죠. 그 장기 투숙객 방을 뒤져보면 나올지도 몰라요."

"너구리는 내 방에도 있어. 항상 사놓거든. 서너 박스를 쌓아두지."

"팀장님 방은 아니죠. 다른 방에서 너구리가 나오면 그 방 주인이 범인이죠."

"너구리가 내 방에서만 나오면?"

백 팀장은 고개를 저었다.

"내가 라면 도둑인가?"

"그럴 리 없죠. 팀장님이 너구리를 가져다둔 사람이잖아요?"

"가져다둔 사람이 훔쳐 오지 말라는 법도 없잖아."

"팀장님이 도둑이에요?"

"그건 아닌데, 그렇게 보일 수도 있다는 거지."

나는 괜히 글러브 박스를 열어 사탕 한 알을 꺼냈다.

"드실래요?"

"하나 줘봐."

우리는 한동안 입 안에서 사탕만 굴리고 있었다.

"그런데 말이야. 그 아주머니가 아무한테도 말 안 할 테니 다음 주에 또 족발을 사달라는 거야. 참 나……."

고속도로를 달리는 동안 계속 그런 식의 이야기가 이어졌다. 라면 도둑 사건은 꼬리에 꼬리를 물고 시작점으로 돌아왔다. 모든 방을 탐색했으나 너구리는 백 팀장의 방에서만 나왔다. 그리하여 백 팀장은 진실이 드러날 때까지 모텔 아주머니에게 족발을 산다…….

"어쨌든 축하해. 얼마나 좋은 일이야. 그런데 이 대리가 말안 했으면 배가 불러도 몰랐을 거야."

백 팀장은 약간의 미소를 입에 걸었다. 나도 그처럼 웃어보려 했으나 볼이 무겁게 내려앉아 입꼬리가 올라가지 않았다. 백 팀장은 나를 집 앞까지 데려다주고 그가 사는 모텔로 귀가했다. 그를 떠나보내고 휴대폰을 확인해보니 기다리던 연락은 한 통도 없었다. 인쇄 업체 사장의 답신도 없었고, 김 대리가 약속한 일도 감감무소식이었다.

*

집으로 돌아오자 선일이 보이지 않았다. 화장실과 방을 뒤져도 기적이 없었다. 잠시 후 도어록 소리가 들렸다. 선일의 손에 초밥 도시락 두 세트가 들려 있었다.

"초밥 사러 갔다 온 거야?"

"응. 뭐…….."

선일은 기운 없이 대답했다. 지난밤 사기 결혼이라 운운한 일이 떠올랐지만, 정신없는 하루를 보내고 돌아오자 우리가 삐걱거리던 순간이 다소 가볍게 느껴졌다.

"미안해. 어제 내가 심했지?"

"진심 아닌 거 알아."

사기 결혼이라는 말이 과장되긴 했지만 그걸 진심이 아니라 할 수는 없었다. 어떤 부분에서 선일은 나를 속인 것이나 다름없었다. 하지만 나의 미묘한 마음을 애써 주장하는 일이 불필요하게 느껴졌다.

"너도 미안하지? 미안하다고 해."

선일이 지친 듯 힘없는 웃음을 흘리며 "그래" 하고 짧게 답했다.

"미안해, 이렇게."

"미안해."

엎드려 절이라도 받아야 마음이 풀릴 것 같았지만, 막상 선일이 미안하다고 앵무새처럼 따라 말하자 짜증이 일었다.

"초밥은 왜 샀어?"

화가 엷게 묻어나는 말투에 선일은 신경 쓰지 않았다. 그는 종이봉투에서 초밥을 꺼내더니 뚜껑을 열었다. 오도로였다.

우리가 자주 들르는 초밥집의 도시락 세트 중 가장 비싼 것이었다.

"왜 이렇게 비싼 거 샀어?"

비싼 초밥을 보자 선일에게 직장이 없다는 사실이 먼저 떠올랐다.

"돈이 생겨서."

"무슨 돈?"

"구청에서 받았어."

"보상금 받았어?"

"그런 셈이지."

오도로는 문자 그대로 혀 위에서 녹았다. 몇 번 씹지도 않았는데 사라져 아쉬울 정도였다. 약간의 느끼함이 혀끝에 돌아 사케를 남겨두었으면 좋았을 듯싶었다.

"맛있어?"

"응. 너무 당연한 걸 묻네?"

선일이 손으로 턱을 괴고 나를 보았다.

"오늘 어땠는지 안 물어봐?"

"글 좀 썼어?"

"아니."

선일은 체념한 듯 대답했다. 어째서 오늘도 글을 쓰지 않았는지 물어보고 싶지 않았다. 이어질 말들이 벌써 지겨웠다.

"돈 어디서 났는지 안 궁금해?"

"구청에서 보상금 받은 거라고 했잖아?"

"내가 그렇게 말했어?"

"그래."

선일은 그 돈이 구청에서 받은 것이 아니라 구청에 가서 받은 것이고 보상금이 아니라 보상금 같은 돈이라고 했다.

"뭐가 다른 거지?"

"다르지. 완전 달라."

선일은 그날 일어난 일을 이야기하기 시작했다.

아침에 그는 계획대로 운동을 나갔고 팔각정에서 어제처럼 두 여자를 만났다. 그들은 선일이 보상금을 받을 수 없게 되었다는 이야기를 듣고 자기 일처럼 안타까워했다.

"구청에 가보는 게 어때요?"

한 여자가 선일에게 제안하면서 지난여름의 일을 들려주었다. 위층 세탁기 자리에서 계속 물이 새서 천장에 물곰팡이가 피는데 아파트 관리소에서 조치를 취하지 않더라는 것이었다. 다짜고짜 구청에 찾아가 민원을 넣었더니, 일주일 만에 관리소에서 천장 도배 공사를 해주었다고 했다. 나중에 지인을 통해 구청장이 이 아파트 단지에 산다는 소식을 듣게 되었다. 아무래도 구청장이 사는 곳이니 구청에서 신경을 쓰지 않았겠느냐 하는 것은 그들의 추측일 뿐이었지만, 적어도 선일에게 설득력이 없는 건 아니었다.

두 여자는 구청장이 사는 곳이 아파트 단지 안에서 가장 평수가 넓은 107동이라고 알려주었다. 밑져야 본전이니 구청장을 만나보는 것이 어떻겠느냐고 권했다. 어떻게? 그들은 여덟 시 정각에 구청장을 데리러 검은 차가 올 것이고, 그 곁에서 서성이다 구청장을 만날 수도 있지 않겠느냐고 했다.

"그렇게 쉬운 일인가요?"

"어려울 건 뭐죠?"

선일은 구청장을 대면하는 일을 그렇게 허술하게 생각하는 여자들이 미심쩍었지만, 마침 여덟 시가 되어가고 있어 알려준 대로 107동 인근으로 걸어가보았다. 그리고 정말로 107동 현관에서 검은 차를 발견했다. 반짝거리는 차였다. 아마도 그 차를 운전하면서 동시에 깨끗이 관리하는 일을 맡은 기사가 시간이 허락할 때마다 윤이 나도록 닦아놓은 것 같았다. 선일은 문득 자신이 그 차를 운전하는 기사처럼 살아간다면 좋겠다는 생각을 했다. 제 시간에 맞춰 구청장을 이곳저곳으로 이동시키고, 남는 시간에는 손걸레를 들고 차를 닦는 자신의 모습을 상상했다.

잠시 후, 운전기사가 손목시계를 보더니 급한 듯 107동 현관으로 향했다. 기사가 급하게 자리를 떴을 때, 선일은 차로 다가가 뒷자리 문을 열어보았다. 아주 부드럽게 차 문이 열렸다.

"으악!"

"엄마야!"

선일이 별안간 나를 놀라게 하고는 웃었다.

"뭐야?"

나는 놀란 가슴을 쓸어내렸다.

"이렇게 놀라더라고. 으악!"

"그게 그렇게 재밌어?"

"구청장 같은 사람이 그렇게 놀랄 줄 몰랐어."

"그럼 어떻게 놀라야 하는데?"

"그런 사람들은 어떤 일에도 놀라지 않는 줄 알았나봐."

곧이어 선일은 구청장의 차에 숨어 들어간 일을 말했다.

뒷자리에 담요가 있어 선일은 그것을 머리 위에 덮었다. 곧 차로 구청장이 들어와 앉는데 담요가 꿈틀거리는 것을 발견하자 소리를 질렀다.

"으악!"

담요가 벗겨지고, 기사가 선일을 차 밖으로 끌어내려 두 팔을 붙들었다.

"내려요! 뭐하는 겁니까?"

기사에게 붙들린 선일은 어쩐지 그 팔의 완력이 부족한 걸 느꼈다. 조금만 힘을 주면 기사를 옆으로 밀쳐낼 수 있을 것 같았지만 그렇게 하지 않았다. 소동이 일자 주변을 기웃거리던 동네 사람들이 하나둘 모여들었다.

"드릴 말씀이 있어요."

선일은 밑져야 본전이라는 팔각정 여자들의 말을 떠올렸다. 구청장은 모든 신경이 눈썹 사이로 쏠린 듯 미간을 찌푸렸다. 선일은 최대한 예의를 갖춰 말하며 구청장의 눈길을 피하지 않았다.

"저는 106동에 살아요. 808호, 박선일입니다."

선일은 구청장과 같은 아파트 단지에 살고 있으며, 그럼으로써 그들이 같은 산책로를 공유한 주민이라는 사실을 알리려는 듯 자신을 소개했다. 그 소개가 효과가 있던 것인지 아니면 주변에 몰려드는 사람들의 시선을 의식한 탓인지 구청장이 떨떠름하게 입을 열었다.

"무슨 일이죠?"

"다름 아니라 비행기 소음 문제인데요."

구청장이 한 손을 들어 올려 기사에게 신호를 보내자 그가 선일을 붙잡고 있던 팔을 풀었다.

"저희 부부는 보상금을 받지 못했어요."

'부부'라는 단어를 듣자 구청장의 미간 주름이 풀렸다. 그는 입술을 다물고 턱을 긁적이며 선일을 훑어보았다.

"출근을 해야 하니 가면서 얘기해도 되겠습니까?"

"네. 좋습니다."

구청장은 기사에게 일단 구청으로 출발하자고 했다.

"구청에 가서 말씀해보시는 것도 좋겠네요. 민원실에서 안내할 겁니다."

"이미 다녀왔습니다. 올해는 받지 못한다고 들었어요."

"어째서죠?"

"신청 기한이 지났거든요."

"그렇군요. 예산과 일정에 따라 일이 진행되다 보니 누락이 발생할 겁니다. 모두 규칙에 따르는 것이니 선생님께서 너그럽게 이해해주셔야 해요."

너그러운 이해……. 선일은 그 말을 곱씹었다.

"그런데 왜 기한이 지나 신청하신 걸까요?"

갑자기 차가 덜컹거리며 약한 충격이 시트로 올라왔다. 과속방지턱에서 속도 조절을 하지 않은 탓이었다. 기사의 운전 실력이 좋지 않다 느껴지자, 선일은 자신이 기사 역할을 더 잘할 것이란 생각이 들었다.

"저랑 상관없는 일이라고 생각했거든요. 비행 훈련 시간에는 집에 있지 않았으니까요."

"지금은 집에 계시나요?"

"네."

"어째서죠?"

구청장은 치밀하게 물어왔다.

"달리 갈 곳이 없어서요."

"쉬고 계시나요?"

"아니요."

선일은 머뭇거리다가 말을 바꾸었다.

"맞아요. 쉬고 있어요."

"왜 쉬고 계신가요?"

선일은 구청장이 행정절차의 잘못은 없다는 사실을 증명하기 위해 적극적으로 질문을 던지는 것 같았다.

"일을 하지 못하게 되었으니까요."

"일을 그만둔 이유가 저희 구청이랑 관계가 있을까요?"

선일은 그런 질문을 예상한 적이 없어 당혹스러웠다. 그가 답하지 않자 구청장이 이어 말했다.

"종종 그런 일이 있어요. 우리가 하는 일이 전혀 예상치 못한 일을 불러오는 거죠. 구청에는 그런 민원이 더께처럼 쌓여 있답니다. 날마다 부지런히 털어내도 또 쌓이고 말아요. 그것이 구청에서 할 일인 거죠. 되도록 불편하고 억울한 사연이 없도록 구민의 생활을 파악해야 합니다."

"구청장님은 좋은 분 같습니다."

구청장은 바로 그 말이 듣고 싶었다는 듯 미소를 지었다.

"무언가 놓친 일이 없기를 바랄 뿐이에요. 무슨 일인지 물어도 될까요?"

"제 일이 무슨 상관이 있을까 싶지만…… 이야기해도 될까요?"

"아마도 십 분 후에는 구청에 도착할 겁니다."

"그 정도면 충분할 거예요."

*

청소년 문화 복지의 일환으로 시행되는 문화틴틴카드 사업
은 선일이 근무하던 재단에서 오랫동안 맡아온 사업이었다.
신청한 청소년에게 정해진 금액의 문화비를 카드 형태로 지
급하는 사업으로, 얼마나 카드 금액을 소진했느냐에 따라 순
위가 결정된다. 그리고 그것이 이듬해 재단에 다시 사업이 할
당되느냐 마느냐의 판단 기준이 되기에 방심할 수 없는 일이
었다.

지난해 크리스마스를 앞두고 선일이 카드 두 장을 건네받
았을 때, 팀장은 소소한 연말 보너스라고 했다. 카드 한 장당
오만 원이 들어 있으니 총 십만 원. 그 돈으로 선일은 책을 사
거나 영화를 볼 수 있을 것이었다.
팀장은 프로젝트의 실무를 총괄하는 선일에게 마지막까
지 긴장을 늦추지 말고 2위 지역과 격차를 벌려놓아야 한다
고 말했다. 사업은 12월 말일이 종료이므로 그 전까지 한 푼
도 남기지 말고 다 써야 한다며, 발급 후 신청자가 찾아가지
않은 카드를 직원들에게 나누어 지급했다. 그해 처음으로 청
소년문화팀에 발령을 받은 선일은 그것이 적법하지 않은 행

위라고 지적했다. 그러자 팀장은 자신이 이 사업을 햇수로 오
년째 맡고 있으며, 이제까지 이런 식으로 일을 해왔고, 다른
지역도 크게 다르지 않다고 말했다. 사업 종료를 며칠 남겨두
고 카드를 찾으러 오는 신청자는 없다고, 만약 그런 경우가
생기더라도 카드가 분실되었다고 안내한 후 따로 돈을 챙겨
주면 된다고 했다. 팀장의 지시를 받은 선일은 찝찝한 기분이
들었지만, 다른 지역에서도 이런 식으로 카드를 소진해 실적
을 올릴 것이므로 마지막 주가 지나 전국 순위가 변동될 가능
성이 있다는 말에 흔들렸다.

선일은 그 카드를 서점이나 영화관에서 사용할 수는 없었
다. 아무래도 카드 중앙에 선연히 박힌 문구 '틴틴'은 자신이
아니었기에 누군가 지켜보는 앞에서 당당하게 카드를 내밀
지 못했다. 그는 결국 온라인 서점에서 베스트셀러 목록에 올
라온 책을 순서대로 십만 원어치 주문했다. 앞으로 읽을지 아
닐지 알 수 없는, 제목조차 기억나지 않는 책들이었다.

그렇게 자신에게 주어진 두 장의 카드를 다 써버린 다음
날, 한 청소년 신청자의 부모가 카드를 미수령했다며 재단
으로 민원 전화를 걸어왔다. 직원들에게 배부된 카드 중 그
가 찾고 있는 것은 선일에게 지급된 카드였다. 사업이 시작된
3월에 발급 신청을 해놓고 다섯 번이나 카드를 찾아가라고
연락을 돌렸지만, 그때까지 찾아가지 않은 카드였다. 선일은
팀장이 알려준 대로 카드가 분실되었다고 말한 후, 카드를 재

발급받더라도 사용 기한 안에 사용할 수 없을 테고 모든 일은 자신들이 제대로 보관하지 못해 발생한 것이라 사과하면서 수혜 비용에 상응하는 오만 원을 송금해주었다.

그렇게 말일이 되고 연말 종무식이 끝난 후 이른 퇴근을 하려던 그 시각, 사업을 주관하는 상부 기관의 담당자에게 전화가 걸려왔다. 선일이 오만 원을 송금해준 일이 신고된 것이었다. 새해가 되자마자 선일은 그 담당자에게 불려가 돈을 송금한 이유를 추궁당했다. 신고된 카드의 온라인 서점 결제 내역이 잡히면서 발뺌할 수도 없는 상황이었다.

재단으로 돌아온 선일은 팀장에게 자신이 팀에 피해를 입히지 않기 위해 노력했다고 말했다. 팀장은 그에게 술을 사주었다. 선일의 경력을 회복할 수 있도록 최선을 다하겠다고 말했다. 덧붙여 그는 선일에게 앞으로 내려질 처벌에 대해서 알려주었다. 향후 오 년 동안 상부 기관에서 주관하는 모든 사업에서 배제되겠지만, 재단 내에서는 두 달 감봉으로 마무리될 것이라고 했다. 팀장이 애를 쓴 결과라고 했다. 팀장은 앞으로 재단에서 진행하는 일을 구석구석 경험해본 후에는 생각이 트일 거라 말했다. "축제팀은 갈 수 없나요?" 선일이 물었을 때 팀장은 그렇게 규모가 큰 사업에 대해서는 앞으로 오 년 후를 기약하자고 했다. 선일은 팀장이 이 대화를 얼른 마무리 짓고 싶어 한다는 것을 눈치챘지만, 오 년 후 무슨 일이 일어나게 될지 반복해 되물었다. 팀장은 모든 일이 잊히고, 언젠가 전부 이해받게 될 거라고 말했다. 그러기 위해 잘 버텨야 한다고 당부했다. "어떻게 오 년을 버텨요?" 묻자 팀장은 오 년은 금방이라면서, 잠시 큰 비가 왔을 뿐이고 이제 땅이 굳을 시간이라고 했다. 선일의 귀에 그 말은 들어오지 않았다.

*

차 안에는 침묵이 흘렀다. 잠시 후 구청장은 지갑에서 오만 원권 지폐 두 장을 꺼내 선일에게 건넸다. 선일은 사양했으나 구청장이 구태여 그의 손에 쥐어주었다. 차는 구청으로 들어가는 사거리 횡단보도 앞에 멈춰 있었다.

"돈은 왜 주시는 거죠?"

"돈을 주는 것이 기분을 상하게 했을까요?"

선일은 자신의 손 안에 구겨진 채 들려 있는 지폐를 내려다보았다.

"이유가 없는 돈인 것 같아서요."

"제가 이 돈을 드리는 이유는 당신이 우리 구에 살고 있고, 무언가 문제가 있기 때문입니다. 저는 구청장이고, 모든 문제를 해결할 수는 없지만 적어도 제 귀에 들려온 문제에 대해서는 어떤 조치를 취할 필요가 있다고 느껴요."

"그래서 이건 어떤 돈인데요?"

"돈에 이름이 있겠습니까?"

선일은 없는 답이라도 지어내라는 듯 구청장을 뚫어져라 보았다.

"보상금이라고 해두죠."

"무엇에 대한 보상인데요?"

"당신이 바라는 것에 대한 보상이라고 해야겠죠. 그걸 제가 정할 수는 없는 것 같습니다."

구청장이 그렇게 말하는 동안 차는 구청 주차장에 마련된 직원 전용 공간에 주차를 마쳤다.

"혹시 필요한 일이 있다면 연락하십시오."

"어디로요?"

선일은 구청장이 자신에게 개인 연락처를 알려주는 것이 아닐까 내심 기대했다.

"우리 구청 대표전화는 홈페이지에 안내되어 있습니다."

그 말을 들은 후 선일은 구청장이 건넨 돈을 주머니에 쑤셔 넣었다. 그리고 차에서 내렸다. 인사도 없이 돌아섰지만 아무도 그를 붙잡지 않았다. 구청에서 집까지 차로는 이십 분 거리 밖에 되지 않았다. 버스로는 한 시간. 걸어서는 두 시간이 넘을 것이었다. 그는 걷기로 했다. 그렇게 걸어가다가, 그는 점심을 사 먹고 물을 사 먹었다. 중간에 공원에 앉아 쉬다가 근처 도서관에서 신착 도서를 훑어보고, 카페에 들러 버터바와 에스프레소를 주문했다. 늦은 오후가 되어 동네로 돌아온 선일은 어제처럼 오늘도 계획한 일을 하나도 이루지 못한 채 하루가 저물고 있다는 것을 깨달았다. 주머니에 남은 돈을 다 써버리자는 생각으로 초밥집에 들어가 오도로 초밥 세트 두 개를 샀다. 평소에는 비싸다며 한 번도 사 먹지 못한 것이었는데, 막상 사고 보니 못 먹을 정도로 비싼 것은 아니었다는 생각이 들었다.

"나도 계획한 대로 못 했어."
"바닐라라테는?"
"그건 했지."
"그럼 하나는 했네."
"바닐라라테가 인생에서 제일 중요한 것 같아."
선일이 어이없다는 듯 웃었다.
어느새 오도로 초밥은 한 톨도 남김없이 우리의 배 속에 들어가 있었다. 우리는 초밥 먹은 자리를 치운 후 다이어리를 가져왔고, 앞으로 할 일들을 생각했다. 무엇을 적을지 알 수 없어서 빈 노트를 펼쳐두고만 있었다. 그때 문자가 도착했다. 도대체 이 시간에 누구인가 싶었는데, 백 팀장이었다. '연락해볼 것'이라는 메시지 아래 업체의 이름과 전화번호가 적혀 있었다. 연달아 '생각이 나서 급히 보냄'이라 쓰인 문자가 보였다. 그 아래 링크를 누르자 입덧 캔디 사진이 나타났다.
'임신을 축하함 ―백 팀장'

샛노란 알사탕 사진을 보자 입 안 가득 침이 고였다. 순간 백 팀장의 방에 쌓여 있을 라면 상자가 떠올랐다. 곧이어 파란 셔츠에 검은 바지를 입은 남자가 컵라면에 뜨거운 물을 붓는 장면이 그려졌다. 그는 뚜껑이 말려 올라가지 않도록 노트 한 권을 그 위에 올린 채 몸을 웅크리고 앉아 면이 익기를 기다렸다. 그러다가 살짝 고개를 돌려 벽에 걸린 시계를 보았다. 과연 그는 누구일까? 나는 무척이나 궁금했다. 그러나 내가 멋대로 지어낸 상상에서조차 그 얼굴을 함부로 확인할 수는 없었다.

*

새벽녘 배가 아파 잠에서 깼다. 변기 안에 핏물이 번져 있었다. 예상대로 임신은 아니었다. 옷을 갈아입고 우유를 한 컵 데워 마신 후 진통제를 한 알 먹었다. 잠이 오지 않아 거실을 서성거리며 휴대폰으로 밤에 듣기 좋은 음악을 검색했다. 답답한 기운이 들어 창문을 열자 싸늘한 공기가 들어와 도로 문을 닫았다. 살짝 열어둔 침실 문 사이로 선일의 코 고는 소리가 엷게 들려왔다. 소파에 앉아 가만히 듣고 있으니, 앞으로 선일이 어떻게 될지 궁금해졌다. 정말 웹소설을 쓰게 될까. 아니면 예상치 못한 다른 인생을 살게 될까.

진통제를 먹어도 아랫배는 싸르르 아팠다. 정수기에서 뜨거운 물을 받아 조금씩 마셨다. 식탁에 컵을 내려놓고 모서리에 난 상처를 보았다. 도대체 언제 생긴 것인지 알 수 없었다. 이사를 마치고 포장재를 떼어냈을 때 식탁 모서리 한쪽이 패여 있었다. 선연하게 남은 그 자국을 부정할 수는 없었다. 식탁이 원래의 식탁과 달라진 것은 아니었다. 빌라에 살던 시절그런 것처럼, 우리 부부는 그 식탁에서 밥을 먹고 술을 마시고 시답지 않은 이야기를 주고받았다.

지금 식탁에는 환한 속을 펼쳐 보이는 다이어리가 놓여 있었다. 오직 감상될 목적으로 거기 있는 것처럼 다이어리를 한동안 바라만 보았다. 그것은 가능성 같아 보이기도 했다. 우리는 그 속에 두서없이 할 일을 욱여넣을 수도 있고, 아무것도 채우지 않은 채 백지로 남길 수도 있었다. 무거운 닻이라도 내린 듯 조금도 움직이지 않는 그것을 보며, 나 역시 두 발을 묵직이 바닥에 디딘 채 멈춰 있었다. 발을 들어 올리면 새로운 날이 시작될 것 같은 기분이었다. 어제와 비슷한 오늘도 괜찮은 것인지 아무에게나 묻고 싶었다. 봄이 오고 있다는 걸알았지만 눈앞에는 없었다. 정말로 오긴 오는 것인가. 다가올 계절이 아직은 믿어지지 않았다.

래빗 인 더 홀

1

작은 꿈나무 캐슬유치원은 그 이름대로 조그마한 성처럼 지어져 있었다. 성의 끄트머리, 하늘을 찌르는 뾰족한 탑에 새가 앉기도 하고 달이 걸리기도 했다. 새도 달도 멀리 있어 닿지 않았지만, 새의 그림자와 달빛이 하늘에서 내려와 토끼의 머리를 까맣게 하얗게 물들이고 지나갔다.

뒤뜰에 울타리를 둘러 만든 토끼 사육장은 그런 곳이었다. 날개를 펼치고 자유로이 날아가는 새를 보거나, 밤이 지나는 동안 이쪽에서 저쪽으로 옮겨가는 달을 보는 곳. 그다지 낭만적인 공간은 아니었다. 곰팡이가 더덕더덕 붙은 건물 외벽이 늘 사육장 앞을 막고 있었다. 관리인 보해가 종종 비누칠을 해 닦아냈지만 더러움과 어두움은 사라지지 않았다.

나는 이곳에서 살았다. 유치원 사육장, 토끼의 울타리 안.

"토끼가 하얗지가 않아."

아이들에게 가장 많이 들은 말은 그런 것이었다. 그들이 한글로 '토끼'라 읽고 또 한 번은 영어로 '래빗'이라 읽어야 했던 학습 카드 속 토끼는 깨끗하고 하얬기 때문에, 아이들은 토끼라고 하면 하얀 털을 가진 생물을 떠올렸다. 하지만 모든 토끼가 그렇지는 않다. 나는 누르스름한 털을 가진 눈이 까만 토끼였다. 이름은 몽이라고 불렸다. 이곳에 사는 다른 토끼는 망이였다. 망이는 털도 까맣고 눈도 까맸다. 밤이 되면 잘 보이지 않아 주위를 두리번거리며 망이를 찾아야 했다.

"어디 있어?"

그렇게 물으면 망이는 "여기……" 하고 작게 대답했다. 그러곤 나에게 몸을 바짝 붙여 자신이 얼마나 가까운 곳에 있는지 알려주었다. 토끼는 목소리가 거의 없다고 해도 좋을 만큼 작아서 다른 토끼의 목소리를 들으려면 그렇게 가까이 다가와야 했다.

우리는 자주 붙어 있었다. 밤은 밤대로 보이지 않아 붙어 있었고, 낮은 낮대로 시끄러워 소리가 들리지 않아 붙어 있었다. 몇몇 아이들은 유치원에 오자마자 집에 가고 싶다며 악을 쓰고 울어댔다. 교사들은 아이들이 토끼만큼 조용하면 좋겠다고 툴툴거렸지만 아이들은 그들의 소망을 들어주지 않았다.

하지만 원하는 일은 전혀 다른 방식으로 이루어질 때가 있었다. 어느 날부터인가 유치원은 정말로 토끼만큼 조용해져버렸다. 당근 스틱을 들고 토끼의 코를 찌르던 아이도 보이지 않고, 피아노 반주 소리도 들리지 않았다. 유치원 원장도 교사들도 보이지 않았다. 관리인 보해조차 건초를 갈아주거나 토끼 똥을 치우러 오지 않았다.

먹이를 구하러 사육장 주변을 드나드는 길고양이에게 들어보니, 인간 세계에 무서운 바이러스가 퍼져 주변 학교와 유치원 모두 문을 닫았다고 했다. 작은 꿈나무 캐슬유치원도 처음에는 교사들이, 그다음은 아이들이 차례로 바이러스에 전염되어 문을 닫게 되었다.

"토끼는 누가 돌보는 거야?"

고양이가 물었을 때 우리는 대답할 수 없었다. 상황이 이렇다 보니 사육장 토끼 따위 아무도 돌보지 않게 된 것이다.

"이렇게 있다가는 금방 병에 걸릴 거야."

고양이는 걱정스러운 듯 말했다. 유치원 건물 벽을 타고 내려온 거뭇거뭇한 얼룩을 바라보았다. 침침한 벽은 우리의 미래 같아서 보고 있기에 껄끄러웠다. 그 순간 커다란 새 그림자가 머리 위를 훑었다.

"돌보는 인간도 없이 이런 곳에 갇혀 있다니……."

고양이는 앞발을 들어 울타리 문을 긁었다. 발톱 자국을 따라 칠이 벗겨진 철창이 끽 소리를 내며 열렸다.

"안에서 밀어본 적이 없나 봐. 이렇게 금방 열리는걸."

나올지 말지 결정하는 것은 토끼의 몫이라는 듯 고양이는 조용히 그곳을 떠났다. 먼저 발을 옮긴 건 망이였다.

"나가지 마. 기다리면 누군가 올 거야."

망이는 돌아보지 않은 채 말했다.

"모르겠어. 그게 좋은 일인지……."

얼마 전, 망이는 당근으로 코를 찌른 아이의 손가락을 물었다. 아이는 울부짖었고, 놀라서 유치원으로 달려온 아이 엄마는 망이를 안락사시키라고 했다. 상황을 마무리 지은 사람은 원장이 아닌 관리인 보해였다. 보해는 아이 엄마의 두 손을 잡고 말없이 고개만 저었다. 하얗게 버짐이 올라온 손에 붙들린 아이 엄마는 할 말을 잃고 침만 삼켰다. 망이는 그 일을 반복해 떠올렸다.

'인간의 손을 물면 안 돼. 절대…….'

밤이 되어 어두워지자 또 망이가 잘 보이지 않았다.

"망이야. 어디 있어?"

아무리 불러도 대답은 들리지 않았다. 몸을 붙여오지도 않았다. 혹시나 망이의 기척을 놓칠까 몸을 웅크리고 귀를 바짝 세웠다. 밤새 기다렸다. 바람이 불어와 끼릭끼릭 사육장 문을 건드리는 소음 말고는 아무 소리도 들려오지 않았다.

보해가 유치원 건물 한편에 마련된 쪽방에서 혼자 산다는 사실은 교사들에게서 들었다. 그들은 토끼 사육장 앞에서 종종 아이들은 물론 원장과 보해에 대한 불만을 털어놓았는데, 그날도 낮잠 시간이 되자 아이들을 재워놓은 후 하나둘 사육장으로 모여들었다.

"안락사는 어떻게 된 거야?"

"없던 일이 됐어. 보해 님이 유치원 관리인이란 걸 알고 지훈이 어머님이 한참 웃더라."

"지훈이 엄마는 뭐 하는 사람이야?"

"한의사."

"의사?"

"아니. 한의사."

"한의사인데 안락사 같은 단어를 입에 올리는 거 괜찮아?"

"토끼랑 사람이랑 다르잖아."

"어떻게 다른데?"

"토끼는 귀엽고 사람은 그렇지 않고."

망이는 구석에서 크릉크릉 숨만 몰아쉬고 있었다. 재잘거리던 교사들은 그 모습을 보고 휴대폰 카메라를 켜더니, 망이를 찍어대며 귀엽다고 감탄했다.

얼마나 시간이 지났을까. 망이는 나타나지 않았다. 대신 사육장에 보해가 들어왔다. 품에 건초 포대가 안겨 있었다. 보해는 사육장 문이 열린 것을 보고 당황하지 않았다. 망이가 보이지 않는 것을 신경 쓰는 눈치도 아니었다. 나는 보해가 한 움큼 놓아준 티머시 건초 속으로 머리를 쑤셔 넣었다. 내가 그랬잖아…… 누가 올 거라고……. 망이가 옆에 있다면 한마디 해주고 싶었다. 하지만 망이는 없다. 숨이 막힐 정도로 건초에 얼굴을 파묻었다. 그러다가 입 언저리에 아무것도 느껴지지 않아 눈을 떴다. 보해가 두 손으로 나를 들어 보고 있었다. 눈을 맞추었다. 까만 눈이다. 망이와 닮은 듯했다. 나는 보해의 품에 안겨 사육장을 나왔다.

보해의 방은 사육장으로 쓰는 뒤뜰보다 작았다. 굳이 따지자면 토끼 철창 주변에 울타리를 둘러놓은 면적과 비슷했다. 그래서인지 몰라도 보해와 나의 생활 규모는 별 차이가 없어 보였다. 그곳은 물건이 많지 않은 한 칸짜리 방이었는데, 한쪽 벽을 따라 세워놓은 책들이 눈길을 끌었다. 현관에서 부엌까지 연결된 벽을 따라 키가 맞지 않은 책들이 들쭉날쭉 세워져 있었다.

한때 인간과 한집에서 살던 시절이 떠올랐다. 그는 날마다 피아노를 연습했기 때문에, 나는 그를 피아니스트라고 생각했다. 그는 날마다 건초를 갈아주고 부드러운 과일을 간식으로 내주는 사람이었지만, 정작 자신이 먹을 식사는 잘 챙기지 않았다. 아침에 냉동실에서 언 밥을 꺼내놓고, 저녁에 녹으면 겨우 한 끼니를 먹는 식이었다. 식사를 마치면 소화를 시킨다며 자리에서 일어나 한 시간씩 책을 낭독했다. 어린 토끼였던 나는 그 목소리를 자장가 삼아 꾸벅꾸벅 졸았다. 토끼가 신경을 쓰건 말건 피아니스트는 책을 읽었고, 낭독을 끝낸 책들을 벽에 세워두었다.

그러던 어느 겨울, 그는 피아노 건반에 머리를 쏟으며 쓰러졌다. 벽에 세워둔 책이 하나 넘어지고, 둘 셋 넷…… 도미노처럼 계속 넘어졌다. 마지막에 세워둔 책이 쓰러지던 순간, 달려가 그것을 귀로 받쳐 들었지만 한발 늦은 탓에 그것마저 쓰러지고 말았다. 폭설이 쏟아진 날이었다.

피아니스트는 병원으로 옮겨졌다. 그가 토끼를 키울 수 없게 되었으므로, 그의 부모는 나를 지인이 운영하던 작은 꿈나무 캐슬유치원으로 보냈다.

"거기에 토끼 사육장이 있대."

"그럼, 토끼도 살기에 더 편하겠네."

그들은 나를 좋은 환경으로 보내는 거라고 믿고 있었다. 혹은 그런 척하면서 토끼의 존재를 한시라도 빨리 자신들의 생활에서 지워내려고 했다. 그러고 보면 피아니스트도 유치원도 끝까지 나를 돌볼 수 없었다. 앞으로 인간의 돌봄을 믿는 일은 없어야겠다고 다짐했다. 하지만 보해가 내 이마를 부드럽게 쓰다듬자, 그 결심은 금방 녹아버렸다. 보해의 손바닥은 거친 손등과 달리 솜처럼 부드러웠다. 더 쓰다듬어라, 인간……. 나도 모르게 보해의 손길을 찾아 머리를 이리저리 들이밀었다.

3

"보해 님. 수도꼭지에서 물이 새요."

"보해 님. 여기 벌 좀 쫓아주세요."

"보해 님. 저 뱀 어떻게 해봐요."

누군가 부를 때마다, 보해는 수도를 고치고 벌을 쫓고 뱀을 잡았다.

"보해 님이 있어서 정말 다행이에요."

유치원 교사들의 감사 인사에, 보해는 한 번도 화답하지 않았다. 보해가 말을 하지 않는 사람이란 사실도 사육장에 모인 교사들을 통해 알게 되었다.

"보해 님 말이야……. 말을 못 하는 건 알겠는데 좀 웃어주면 좋겠어. 가끔은 우리를 무시하는 것 같아."

"그만해. 불쌍한 사람이야. 사고 이후로 말을 안 하는 거라잖아."

"뭐야, 안 하는 거였어? 그럼 할 수 있는 거야?"

"그런 게 아니라…… 안 하기로 결심한 거라잖아."

"무슨 그런 결심을 해? 우리가 싫어서 둘러대는 거 아니야? 말 섞기 싫어서?"

"솔직히 난 이게 편해. 딱히 할 말도 없어…….."

때때로 교사들은 자신들이 보해의 무심한 태도에 상처를 받은 피해자인 것처럼 말했다. 그리고 다음 날이 되면 보해에게 교실에 들어온 말벌을 잡아달라고 했다. 피아노를 옮겨달라고 했다. 자신이 퇴근한 후 유치원으로 도착하는 택배를 받아 보관해달라고 했다. 이제 그들은 유치원에 남아 있지 않았다. 이곳에 살고 있는 건 토끼 하나와 인간 하나. 그러니까 나와 보해 말고 아무도 없었다. 보해는 나를 잘 챙겨주었다. 박스 안에 건초 더미를 깔아주고, 가끔 사과 같은 과일도 입에 넣어주었다.

함께 산 지 사흘쯤 지났을 때, 보해에게 특별한 선물을 받았다. 바나나 오두막이 도착한 날, 세상에 이런 것이 있다는 사실을 믿을 수 없었다. 그야말로 눈이 동그랗게 떠졌다. 말린 바나나 잎사귀를 엮어 만든 작은 집이었다. 이런 선물은 토끼를 이해하는 사람만이 할 수 있는 것이었다. 보해는 토끼의 습성을 잘 알고 있었다. 토끼는 갉아버릴 수 있는 건 모조리 갉아 없앤다. 그렇게 하지 않으면 한없이 이가 자라 입을 다물 수 없게 된다. 토끼는 살기 위해 할 수 있는 한 많은 것을 갉아 엉망으로 만들어야 했다.

그즈음 나는 망이를 자주 생각했다.

'망이는 어디 갔을까?'

'망이는 살아 있을까?'

'망이는 돌아올까?'

바나나 오두막은 망이 생각을 완전히 지워버렸다. 문득 정신을 차려보면, 바나나 오두막 바닥에 얼굴을 비비고 있었다. 잘 마른 바나나잎의 고소한 향과 조금만 힘을 주어도 바슥바슥 부서지는 질감……. 바나나 오두막은 금세 듬성듬성 구멍이 뚫렸다. 그 구멍 사이로 얼굴을 내밀었을 때, 한 번도 본 적 없는 보해의 얼굴을 보았다. 보해는 벽에 등을 기대고 앉아, 입을 오물거리는 나를 흐뭇하게 바라보고 있었다.

바나나 오두막이 금방 사라졌기 때문에 나는 다시 망이를 떠올렸다. 잊고 있던 시간만큼 더 무겁게 망이 생각에 짓눌렸다. 보해가 사과나 당근을 작게 잘라 입에 넣어주기도 하고, 두 손으로 온몸을 정성스럽게 쓸어주었지만, 망이를 잊을 수 없었다. 솔직히 말하자면 망이를 잊기 위해서, 나에게는 망이가 필요했다. 나는 이제껏 제대로 이별하는 행운을 가져본 적이 없었다. 헤어질 수밖에 없다면, 망이를 다시 만나 반듯하게 마음의 준비를 하고 떠나보내고 싶었다.

4

망이와 처음 만난 곳은 동물병원이었다. 우리는 '뽀얗고 귀엽다'는 수의사의 말을 들으며 마취 주사를 맞았고 수술을 받았다. 우리는 성별이 달랐고, 유치원 사육장에서 함께 지내야 했기에 토끼나 인간이나 곤란해지지 않으려면 중성화 수술을 할 수밖에 없었다. 수술을 받은 후 망이는 한동안 힘이 없었다. 나는 망이에게 우리가 인간에게 길들여질수록 더 오래 살 것이라고 말했다. 망이는 그 말을 좋아하지 않았다. 시간이 지나도 망이는 인간에게 적응하지 못했다. 설령 얼굴이 찔리거나 귀를 잡혀도 인간의 손을 깨물지 말라고, 그저 최선을 다해 당근과 손가락의 경계를 잘 파악하라고 일러주어도, 늘 당근을 받아먹다가 아이들 손을 물었다.

"어디까지 당근이고 어디부터 손가락인지 모르겠어. 어떻게 그런 걸 알아?"

망이는 일부러 그런 것은 아니라고 변명했지만, 나는 망이의 부주의를 인정하지 않았다. 하지만 망이는 정말로 아무리 노력해도 그 경계를 가늠할 수 없는 게 아니었을까?

망이 생각에 괴로워지기만 했다. 바나나 오두막이 없었으므로 책을 갉아치우기로 했다. 보해가 방에서 나가자마자 벽에 세워진 책으로 향했다. 부엌을 막아놓은 연보라색 파티션에 기대어 있는 책을 이로 물어 끌어냈다. 표지에 자잘한 갈색 곰팡이가 돋아 있었다. 그나마 깨끗해 보이는 모서리를 물자, 바나나 오두막과 다른 구수한 향이 코를 자극했다. 책은 책대로 맛있었다. 나는 무엇이든 엉망으로 만들 준비가 되어 있었다.

"어, 어, 뭐 하는 거야?"

그때 낯선 목소리를 듣지 않았다면, 보해의 책은 하나하나 잘게 부서지고 말았으리라.

"안녕."

인사를 건넨 그것은, 누군가 아치 모양으로 벽에 물감을 여러 겹 발라놓은 것처럼, 둔탁한 까만색의 무엇이었다.

"어휴, 답답해……. 이것 좀 치워줄래?"

책 두 권을 물어 앞으로 끌어내자 그것이 완벽히 모습을 드러냈다.

"고마워. 좀 시원해졌네."

그것이 말을 건네지 않았다면, 벽에 그려진 그림이라 착각하고 지나칠 뻔했다.

"나는 홀이야."

그것은 자신을 홀이라고 소개했다.

"너는 토끼로구나! 토끼는 귀가 길쭉하고 뒷다리가 발달했지. 꼬리가 짧고 번식력이 강한 동물이야."

첫인상부터 마음에 들지 않았다.

"난 토끼를 좋아해. 저번에도 만났거든. 그때는 까만 토끼였는데 말이야."

귀가 찌릿했다.

"까만 토끼라고? 혹시 이름을 알아?"

"모르지. 이름은 안 듣는 게 내 원칙인걸."

홀은 까맣기만 해서 어떤 표정을 짓고 있는지 전혀 보이지 않았다.

"어떻게 생겼어?"

"까만 털에 까만 눈."

망이라는 확신이 들었다.

"까만 꼬리. 까만 귀. 등도 배도 까맣다. 나보다 더 까매. 질투가 날 정도로 어두워."

"또?"

"홀에 들어가기에 알맞은 크기였지."

"그게 무슨 말이야?"

"홀이 토끼를 삼켜버렸다는 말."

홀은 하하하하 미친 듯이 웃었다. 귓속이 쟁쟁 울렸다. 나는 고개를 털고 홀을 노려보았다.

"망이를 삼켰어?"

"응."

그 말을 듣자마자 눈앞이 번쩍였다. 앞발을 들어 홀을 향해 휘저었다. 그러나 홀은 안이 비어 있어서 그저 내 발만 허공에 둥둥 떠 헛스윙을 날리는 꼴이었다.

"이름 같은 건 알고 싶지 않았는데…… 망이라고? 그 까만 토끼가?"

앞발을 내려놓고 마음을 가다듬었다. 이런 식으로 대응한다고 망이가 돌아오는 건 아니었다.

"왜 삼켰어?"

"삼켜달라고 하니까."

"망이가? 어째서?"

"까만 토끼는 큰 벌레한테 코를 물린 것 같더군. 아니면 다른 것일지도 몰라. 더 무서운 것일지도. 시름시름 앓고 있었어. 아주 딱해 보였지. 다른 토끼에게 아픈 모습을 보이고 싶지도 않고, 얼른 편해지고 싶다고 하더군."

"망이는 아프지 않았어."

"그걸 어떻게 알아?"

"아프지 않았으니까."

"그러니까 그걸 어떻게 아는데?"

망이가 아프지 않았다고 어떻게 확신할 수 있는 걸까. 홀이 계속 묻자 할 말이 없었다.

"까만 토끼가 원했어. 깊은 어둠 속에서 편히 쉬는 거."

나는 홀을 노려보았다.

"못 믿겠으면 확인해봐."

"어떻게?"

"홀은 긴 미로 같은 곳이야. 안으로 들어오면 까만 토끼를 만날 수 있을지도 모르지."

"망이는 어디 있는데?"

"그건 나도 몰라. 하지만 홀 안의 모든 길은 이어져 있어. 운이 좋으면, 홀에서 길을 헤매다가 굶어 죽기 전에 서로 만날 수 있을지도 모르지. 잘만 하면 함께 홀 밖으로 나올 수도 있는 거고."

"그 말을 믿으라는 거야?"

"상관없어. 하지만 들어올 생각이라면, 이름 따위 알려주지 마. 알면 나도 괴로워. 망이라니. 그건 못 들은 걸로 할게."

더 이상 홀이 하는 말을 듣고 싶지 않았다. 앞발을 들어 근처에 세워진 책을 모두 쓰러뜨렸다. 예전에 피아니스트의 책이 도미노같이 쓰러지던 것처럼 책 더미가 홀 앞에 쌓여 그까만 아치로 된 얼룩이 보이지 않게 되었다.

"갑갑해……. 토끼한테 당하다니……."

홀은 곤란한 듯 웅얼거리고 있었지만, 책 더미 너머에서 들려오는 목소리는 어딘지 의기양양한 것 같았다.

5

보해가 방으로 돌아왔다. 수박을 들고 왔다. 그것을 바닥에 두고 굴러가도록 내버려두었다. 보해는 책이 넘어진 모습을 보고도 놀라지 않았다. 피곤한 듯 책 근처로 다가가 주저앉았다. 나는 구겨지고 찢어진 종이들을 앞발로 긁어모아 보이지 않게 깔고 앉았다. 보해는 기분이 좋아 보이지 않았다.

쾅, 쾅, 쾅, 쾅.

누군가 문을 두드렸다. 방이 울렸다. 보해가 미간을 좁힌 채 일어나 문을 열었다. 검은 모자를 쓰고 검은 재킷과 검은 바지를 입고, 살결마저 검붉은 남자가 문을 붙잡고 서 있었다. 망이만큼이나 까만 인간. 남자는 무방비하게 바닥을 구르는 수박을 흘긋 보았다.

"계속 여기 있을 수는 없어."

보해는 말없이 아래만 보았다. 나는 그 발치로 갔다. 엉덩이에 힘을 주고 최대한 길게 일어났다. 토끼가 이렇게 서 있는다고 어떤 인간이 위협을 느끼겠냐만……

"당장 짐 챙겨."

남자는 나를 아예 못 본 것처럼 굴었다. 보해는 남자의 말에 꿈쩍 않다가 안으로 들어서는 남자의 팔을 붙잡았다. 남자는 멈춰선 채 보해의 손등에 자신의 손을 포갰다.

"나가자."

하지만 보해는 현관문을 마주한 채 서 있기만 했다. 남자가 벽에 걸린 보해의 옷을 뭉텅 빼내 팔에 걸었다. 남자의 시선이 벽에 세워진 책으로 향했다.

"버리고 가자."

보해가 대꾸하지 않았지만, 남자는 무슨 대답을 들은 사람처럼 분주히 움직였다. 그가 화장실로 들어가 세면도구를 모두 휴지통에 넣어버렸다.

"다시 사면 돼. 다 새 걸로 바꿔."

그러더니 팔에 걸린 옷들을 휴지통 안으로 쑤셔 넣었다. 보해는 마른침을 삼키더니 입을 열었다.

"그만해."

나로서는 처음 듣는 보해의 목소리였다. 보해의 목소리는 가늘게 떨리고 있었지만 조금만 기운을 차리면 주변에 상쾌한 기운을 풍길 것만 같았다.

"당신이야말로 그만해. 이런 곳에 숨어 있으면 무슨 수가 생겨?"

"그만해. 그만하고……."

마른 입술에 침을 바르고 보해가 다시 입을 열었다.

"수박…… 먹을래?"

침묵.

"먹어?"

보해가 다시 묻자 남자는 말없이 고개를 끄덕였다.

식칼이 쑥 꽂히자 과육이 시원하게 갈라졌다. 보해는 잘게 자른 수박을 접시에 담아 내 앞에도 놓아주었다. 우리는 오물오물 수박을 먹었다. 조금 전 남자가 쓰레기통에 옷을 버렸을 때 서늘하게 주위를 감싸던 긴장감은 누그러져 있었다.

"내가 원하는 건 우리가 다시 평범하게 사는 거야."

남자가 보해에게 말했다.

"평범한 게 뭐야?"

"가끔 웃고도 지내는 거. 너무 어두워지지만 않았으면 좋겠어."

보해는 수박을 한 입 삼키고 멈춰 있었다. 나는 보해의 종아리에 몸을 붙였다. 보해가 손을 들어 내 몸을 쓰다듬었다.

"그 사고 네 탓 아니야……."

보해는 괴로운 듯 이마를 찌푸리고 고개를 좌우로 저었다.

"거기 가고 싶어 한 건 나였어. 그러니까 처음부터 내가 문제였어."

보해가 천천히 입을 열었다.

"슬리퍼를 선물한 사람은 나잖아. 이모는 그걸 잡으려다 물살에 휩쓸린 거고……."

"그건 실수야."

"누가 실수한 건데?"

보해가 물었다. 남자는 잠시 답이 없었다.

"물의 실수……."

남자는 누구에게도 들리지 않을 정도로 소곤거렸다. 그러나 토끼의 귀는 그 말을 낚아챘다. 물의 실수. 보해는 듣지 못한 모양인지 아무 대꾸가 없었다. 그저 두 손으로 입을 가리고 저 혼자 웅얼거렸다.

"뒤꿈치를 감싸주는 신발을 사 왔어야 했어. 내가 바보같이 그걸 고른 거야. 분홍색이 예뻐서…… 나비 문양이 어울릴 것 같아서……."

"실수야."

"그냥 보고 있었어. 멍청하게……. 수영을 할 수 있을 거라고 믿었어. 이모는 아침마다 강습을 다녔거든. 아무렇지도 않게 물살을 가르고 내가 있는 곳으로 돌아올 거라고 생각했어. 그런데 아니었잖아. 그건 실수가 아니야……."

남자의 눈가에 눈물이 배어났다. 그것은 흐르지 않고 눈 주변을 적시기만 하다가 금방 말랐다.

"구해야 했어. 뭔가 했어야 해……."

"이런 식으로 속죄하는 건 의미 없어. 그냥 살아, 옛날처럼."

남자가 주먹을 꼭 쥐었다.

"옛날에는 어땠지? 생각이 안 나……."

두 사람은 더 이상 수박을 집어 들지 않았다. 남자는 바지에 손을 닦으며 일어섰다. 그 작은 방을 한 바퀴 둘러보고 미간을 찌푸렸다. 보해는 입술을 꾹 다문 채 아무 말도 내뱉지 않았다. 허리를 접고 무릎 위에 고개를 묻었다. 몸을 한껏 웅크린 인간은 커다란 토끼처럼 보였다.

그들은 더 이상 아무 말도 나누지 않았다. 남자가 나갈 때까지 보해는 얼굴을 들지 않았다. 남자가 떠난 후 보해는 휴지통에서 옷과 세면도구를 꺼냈다. 비누를 묻히고 거품을 내서 오랫동안 씻어냈다.

밤이 되자 밝은 달빛이 창을 통해 들어와 방바닥을 길게 비췄다. 몸도 마음도 소진된 것인지 보해는 푹 곯아떨어졌다. 정말 잠이 들었나 싶어 손가락 끝을 입으로 더듬어보았다. 보해는 전혀 기척이 없었다. 혀에 손가락이 닿았을 때 오묘한 냄새가 났다. 바나나 오두막보다 그윽하고, 낡은 책보다 깊고 고소한 향이 코를 간질였다. 보해는 햇볕에 말려두어 알맞은 정도의 온기를 품은 얇은 옷 같았다. 그런 생각이 든 순간, 보해의 손을 물어버릴 뻔했다. 정신을 차리고, 뒤로 잽싸게 물러섰다. 보해가 뒤척이며 웅얼거렸다.

"너무 어두워지지만은 않아⋯⋯."

보해는 꿈을 꾸는 듯했다.

달빛이 더 넓게 방 안으로 들어왔다. 나는 보해의 얼굴을 가만히 마주 보다가 달빛을 따라 책이 쌓인 곳으로 갔다. 넘어진 책을 물어 하나씩 치우자 점차 홀의 머리라고 할 수 있는 곡선이 드러났다. 책을 더 치워내니 홀의 눈이 있을 법한 자리가 보였다.

"아!"

홀이 반색했다.

"다시 보는군."

흩어진 책을 이로 물어 옮기는 일을 반복한 끝에 홀의 모습이 다 드러났다.

"까만 토끼 찾으러 갈래?"

내가 아무 말 하지 않자 홀이 심란한 듯 주절거렸다.

"아무것도 하지 않아? 후회하지 않아?"

홀이 그렇게 말하는 순간 보해가 뒤척거렸다. 그 모습을 보았는지 홀이 피곤한 목소리로 말했다.

"저 인간 아직 여기 있구나. 홀에 들어가고 싶다고 떼를 부려 한동안 곤란했지."

"보해가 그랬어?"

"뭐야? 이번에는 보해야? 정말이지 이름 따위 알고 싶지 않은데 말이야."

"보해는 왜 들어가고 싶어 하는 거야?"

"숨고 싶은 거지."

"왜?"

"편해질 거라 생각하는 게 아닐까?"

"정말로 편해지나?"

"들어가봐야 알지."

"인간은 못 들어가?"

"너무 크잖아. 홀이 아무리 입을 크게 벌려도 인간은 안 들어가."

보해를 돌아보았다.

"인간이 들어가는 방법은 없어?"

달빛이 홀을 비추었다.

"생각을 안 해본 건 아니지만……."

"방법이 있어?"

"이 안에 들어올 정도로 줄어든다면 가능하지 않을까?"

"어떻게?"

"호호."

갑자기 홀이 불길한 웃음을 흘렸다.

"저 인간은 말이야. 이곳에서 울 만큼 울었어. 아주 바삭바삭해졌지."

"무슨 말이야?"

보해의 손에서 맡았던 냄새가 다시 코로 흘러 들어오는 듯했다.

"바삭바삭하면 갉아 먹기도 쉬워지지."

홀의 말에, 나도 모르게 코가 쉴 없이 움찔거리기 시작했다.

"토끼 배 속에 인간을 담고 홀 안으로 들어오는 거야."

눈을 감자 바나나 오두막 냄새가 났다. 부러진 당근, 접시 위 수박, 밖으로 밀어본 적 없는 창살, 구석에서 몸을 떠는 까만 토끼 냄새가 났다. 그러더니 매캐한 먼지가 주위를 둘러쌌다. 정신을 차렸을 때, 나는 방바닥에 머리를 비비고 있었다. 이마가 쓰리고 눈이 따끔거렸다. 이가 시큰거리고 배 속이 묵직했다. 도대체 무엇을 갉아치운 것인가? 보해가 누운 쪽으로 얼른 고개를 돌렸다. 보해는 그곳에 있었다. 다행히도 나는 보해를 갉아 먹지 않았고 폴폴 휘날리는 종이 먼지 속에 있었다. 눈앞에 뜯겨나간 책이 보였다. 보해가 잠결에 쿨럭 기침을 했다.

"넌 말이야. 계속 여기 있다가는 정말로 인간을 갉아 먹을지도 몰라."

토끼가 인간을?

"그럴 리 없다 생각하겠지만, 경계를 넘어서면 그때는 건잡을 수 없어."

그 말이 나를 붙들었다. 한 발도 움직여지지 않았다.

"어떤 선택을 하더라도 홀은 어쩔 수 없어. 뭘 어떻게 할 수 있겠어? 홀은 아무것도 할 수 없어. 그냥 여기 있는 거지."

달빛이 방으로 더 넓게 퍼져 들어왔다. 보해의 손끝에 달빛이 걸렸다. 홀린 듯 다가가 손가락에서 풍겨오는 고소한 냄새를 맡았다.

"맛있는 냄새가 나지?"

홀이 말한 순간, 깨물어버렸다. 손가락은 바사삭, 쉽게 부서졌다. 그 질감을 믿을 수 없어 다시 깨물었고, 손가락은 또 한번 바스스슥, 갈라지고 부서졌다. 금이 간 자리마다 엷은 빛이 흘러나왔다. 은은한 빛 속에 이를 들이밀고, 반짝이는 부스러기를 혀로 집어삼켰다. 손끝에 매달린 고통의 한 조각을 먹어치우는 것 같아서, 이것이 보해를 위한 일이라는 생각이 들었다.

"와…… 토끼가 정말 먹어버릴 줄은……."

인간의 고통은 조금 단단했다. 단맛이 나는 듯도 했다. 고통의 맛은 점차 혀를 마비시켰다. 모두 꿈속에서 일어난 일처럼, 보해는 아픔 없이 잠들어 있었다. 이대로 인간을 먹어버릴 수도 있나. 설령 그런 일이 가능하다고 해도 그러고 싶지 않았다. 토끼에게는 토끼의 일이 따로 있지 않을까. 인간을 먹는 것이 아닌.

나는 홀 안으로 귀를 밀어 넣었다.

"까만 토끼를 찾으러 가는 건가?"

나는 홀에게 대답하지 않았다. 지금은 귀를 어둠에 적시고 앞으로 조금씩 나아가는 데 집중하고 싶었다. 실은 고민하고 있었다. 지금이라도 고개를 돌려 홀에서 빠져나가야 하는 걸까? 결국 홀의 계략에 말려든 게 아닐까? 이 어리석은 토끼를 응원하는 것인지 모르겠으나, 한 발 한 발 나아갈 때마다 달빛이 그림자처럼 따라와 토끼의 꼬리와 등을 넘고 귀와 이마를 건너 앞을 서서히 밝혀주었다. 그래서 그렇게 어둡지만은 않았다. 완전히 홀 속으로 들어온 나는 힘껏 망이를 불러보았다. 뒷다리에 힘을 주고 멀리 뛰어보았다. 더 앞으로 나아가자 달빛이 옅어지고 어둠이 깊어졌다. 토끼가 갈 수 있는 한 멀리멀리 어둠 속으로 가보고 싶었다. 망이를 만나고 돌아올 때 그와 같은 방식으로 멀리 뛰어 돌아올 것이므로, 나는 홀

밖에 남은 인간에게 이 말을 하지 못한 것이 조금은 아쉬웠다. 인간이여, 제발 이 어둠의 끝을 막아두지만 말아달라.

미동

1

토요일이라 이모는 출근하지 않고 집에 있었다. 보건소에
서 전화가 걸려온 것은 점심을 먹은 직후였다. 보건소에 방문
해 검사를 받으라는 연락이었다. 이모는 부랴부랴 옷을 입고,
마스크를 두 개 겹쳐 쓰고, 걸어서 보건소까지 갔다.

전날 이모가 들른 반찬 가게에서 코로나 바이러스 확진자
가 나온 탓이었다. 보건소를 다녀와서는 할머니에게 자초지
종을 말하고, 자신의 방으로 들어갔다. 그런 이모를 할머니가
붙들었다.

"그 방 말고 화장실 있는 내 방으로 들어가. 화장실도 따로
쓰라고 하더라. 밥은 내가 요 앞에 가져다 놓을게. 마스크 꼭
쓰고 있어라."

그래서 이모는 할머니가 지내던 안방으로 들어갔다. 문을

닫자마자 철컥 소리를 내며 문을 잠가버렸다.

*

토요일, 일요일, 월요일이 지났다. 이모의 방문 앞에는 이미 식어버린 식사가 놓여 있었다. 할머니는 장녀인 미주, 즉 우리 엄마에게 전화를 걸어 "미선이가 벌써 사흘이나 방에서 나오지 않으니 어쩌냐……" 하고 걱정을 했다. 식육 식당에서 일하고 있던 엄마는 방금 칼을 갈아둔 터라 자리를 뜰 수 없었다. 대신 나에게 전화를 걸어 "너희 이모한테 지금 좀 가보라"고 했다.

미선 이모는 할머니가 엄마를 낳은 후 두 살 터울로 아들을 둘 더 낳고, 의도치 않게 낳은 마지막 자식이었다. 올해로 마흔다섯이었다.

나는 미선 이모와 대화가 잘 통했다. 우리는 둘 다 싱글로 지냈고, 결혼에 대한 열의가 없었다. 나는 서른두 살이 되도록 번번이 소개팅에 실패하고, 주변에서도 애인을 만들지 못했다. 결혼 대신 혼자 살아갈 준비를 하는 편이 더 현실적인 듯했다.

그러나 마음을 비우면 얻어지는 법인가. 주택청약예금 입금액을 십만 원으로 상향 조정하고 돌아오던 날, 은행에 다니는 친구가 소개팅을 주선했다. 친구와 같은 지점에 근무하는, 나보다 두 살 많은 은행원이었다. 그는 대출을 낀 작은 아파트를 소유하고 있었고, 차 없이 지하철로 출퇴근했다. 주말에는 부모의 차를 빌려 근교로 여행을 다니는 취미가 있었다. 그도 나처럼 제대로 연애를 해본 경험이 없다고 했다.

우리는 첫 만남부터 아주 공격적으로 서로의 재정 상태를 확인했다. 뭔가 이상하다는 느낌은 있었지만, 은행원이고 맡은 업무가 대출 심사라고 하니 그런 분위기는 자연스러운 것도 같았다. 그래서 속속들이 알게 되었다. 그의 대출이자는 연 3%였다. 억 단위의 융자금은 한 달에 백이십만 원씩 십오 년 상환. 둘이서 달마다 각자 육십만 원씩 갚아나간다고 하면 싱글일 때의 월세와 비등비등하겠다는 계산이 나왔다. 게다가 집값이란 부동산의 역사를 돌아보건대 우상향하지 않겠나. 그러자 서로에게 더 호감이 생기기 시작했다. 그도 만날 때마다 적극적으로 결혼이란 단어를 입에 올렸으니, 어쩌면 우리의 결혼은 시간문제에 불과한 것 같았다.

그러다가 어느 날은 문득 허탈해졌다. 결혼이라고 이름 붙이고 있지만, 실은 두 사람이 공동의 집을 소유하고 함께 빚을 갚아나가는 삶이 아닌가. 배우자가 생기고, 집이 생기고, 필수 옵션으로 빚도 생기는 것이 결혼이라면, 이게 정녕 내가 원하는 것인가.

그 의문 속에서 내가 떠올린 사람은 미선 이모였다.

미선 이모는 오랫동안 일을 했다. 일을 멈춘 적이 없었다. 상업고등학교를 졸업한 후 바로 취업했고, 몇 년 지나지 않아 독립했다. 스무 해 가까이 혼자 열 평 내외의 방들을 옮겨 다녔다. 생활 전선에 따라 타지를 떠돌다가 고향으로 돌아와 할머니와 같이 살면서, 주상복합 오피스텔 관리소의 경리 주임으로 자리를 잡았다.

할머니의 집은 할아버지의 사망보험금으로 마련한 것이었다. 방 세 개, 욕실 두 개. 혼자 쓰기에는 큰 집이었다. 자식들이 말렸지만, 할머니는 서넛만 모여도 집이 꽉 차버린다면서, 꼬박꼬박 납부해야 할 관리비 따위는 신경도 쓰지 않고 이 집을 덥석 사버렸다.

"어쨌든 내가 너희 아버지 덕을 본다……. 결혼은 하고 볼 일이다……."

할머니가 할아버지 제삿날 농담처럼 건넨 말에, 팔짱을 끼고 있던 나와 미선 이모는 동시에 소름이 돋았다. "그래도 결혼은 안 해요, 못 해……." 미선 이모가 들릴 듯 말 듯 조용히 속삭이다가 입을 꾹 다물었고, 할머니는 들은 듯 못 들은 듯 아무 말도 없었다.

최근 미선 이모는 내 소개팅 이야기를 듣고서 "그 남자 좀 아닌 거 같아"라고 말했다. 축하의 말을 기대한 나는 예상치 못한 반응에 당황스러웠다. "만나자마자 돈 얘기, 집 얘기하는

건 좀 그래……." 그 말에 내 속이 뒤틀렸다. 나도 이모처럼 살
라는 거야? 그 말이 턱 끝까지 찼다.

최근 한 달 동안 우리는 연락 한번 하지 않았다. 엄마는 아
직 나와 이모 사이가 좋은 줄 알았다.

"가서, 이모 좀 잘 챙겨."

전화 너머로 엄마는 자기도 못 챙기는 동생을 나한테 챙기
라고 당부했다.

*

"이모, 나 왔어."

한 달 만에 이모에게 친한 척을 하려니 조금 무안했다. 어
색한 기운을 지우려고 방문을 크게 똑똑 두드렸다. 안에서 들
려오는 소리가 없었다. 이모가 좋아하는 수박을 사 들고 왔다
해도 반응이 없었다.

"할머니, 여기 이모 있는 거 맞아?"

할머니는 머리가 둥근 열쇠들이 한데 묶인 꾸러미를 손에
들어 보이며 고개를 끄덕였다. 할머니 집은 입지 조건은 무시
하고 값과 평수만 맞춰 사들인 오래된 아파트였고, 전에 살던
사람도 딱히 인테리어를 바꾸지 않은 탓에 방마다 열쇠 구멍
이 다른 구식의 나무 문짝을 쓰고 있었다.

"미선이가 저 방 열쇠까지 챙겨서 들어가버렸다니까."

열쇠 꾸러미를 눈앞에 들고 흔들자 쇠붙이끼리 부딪히면서 챙그랑 소리가 났다. 창으로 비스듬히 햇살이 들어와 마룻바닥에 번지고 있었다. 할머니는 좀 전에 이모가 일하는 오피스텔 관리소 소장한테 전화가 왔더라고 했다. 월요일 아침, 겨우 셋뿐인 사무실에 한 명이 무단결근했으니 티가 나지 않을 수 없었다.

할머니는 그 소장에게 미선 이모가 확진자와 접촉해서 검사까지 받았고, 혹시나 관리소에 해가 될까 싶어 나가지 않은 것 같다고 말했다. "전화 정도는 해줄 수 있잖아요?" 기세등 등하게 억울함을 호소하는 소장의 말에 할머니는 괜히 머리를 조아리며 죄송한 일입니다, 하고 사죄했으나 돌이켜 생각해보니 "이게 내가 잘못한 일이냐? 소장이면 소장이지 나보다 어린 놈 아니겠어?" 하며 뒤늦게 열을 냈다.

이모는 여전히 응답이 없었다.
"혹시 안에서 쓰러진 거 아니야?"
할머니는 고개를 젓더니 방문 앞에 바짝 붙어서 미선아 안 죽었으면 방문 한 번 두드려, 하고 말했다. 머지않아 통, 하는 소리가 났다. 손을 구부려 튀어나온 뼈로 나무 문을 한 번 툭 치는 소리였다. 죽지 않았으니 아무도 상관 말라는 신호였다. 나는 방문에 가까이 다가가 무릎을 꿇고 앉았다.
"이모, 나 왔다니까. 왜 그러고 있어?"

할머니의 한숨 소리만 길었다.

"이모, 미선 이모!"

그러나 이모는 반응하지 않고 조용했다. 할머니는 부엌으로 들어가서 냉장고를 열었다.

"수박 먹을까?"

"안 돼. 미선 이모 주려고 사 온 거야."

"언제 나올 줄 알고? 그냥 먹어."

할머니는 이미 식칼을 수박 껍질에 찔러 넣고 있었다. 쩌억, 하고 수박이 한 번에 갈라졌다.

"아주 잘 익었네."

할머니가 잘라준 수박을 집어 들자 과즙이 팔뚝을 타고 죽 흘렀다. 우리는 한 손에는 수박을, 한 손에는 물티슈를 들고 혀 위에서 눈처럼 녹는 수박을 부지런히 먹었다.

"미선이, 너 문 안 열면 수박 다 먹어버린다!"

할머니의 전략은 일곱 살 어린애한테도 안 먹힐 만큼 유치했으나, 나는 수박을 오물거리던 입을 멈추고 닫힌 방문을 주시했다.

"뭔 소리 안 났냐?"

나도 뭔가를 들은 듯했다. 방문이 열리려고 문고리가 달칵, 하고 돌아가려다가 만 소리. 그러나 문은 열리지 않고 그대로였다.

"이모가 수박을 좋아하긴 하나 봐."

"어릴 때부터 수박 하면 사족을 못 썼어."

정말 이모는 수박을 좋아했다. 여름에 카페를 가면 이모는 늘 수박 주스, 수박 빙수 같은 것을 시켰다.

"미주는 온다니?"

"이따 일 끝나고 온대."

엄마는 식육 식당에서 휴게 시간을 제외하고 하루 여섯 시간씩 일하고 있었다. 발골 작업이 끝난 고기를 알맞게 잘라 포장하는 일을 했다. 근무 시간은 아침 아홉 시부터 오후 네 시까지였다. 엄마는 점심으로 먹는 육회 비빔밥이 질린다고 했다.

"고기 사 온다고 했어. 이모가 꽃등심 좋아하잖아."

"재도 고기가 당기겠지. 구우면 나올 거다."

"이모는 뭐라도 먹고 있는 거야?"

"뭐라도 먹고 있겠지."

할머니는 이모가 굶을 사람은 아니라고 했다. 안방 서랍장에는 할머니가 모아놓은 간식거리가 가득했다. 엄마가 주는 용돈으로 할머니가 주로 하는 일은 편의점에 가서 신상 과자를 사는 것이었다. 엄마는 할머니가 나이답지 않은 취미를 가졌다며 툴툴대면서도, 종일 칼질을 해서 번 돈의 일부를 그 취미를 지속하는 데 보태고 있었다. 서랍장에는 맛별로 다양한 과자가 쌓여 있었다. 어쨌든 할머니는 이모가 그 과자에 손을 댔을 거라고 했다. 그렇지 않고서 사흘 동안 버틸 리가 없다는 거였다.

"물은?"

"수도꼭지만 열면 나오는 게 물이지 않냐."

"저 안에서 하루 종일 심심해서 어떡해?"

"심심할 게 뭐 있어. 텔레비전만 켜면 온갖 세상이 다 연결 되는데."

"할머니! 이모 걱정 안 돼? 이게 상식적으로 말이 되는 상황이냐고!"

"그럼 어떻게 하냐? 하루 종일 불러도 대답이 없는 걸."

"무슨 이유가 있겠지!"

"무슨 이유? 말을 해야 알지."

접시에는 붉은 과육 부분을 깨끗하게 갉아 먹고 남은 하얀 수박 껍질이 수북하게 쌓여 있었다.

"안 먹을 것처럼 하더니…… 저 혼자 다 먹었네."

할머니는 싱크대에 가서 수박 물에 젖은 팔뚝을 씻어냈다. 그러면서 나에게 애인이 생겼냐고 물었다.

"결혼한다 했다면서?"

"아직 얘기만 하는 중이야."

"미선이랑 둘이 얼싸안고 뭐, 비혼 동맹이네 할 때는 언제 고……."

"내가?"

"모른 척은……."

"그런 적 없어."

"뭘 그런 적이 없어! 여기 거실에서 둘이 취해서는, 실버타운 동지를 만들자고, 인생은 혼자라고, 밤톨만 한 것들이 시끄러워가지고는……."

할머니는 쯧쯧 혀를 찼다.

"하여간 미선이는 옛날부터 사람 말을 너무 믿어서 탈이야. 제 조카한테까지 뒤통수를 맞으니."

"내가 결혼하는 게 미선 이모 뒤통수치는 거야? 그럼 나는 이모를 위해서 결혼도 하면 안 되는 거야?"

"이모를 위해서? 픽이나 네가 그러고 살 인간이다. 너 결혼 잘 생각해. 확실하다 싶으면 나한테도 소개시키고 그러란 말이야. 이 할머니는 말이다, 딱 한 가지만 볼 거야."

"뭐? 직업? 돈? 집안?"

"그건 기본이고, 너를 얼마나 아끼나 보는 거지."

짐작은 했지만 할머니의 대답에 약간 질려버렸다. 직업, 돈, 집안까지 갖추고 나를 아껴주는 사람을 만나 결혼하는 것을 할머니는 쉬운 일인 듯, 노력만 하면 못할 것이 뭐 있겠냐는 듯 얘기했다.

"미선이 얘도, 하면 할 수 있었지. 저 혼자 잘난 듯 살다가 시기를 다 놓친 거야. 이제 와서 시간을 돌릴 수도 없으니, 혼자 속만 타는 거 아니겠냐."

*

할머니의 말에 따르면, 미선 이모 스물셋에 큰 사건이 하나 있었다.

"미선이가 그때 그 남자랑 살겠다고 했어."

"왜?"

"그 남자가 자기 영혼의 짝을 만난 것 같다고, 진짜 사랑이라고 했다는 거야."

남자는 대기업 과장에, 집도 있고 차도 있고, 가정환경도 나쁘지 않았다. 미선 이모를 아끼는 마음까지 갖추고 있었다.

"거기에 자식도 있고, 아내도 있어. 너무 많이 갖고 있는 놈이었던 거지."

할머니는 아직도 그때 일을 생각하면 가슴이 철렁 내려앉는다고 했다.

따지고 보면 둘은 사내 연애, 더 정확히 사내 불륜이었다. 그렇게 된 지는 삼 년이나 된 터였다. 할머니 말에 따르면, 둘이 떳떳해지기로 결심한 것이 문제였다.

둘은 먼저 그 남자의 아내에게 모든 사실을 밝혔다. 이러저러한 상황이라 거짓된 결혼 생활을 지속하는 것은 어려울 테니 그만 이혼하자, 아쉽지 않을 정도로 위자료와 양육비를 줄 테니 돈에 대해서는 너무 염려 말아달라…… 그들 나름대로 정중하게 요청했다. 그러나 불륜을 저지른 이들이 피해자 쪽에 이혼을 요구하는 일이란 게, 아무리 정중하다고 해도 그렇게 보이지는 않는 법이었다.

그 아내의 마음을 돌리기 위해 미선 이모는 전략을 바꾸었다. 회사 일이 끝나면 그 여자가 운영하는 작은 보습 학원에 찾아가 그녀의 일을 거들었다. 그 여자는 다른 것은 몰라도 돈을 받지 않겠다는 노동 인력만큼은 환영했다. 대학생 보조 교사 한 명을 두고 근근하게 운영하던 학원에, 나름 상고에서 수재 소리를 듣던 이모가 투입되자 원생들의 실력이 비약적으로 좋아졌다. 미선 이모가 들어가 일한 지 두어 달 만에 반 일등이 배출되었고 접수 문의가 쇄도했다.

일이 이렇게 되고 보니, 이번에는 그 남자의 아내가 미선 이모를 붙들었다. 일 년만 같이 일하면서 수입이 오르는 상황을 보아 분점을 내자는 것이었다. 미선 이모는 "그럼 이혼은요?" 하고 물었다. 그 여자는 노골적으로 "돈 많이 벌면 이혼이야 얼마든지 하죠" 하면서 결국 이모의 발목을 잡았다. 미선 이모는 일 년의 기한을 잡고, 무급으로 학원 일에 최대의 봉사를 했다. 학원은 나날이 번창했다. 반면 회사 일에, 학원 일에 쉴 틈 없이 몸을 혹사시키던 미선 이모는 바짝 말라갔다.

옆에서 보다 못한 대학생 보조 교사가 할아버지에게 전화를 걸어온 것은, 미선 이모가 학원에서 심한 빈혈을 일으켜 응급실에 실려 간 날이었다. 그 보조 교사가 이모를 데리고 병원까지 간 것이었다.

"그때 그 아가씨가 다 말해줬어. 이 착한 언니가 아주 학대를 당하고 있다고."

부모의 손에 이끌려 집으로 강제 귀가한 미선 이모는, 더이상 숨길 수 없는 판이라고 생각했는지 모든 것을 이실직고한 후 토라진 채 방으로 들어가 문을 잠가버렸다. 할아버지는 유부남과 바람이 났다는 사실보다 돈도 못 받고 줄곧 무급 봉사를 했다는 사실에 더 분노했다. 이게 결혼을 빙자한 사기고 착취가 아니면 뭣이냐고 언성을 높이던 할아버지는 갑자기 공구함에서 장도리를 꺼내 들고 이모 방문을 내리쳤다. 그렇게 할아버지가 문손잡이를 부순 후에야 이모는 방에서 나왔다. 왜 방문을 닫고 들어가버렸냐는 할아버지의 추궁에 이모는 다 꼴도 보기 싫어, 하고 소리를 질렀다. 그러곤 곧바로 할아버지한테 따귀를 얻어맞았다.

"너희 할아버지가 미선일 때리려고 때린 게 아니야. 그 얌전한 애가 갑자기 소리를 지르니까 놀라서 자기도 모르게 손이 나간 거지."

할머니의 궁한 변명에는 동의할 수 없었지만, 나를 목마 태워주던 다정한 할아버지를 떠올리면 반박하기도 쉽지 않았다. 할아버지는 할머니보다 손이 고왔다. 궂은일을 안 해서 섬섬옥수라고 할머니가 핀잔을 주던 손이었다. 그런 손으로 장도리를 들고 문을 부쉈으니 적잖이 놀란 할머니였지만, 그때 할머니가 가장 많이 한 생각은 '이건 우리 집이 아닌데, 저건 우리 문이 아닌데……'였다. 집도 문도 다른 사람의 것이었다. 세를 들어 빌려 쓰는 처지에 그렇게 과격해서는 안 될 일이었다. 그럼에도 할아버지는 섬섬옥수로 장도리를 들었고, 문을 부쉈고, 미선 이모의 따귀를 때렸다. 나중에 미선 이모가 사귀던 사람이 그냥 유부남이 아니라 자식이 셋이나 있는 유부남인 것을 알았을 때에는, 그 고운 손으로 눈을 비비며 눈물을 훔쳤다. 그때 미선 이모는 눈물범벅이 되어 새된 소리로 그 남자가 너무 좋다고 소리를 질렀다. 할아버지는 너 부려먹은 남자가 뭐가 좋냐, 애도 셋이나 있는데 처녀인 너랑 연애를 한 것부터 부도덕하다면서 얼굴이 벌게져서 호통을 쳤다.

"미선이 너 이렇게 될 때까지 그 남자는 뭘 하고 있었냐?"

할아버지의 질문에, 미선 이모는 대꾸할 말을 찾지 못했다. 그동안 회사와 학원을 오가며 바쁜 통에 그 남자와 연락도 뜸해지고 제대로 데이트도 못 한 것이었다. 미선 이모는 거짓말을 지어내지도 못하고, 자신의 비참한 꼴을 변호하지도 못하고 꺽꺽 울었다. 할머니는 속으로 불륜을 일으킨 그 남자가 용기를 내어 미선 이모를 찾으러 올 줄 알았다.

"그렇게만 한다면 나는 두 사람 인정하려고 했어. 둘이 좋다고 하잖니. 대기업 과장이라잖니……."

그러나 며칠이 지나도록 아무 소식이 없었다.

"그때도 미선이는 그 남자 기다리면서 방에 콕 틀어박혀 나오질 않았어. 회사는 무단결근으로 잘려버렸지. 그게 어떻게 들어간 곳인데……."

"그 남자 진짜 안 왔어?"

할머니는 그때의 일이 명치에 걸린 듯 가슴을 주먹으로 툭
툭 쓸어내리며 한숨을 내쉬었다. 그 일은 그렇게 끝나버렸다.
할머니는 할아버지가 울다 만 얼굴로 미선 이모의 방문을 쳐
다보던 것이 여태껏 마음에 걸린다고 했다.

"나중에 나랑 할아버지가 그 학원을 찾아가서 우리 미선이
일한 거 다 제값을 치러달라고 따졌지."

"줬어?"

"그 여자가 그런 일 없었다고, 자기는 모른다고, 일했다는
증거가 어디 있냐고 잡아떼는 거야. 애들이 다 보고, 그 보조
교사라는 아가씨도 다 알고, 그 남편도 다 아는 사실을 모른
척 하더라니까."

"그래서 어떻게 했어?"

할아버지는 그 남편이 저지른 일을 회사에 소문내고 다닐
거라고 협박했다. 여자는 제발 그렇게 좀 해달라며 할아버지
의 계략을 비웃었다. 불륜 상대가 딸인 것을 아버지 입으로
어떻게 퍼트리고 다니겠냐고, 지금 자기가 입 다물고 있는 것
만도 감사하라고 오히려 할아버지를 수치스럽게 만들었다.
할머니는 그 옆에서 입 한번 못 떼고, 그 여자가 펄펄 기가 살
아서 지껄이는 꼴을 보고만 있었다.

"보고만 있었다고?"

"내가 뭘 더 할 수 있었겠냐, 너희 할아버지도 못 하는 일을……."

그리고 며칠이 지나자 그 모든 게 없던 일처럼 여겨졌다. 미선 이모는 새로운 직장에 금방 취업했다. 정시에 출근하고 퇴근해서 세 식구가 늘 같이 밥을 먹었다. 할머니는 그제야 안심이 되었지만, 한편으로는 한 번도 못 본 그 남자의 얼굴이 궁금했다. 할머니는 미선 이모가 출근하고 없을 때 방을 뒤져 그 남자의 사진이 남았는지 찾아보았다. 그러나 미선 이모의 방에서는 야유회 때 회사에서 단체로 찍은 사진 말고는 아무것도 나오지 않았다. 할머니는 사진을 골똘히 보면서, 사진 속 남자 중 누가 미선의 애인이었을지 맞춰보려고 했다. 그러다가 어느 날에는 그 사진조차 사라져 더 이상 짐작조차 할 수 없게 되었다. 그리고 얼마 후 새 직장에서 안정을 찾은 미선 이모는 타지로 발령이 났다는 소식을 알리며 독립을 선언했다.

"그래서? 그게 끝이라고?"

할머니는 "그럼 뭐 별 게 더 있겠냐……" 하면서 긴 한숨만 내쉴 뿐이었다.

2

엄마는 다섯 시쯤 도착했다. 그때까지 나와 할머니는 번갈아 방문을 두드렸고 미선아, 미선 이모 부르면서 혹시라도 방문이 열릴까 마음을 졸였다. 물론 계속 마음만 졸이고 있을 수 없어서 거실에 앉아 텔레비전을 조금 보고, 할머니가 뜨개질하는 것을 구경하면서 시간을 보냈다.

엄마는 꽃등심을 두 팩 사 왔다. "왜 직원인데도 공짜로 주지 않고 손님처럼 돈을 다 내고 고기를 사 와야 하는 거냐?" 할머니가 투덜댔다.

"내가 거기 사장이야? 직원이지."

할머니는 엄마 손에서 고기를 빼앗듯 받아 포장을 뜯었다. 붉은 빛깔 사이로 하얀 지방이 길게 펼쳐져 있었다. 할머니는 살은 없고 숫제 기름 덩어리만 있냐고 했지만, 엄마는 지방이 고르게 들어 있어야 식감이 더 부드러운 거라고 말했다. 달궈진 팬에 고기를 올리자 수분을 날리며 취익, 소리가 크게 났다. 곧 기름지고 고소한 냄새가 올라왔다. 집 안을 가득 채우는 고기 냄새가 이모의 방문 틈으로도 새어 들어갈 것이었다.

"미선아."

이번에는 엄마가 이모를 불렀다.

"미선아, 그만 나와. 고기 먹어."

하지만 미선 이모 쪽에서는 아무런 응답이 없었다.

"엄마, 미선이 정말 한 번도 안 나온 거야?"

"내가 거실에 죽치고 앉아 있고 잠도 여기서 자는데 쟤 나온 거 못 봤어."

"이상하다. 진짜 이상해."

나는 냉장고에서 김치를 꺼내고, 상추를 한 장씩 씻었다.

"뭐 많이 꺼내지 말고 김치랑 파김치만 꺼내. 쌈장이랑."

할머니 분부대로 파김치랑 쌈장도 꺼내 식탁에 올렸다. 엄마는 고기를 구우면서 한 점씩 입에 넣고 있었다.

"고기는 구우면서 먹어야 맛있어."

할머니가 엄마 등짝을 한 번 쳤다.

"이게, 너 먹으라고 사 온 거야?"

그러고 길게 미선아, 하고 불렀다. 그러나 미선 이모는 여전히 답이 없었다.

"쟤가 어릴 때도 문 닫고 방에 들어가면 기분 풀릴 때까지 안 나왔어."

"그랬냐? 미선이가?"

"엄마, 기억 안 나?"

"언제 그랬지?"

*

이모가 아홉 살인가 열 살 때였다. 고등학교를 졸업한 엄마가 인생 최초로 아무것도 하지 않고 백수의 시간을 즐기던 시절이었다. 남동생 둘은 몇 해 전부터 외가 친척이 사는 곳으로 유학 비슷한 것을 가 있는 터라 집에는 할머니와 할아버지, 엄마, 미선 이모만 살고 있었다.

　엄마는 그때 하루 종일 집에 있었다. 할아버지가 밖에서 엄마의 배필이 될 만한 남자 혹은 엄마가 할 만한 일을 가져올 때까지 집에 꼼짝도 말고 얌전히 있으라는 명령을 철저히 이행하면서, 청소 일을 나간 할머니를 대신해 집안일을 돌보고 있었다. 엄마는 누굴 닮았는지 지나치게 꼼꼼했고, 엄마가 지나간 자리마다 반들반들 윤이 났다. 주방에 번진 기름때는 물론이고, 화장실 변기에는 물때 흔적도 없었다. 모래와 흙먼지가 내려앉은 현관 바닥 타일의 줄눈에서 반짝이는 흰빛이 올라올 정도였다. 엄마는 그 당시 자신에게 주어진 시간이 좀처럼 흐르지 않아서 반복해 청소를 한 것뿐이었다고 했다. 변기를 세 번 닦고 현관 바닥을 물걸레로 네 번 닦고, 그러다 보면 잠이 솔솔 찾아오는데 낮잠을 두어 시간 자고 일어나면 딱 미선 이모가 학교에서 돌아올 시간이었다고 했다.

　그날은, 엄마가 평소보다 낮잠을 길게 잤는지 미선 이모가 돌아올 시간보다 삼십여 분을 늦게 일어났다. 막 잠에서 깬 몽롱한 상태로 유난히 고요한 기운이 내려앉은 집 안을 휘 둘러보다가 엄마는 현관에 시옷 자 모양으로 벗어놓은 작은 신발 한 켤레를 발견했다. 엄마는 자연스럽게 미선 이모 방으로 고개를 돌렸고 그 문이 닫혀 있는 것을 보고 미선아, 미선아, 하고 불렀다. 응답이 없어 문손잡이를 벌컥 돌려보았지만 손잡이는 돌아가지 않았다. 안에서 문을 잠가버린 탓이었다.

"지금이랑 똑같아. 그날도 제 방 열쇠만 들고 안으로 쏙 숨어 들어간 거야."

"그땐 왜 그랬던 건데?"

엄마는 고기 두 점을 한번에 집더니 상추에 올리고, 위에 마늘을 하나 얹었다.

"그건 말을 안 해. 너무 어릴 때라 미선이도 기억 못 하는 것 같고."

할머니는 고개를 젖힌 채, 기름기가 번들거리는 고기를 입 안으로 집어넣고 있었다. 엄마는 오른 무릎을 접어 식탁 의자 위에 올리고, 상체를 앞으로 약간 숙였다. 목소리도 낮아졌다.

"그런데 나 계속 신경 쓰이는 거 있잖아."

나와 할머니도 덩달아 식탁 쪽으로 몸을 더 붙었다.

"뭔데?"

"엄마, 그 전날 우리 집에 아버지 친구네서 온 거 기억 나?"

"누구? 아! 상희네?"

"거기가 한 다섯 됐나?"

"상희네 식구가 딸이 둘이고 아들이 하나고, 그때 그 아들이 아주 갓난애였지."

"그날 우리 집에서 자고 간 것도 기억 나?"

"아휴, 기억하지. 그렇게 이만 가라고 눈치를 줘도 안 가버렸잖아. 그런데 너희 아버지도 나한테 말을 잘 해줬어야지.

그 사람들 계약이 이상하게 꼬여서 집 없이 떠도는 처지였는데, 그 말을 안 해줬어."

"아버지가 뭐, 우리한테 제대로 말해준 적 있나……."

"그랬지. 그건 알아서 뭐하나, 하면서 아무것도 안 알려줬어. 주변 사람 다 바보 만들고 저만 잘난 사람 만드는 거, 그거 하나 확실하게 하는 양반이었으니까."

할머니가 고개를 도리도리 저었다. 엄마는 잠시 침묵하더니 손짓으로 우리를 불렀다. 우리는 식탁 중앙으로 더 가까이 얼굴을 맞대고 모였다.

*

문제가 되었던 것은 네 식구가 촘촘히 들어 살던 열일곱 평 면적에 아홉 명 잠자리를 마련하는 일이었다. 부부가 쓰던 안방에 이부자리를 넓게 깔면 일곱 명까지 누울 수 있었는데, 그렇게 하기 위해 방 한 면에 놓아둔 옷장과 이불장을 거실로 밀어 옮겨야 했다. 순전히 하룻밤의 온전한 잠을 위해 할머니와 엄마는 그 안에 들어 있던 옷과 이불을 꺼내 보자기에 싸서 거실 한쪽에 쌓아두고, 할아버지와 상희 아빠는 그 옷장과 이불장을 들어 옮겼다.

갓난아기와 상희 엄마가 작은 방, 그러니까 미선 이모와 엄마가 쓰던 방으로 들어갔고, 나머지 사람들이 옹기종기 안방에 머리를 붙이고 자게 되었다. 그런데 엄마는 이것이야말로 그날의 사건이었다고 얘기했다. 서로 잠자리를 정하는데, 아무도 결정권을 갖지 않았다는 것이었다. 자신이 원하는 자리를 먼저 차지한 사람이 그 자리에서 잠을 자게 되는 방식이었는데, 그것은 상희네 식구들이 평소에 추구하는 방식인 듯해서 할아버지도 할머니도 아무 말도 하지 못하고 그들이 베개 대신 돌돌 만 수건을 들고 이부자리 위로 올라가는 모습을 지켜보기만 했다.

"여보, 뭔가 이상하지 않아요?"

할머니는 양옆에 자수를 놓은 도톰한 베개를 끌어안고, 상희네의 무질서를 바라보면서 겁을 먹은 채 할아버지에게 물었다. 그러나 할아버지는 그럴 수도 있지, 하면서 그 좁은 방을 채우는 미묘한 질서에 자신도 가담하듯 이부자리 왼쪽 끝에 가서 앉았다. 뭉그적거리고 있다가 그나마 좋은 자리를 놓칠까 엄마도 할아버지와 한 칸 떨어진 자리에 베개를 던졌고, 그 사이로 할머니가 들어갔다. 그러다 보니 미선 이모는 엄마 옆에, 그러니까 상희네 가족과 맞닿는 자리에 눕게 되었다.

할아버지, 할머니, 엄마, 미선 이모, 그리고 상희네 아빠, 상희, 선희. 다시 말해 어린 여자아이 옆에, 그 아이로서는 처음 보는 수염이 까칠하게 자란 살진 남자가 누워 있게 된 것인데, 아무도 자리를 바꿔주지 않았다.

'그럼 엄마가 자리 바꿔주지 그랬어?' 그렇게 물으려다가 스물 언저리의 여자가 수염이 까칠하게 난 모르는 남자 옆에 눕는 장면을 상상하니 아니야, 아니야, 고개를 젓게 되었다. 그렇다면 그 자리를 바꿔줄 수 있는 사람은 누가 있었을까. 할아버지? 상희네 아빠라는 사람이 눈치껏 딸들 중 하나와 자리를 바꿀 수도 있지 않았을까.

"엄마는 그런 거 신경도 안 썼지?"

엄마가 할머니를 비난하는 듯 물었다.

"참말 그런 일이 있었다고?"

할머니는 정말 모르겠다는 듯 미간을 찌푸리고서 접시 한가운데 놓인 남은 고기 한 점만 바라보았다.

다음 날 새벽녘 푸르스름한 기운에 눈을 뜬 엄마는 무심결에 미선 이모부터 찾아보았다. 미선 이모는 옆으로 누워 가만히 잠이 들어 있었고, 한 손을 엄마의 허리에 올리고 있었다. 그 손이 스르륵 미끄러졌다가 다시 올라왔다.

"내가 '미선아 자?' 물으니까 미선이가 응, 하고 대답을 해."

"안 잤네."

"그렇게 자는 척하면서 밤을 새고 등교한 거지. 내가 미선이라면 그날 가족들한테 배신감 느꼈을 거야. 아무리 어려도 그런 건 본능적으로 알잖아. 상황이 이상하게 돌아간다는 거 말이야. 그 산적같이 생긴 아저씨 옆에 어린애를 방패막이로 눕혀놓은 건데……. 방에 문을 닫고 들어가는 건 시위한 거지. 걔가 어린 마음에도 그런 걸 할 줄 알았던 거고."

"그렇게 잘 아는 너는 그때 뭐 했고?"

할머니가 입을 쩝쩝거리면서 물었다. 엄마는 그 모습이 보기 싫은지 고개를 휙 돌리면서 미간을 찌푸렸다가 다시 할머니를 보았다.

"엄마, 나는 진짜 크면서 그런 게 너무 싫었어."

"뭐가?"

"엄마가 자기 입장 너무 따지는 거."

"무슨 소리냐?"

"막말로 스물 된 처녀가 그 아저씨 옆에 누워 있어야 하는 거야?"

"나는 무슨 말을 하는지 모르겠거든. 미선이가 어릴 때 그랬다는 기억도 없고."

"그러고 보면, 어떻게 엄마는 스물이나 된 딸한테 방 하나를 안 줘? 그때까지 그 어린 미선이랑 방을 같이 쓰게 해?"

"그럼 어쩌냐. 집이 워낙 좁은데."

"창고로 쓰는 방 정리해서 내줬으면 어때서?"

"넌 어차피 곧 결혼해서 떠날 거라 생각했지. 그렇게 몇 년씩 집에 들러붙어 있을 줄은……."

"집에 들러붙어? 내가 공장에서 벌어다준 돈으로 생활했잖아. 시집 못 가고 시간 낭비한 게 누구 때문인데?"

할머니는 인상을 찌푸리고 고개를 저었다.

"엄마, 시집 못 가고 있는 게 왜 시간 낭비야?"

내가 묻자 엄마는 손을 내저었다.

"야, 방 얘기는 하지 마라. 나는 너희 할아버지 돌아가실 때까지 내 방이란 게 없던 사람이야. 태어나서 그때까지 내 방이란 사치가 어디 있니."

엄마는 분이 다 풀리지 않은 얼굴이었지만 다시 할머니 쪽으로 고개를 돌렸다. 뭔가를 말하는 대신 남아 있던 고기를 할머니 앞에 놓인 접시에 올려주었다.

"다 식은 거를……"

그러면서도 할머니는 젓가락으로 고기를 들어 천천히 입에 넣었다. 엄마는 금방 화제를 돌렸다.

"미선이 얘는 진짜 안 나온대? 이번에는 무슨 일인 건데?"

"말을 안 하는데 낸들 알아?"

"둘이 잠깐 멈춰봐."

할머니와 엄마는 나를 물끄러미 보았다. 나는 어째서 집 없이 떠도는 상희네 식구들의 이야기가 이대로 끝나는 것인지 알 수 없었다.

"그래서, 그 상희네 식구들은 어떻게 된 거야?"

"상희네?"

엄마는 고개를 갸웃거렸다.

"그 식구들, 그날 연기처럼 사라져버렸지. 일어나고 보니까 그 다섯 사람 코빼기도 안 보이더라."

할머니가 혀를 내둘렀다.

"그랬나?"

"그랬지. 너 그건 기억 안 나냐?"

두 사람은 서로에게 없는 기억의 조각을 맞춰가면서 그날
의 이야기를 복기해보려고 했다. 하지만 이야기는 엇나가기
만 해서 서로의 화만 돋우고 있었다.

3

미선 이모의 직장 동료인 박 과장이 찾아온 것은, 이른 저
녁식사로 먹어치운 소고기가 어느 정도 소화되었는지 마침
디저트가 당기던 시각이었다. 박 과장은 미선 이모가 일하는
관리소에서 설비를 담당했고, 그의 말에 따르면 두 사람은 종
종 퇴근 후 함께 맥주를 마시는 사이였다. 그는 오피스텔 상가
에 있는 빵집에서 에그 타르트를 한 박스 사 들고 찾아왔다.

"그래서? 맥주만 마셨어요?"

할머니가 노골적으로 박 과장에게 얼굴을 들이밀며 물었
다. 박 과장은 내심 기다리고 있었다는 듯 망설임 없이 대답
했다.

"아니요. 가끔 와인도 마셨죠."

"와인?"

엄마는 갑자기 식탁보를 손에 꼭 쥐었다.

"와인을, 둘이, 어디서?"

"저희 집에서요."

엄마가 잡고 있는 식탁보의 반대쪽 끝을, 이번에는 나도 모르게 손에 돌돌 말고 있었다.

"둘이 사귀는 건가요?"

할머니가 참지 못하고 물어보며 미선 이모가 있는 방 쪽을 흘긋 보았다.

"그건 아니고요."

박 과장은 오른팔을 들어 올려 뒷머리를 긁적거렸다. 그의 반팔 소매 아래로 겨드랑이가 보일락 말락 했다. 통통하게 살 오른 그 팔뚝이 겨드랑이가 보이지 않도록 아슬아슬하게 막고 있었다. 그 팔뚝이 점차 벌겋게 달아올랐다.

"제가 좋아해요. 미선 씨를요."

할머니는 기다리던 답을 들었다는 듯이 손뼉을 한 번 크게 쳤다.

"몇 살이죠?"

"올해로 마흔 되었습니다."

엄마는 고개를 갸웃거리면서 박 과장을 보았다. 나는 에그 타르트 박스를 식탁 중앙으로 가져와 열어보았다. 여섯 개의 반짝이는 에그 타르트가 정갈하게 열을 맞춰 놓여 있었다. 마흔이 된 남자, 설비 과장이라는 직업, 포동포동하고 선량한 인상. 이모는 이 사람을 어떻게 생각하고 있을까. 엄마가 자리에서 일어나 미선 이모가 있는 방 쪽으로 종종 걸어갔다. 그리고 방문을 가만히 두드렸다.

"미선아, 손님 왔어. 박 과장님인데. 이만 나와 볼래?"

물론 아무런 답이 없었다.

"미선 이모. 미선 이모."

나도 가세했지만 다를 것은 없었다.

"미선아, 살아 있는지 확인만 해라."

할머니가 말하자 똑똑, 하고 두 번의 울림이 문 안쪽에서 들려왔다. 우리 셋이 식탁으로 돌아오자 박 과장은 에그 타르트를 하나씩 나눠주었다.

"천천히 드세요."

따듯한 공기가 흘렀다. 벌써 우리 세 사람이 박 과장을 마음에 들어 한다는 사실을 알 수 있었다. 할머니와 엄마의 눈동자가 형광등 불빛에 비친 탓인지 반짝거렸다. 그가 무슨 말을 하더라도 달콤하게 이해해줄 것 같은 분위기였다.

"지지난 토요일에는 미선 씨랑 저희 집에서 단 둘이 만나기도 했습니다."

"에구머니나!"

할머니가 갑자기 두 눈을 가리는 시늉을 하면서 부끄러운 척을 했다. 입가에는 실실 웃음이 비어져 나오고 있었다. 나는 다소 민망했지만 박 과장의 태도가 마치 마흔 넘은 남녀가 데이트하는 것이 무슨 숨길 일이냐는 듯 당당해서, 별말 없이 그의 입에서 흘러나오는 이야기를 듣고 있었다. 할머니와 엄마는 이미 박 과장에게 가까이 고개를 들이밀고 있었다.

"토요일에 비상근무가 있어서 둘만 나왔거든요. 일 끝나고 집에 가서 중국 요리를 시켜놓고 낮술을 했습니다. 깐풍기랑 양장피를 시켰죠. 좀 비싸긴 했지만 평소처럼 자장면 같은 걸 고르긴 싫었거든요. 일주일 동안 많은 주민한테 시달려야 했어요. 물탱크에 문제가 생겨 예고도 없이 단수가 되어버리니까 다들 잔뜩 뿔이 났죠. 업체에서도 원인을 못 찾아서 아주 애를 썼습니다. 다행히 해결은 됐어요. 그렇지만 또 언제 무슨 일이 터질지 모르잖아요. 매 순간 친절하기는 어려워도, 저희는 최선을 다했어요. 물이 끊기니까 사람들이 얼마나 예민하던지…… 우리는 그걸 같이 견뎠어요. 좀 비싼 음식을 시킬 자격이 있다고 생각했습니다."

"그래요, 그래. 나도 그런 것 같아."

할머니가 박 과장에게 완전히 빠져들어 고개를 주억거렸다.

"그날 저는 앞으로도 이런 식으로 우리 관계가 계속되지 않을까, 어느 정도 확신이 있었어요. 미선 씨도 저를 인간적으로 좋아하는 것 같았고, 그 이상의 마음이 있을 거라는 생각도 들었습니다. 그래서 술김이라고는 하지만 진심으로 고백을 했어요. 내가 미선 씨를 좋아하니까 나랑 사귀자고. 아니, 실은 당장이라도 결혼하고 싶다고요."

엄마는 어깨에 힘을 주어 바짝 올렸다.

"잠깐만. 다섯 살 연하라고 하지 않았어요? 마흔이잖아요? 미선이는 댁보다 나이가······."

엄마는 무슨 말인가 하려다가 말았다. 빈틈이 생기자마자 할머니가 갑자기 끼어들었다.

"게다가 미선이는 여자로서······ 그 능력을 다했다고."

엄마는 할머니 옆구리를 찔렀다. 그렇게 직설 화법으로 말할 필요는 없다는 듯이. 더 이상 생리를 하지 않는 것이 특별히 내놓고 밝혀야 할 이야기는 아니지만, 그렇다고 이렇게 무람없이 드러낼 일도 아니지 않나. 어느새 나도 할머니를 원망스러운 듯 쏘아보았다.

"그런 건 상관없어요. 저는 아이를 원하지 않으니까요."

박 과장은 할머니의 말을 금방 알아들었다.

"둘이서 한 삼십 년 알콩달콩 살면 좋지 않을까, 우리 둘이 퇴직 때까지 일하면 주말에 조금 비싼 중국 음식 정도는 시켜먹을 만큼은 되지 않을까, 그런 생각이었습니다. 미선 씨랑 있으면 정말 편하고 즐거웠거든요."

"미선이가 뭐랬어요?"

박 과장의 말을 자르고 할머니가 다급하게 물었다.

"안 된다고요······."

"왜?"

"우리는 직장 동료고, 직장에서는 서로 지켜야 할 선이 있다고요."

할머니가 주먹으로 가슴을 꾹 눌렀다.

"하소연하러 온 게 아니라…… 아무래도 그 일이 있고서 미선 씨가 출근을 하지 않으니 제가 잘못한 것 같아서요."

"무슨 잘못이요? 고백한 게 잘못이에요?"

엄마는 두 손을 허리에 얹고 이모를 비난하는 말투로 박 과장을 감쌌다.

"우리 미선이가 아무리 싫다고 빼도 그거 진심 아니야. 박 과장이 잘 얼러서 미선이 마음 좀 단단히 잡아봐요."

할머니는 오늘 처음 보는 박 과장의 손을 덥석 잡았다.

"엄마, 그래도 이건 좀 아니야."

옆에서 보던 엄마가 할머니를 말렸다.

"야, 지금 미선이 나이가 몇인데. 우리가 감지덕지해야지."

"할머니!"

나도 모르게 소리를 쳤다. 두 손을 붙들고 있던 할머니와 박 과장이 나를 돌아보았다.

"왜 소리는 질러?"

할머니는 오히려 화를 냈다. 엄마는 옆에서 고개를 좌우로 내저었다. 박 과장이 얼른 눈치를 채고 할머니의 손을 부드럽게 탁자 위에 올려두었다.

"무엇보다 미선 씨 의견이 중요하죠."

할머니는 잽싸게 다시 박 과장의 손을 잡았다. 그러더니 초롱초롱한 눈으로 그를 바라보았다.

"올해로 마흔이라고 했죠? 그럼…… 부모님은 살아 계시는 거죠?"

*

박영호 과장은 칠순 넘은 노모를 모시고 살고 있었다. 요즘 칠순이 과거와 달라 팔팔하게 잘 지내신다고 했다. 그렇더라도 혼자 계시는 것은 걱정이 되니 자신이 어머니 옆에 꼭 붙어 아침저녁으로 안부라도 확인해야 안심이 된다고 했다. 할머니는 이 이야기가 시작된 무렵부터 급격히 말이 줄었다. 박 과장의 손을 다시 잡는 일도 없었다.

"저희 어머니가 시집살이 시킬 위인은 아니에요. 워낙 순하셔서요. 저희 집은 교회 다녀서 제사도 안 지내고 아주 편하죠."

할머니는 고개를 가만히 끄덕이기만 했다.

"이렇게까지 얘기하시는 거 보니 박 과장님은 우리 미선이랑 정말 결혼할 생각이 있나 보네요?"

엄마가 날카롭게 파고들어 물었다.

"그런 얘기는 자주 했죠. 결혼하면 집은 어디에 얻고 싶고,

혼수는 어느 정도로 갖추고 싶고⋯⋯."

"정말 그런 이야기까지 했다고요?"

"아, 농담으로요. 둘 다 싱글이니까 결혼했을 때를 그려보는 거죠."

"미선 이모는요?"

갑자기 내가 끼어들자 박 과장은 당황한 듯 눈을 동그랗게 떴다.

"응? 뭐라고?"

그는 아주 자연스럽게 반말을 했다.

"미선 이모는 어떻게 살고 싶대요? 그러니까 어디에 집을 얻고, 어떤 가구를 갖고 싶다고 해요?"

"미선 씨는 취향이 아주 고급이에요."

그가 마치 눈앞에 미선 이모를 두고 바라보는 듯 그윽한 눈길이 되었다.

"미선 씨는 일단, 집은 이 동네에 신축된 P 아파트에 살고 싶어 해요. 거기 아시죠? 30평대 초반이 벌써 육억이 넘어가잖아요. 가구는 평생 쓸 것을 생각하고 아주 고급 소재로 살 거라고 했어요. 물소가죽 소파에, 마호가니 식탁에, 거위 솜털 이불에, 작은 찻잔 하나도 영국제로만 쓸 거라고 한다니까요. 의외로 소박하지 않고 좀 화려하더라고요."

의외?

"의외요?"

엄마도 그 말이 마음에 걸린 듯했다.

"왜 의외예요, 그게?"

쏘아붙이듯 묻는 내 말에 박 과장은 당황했다.

"우리 이모는 그렇게 소박한 사람이 아니에요."

박 과장은 그 말에 반박을 한다는 듯이 식탁 주변을 둘러보았다. 오래된 냉장고에서는 끊임없이 모터 돌아가는 소리가 났다. 언제 샀는지도 모를 밥솥은 하얗던 겉면이 누르스름하게 변색되어 있었다.

"양말 하나도 구찌 같은 것만 골라 신는 게 우리 이모라고요."

"구찌요? 구백구십 원짜리 흰 양말만 주문해서 신던데요. 한 달 정도 신으면 꼭 엄지에 구멍이 나 있잖아요."

박 과장은 웃음을 푹 터뜨렸다.

"이 사람이 뭘 모르네."

할머니가 탐탁지 않은 투로 입을 열었다.

"우리 애가 밖에서는 검소한 척해도 제 입을 거 먹을 거는 고급으로 챙기는 애예요."

"아, 그거 저도 알죠. 그러니까 오늘도 이렇게 고급 간식으로 사 온 거고요."

박 과장은 한 피스에 이천 원 정도 할 법한 에그 타르트를 고급 간식이라며 들이밀었다. 빗나가도 한참 빗나간 맞장구였다.

"우리 애는 호텔 케이크 아니면 안 먹는 애였어요. 우리 미선이, 예전에 대기업 다녔잖아요. 그 호텔도 가지고 있는 S 기업 말이야. 거기 잘나가는 과장들이 우리 미선이 좋다고 몇 년을 쫓아다녀도, 미선이가 안 넘어가고 딱 제 소신대로 살아왔어요. 자기는 남자한테 기대는 삶이 싫다고, 얼마나 당당하게 살았다고요."

엄마가 거들었다.

"과장님이 뭘 잘 모르시는 것 같아서 저도 얘기하는데, 우리 미선이가 한번 마음 다잡고 하면 어마어마해요. 그 예전에 말이에요. 조그만 동네 학원을 저 혼자 차려서 그걸 분점까지 낼 정도로 규모를 키웠다는 거 아니에요. 우리 미선이가 그때 그 학원 판 권리금 보태서 이렇게 집도 샀어요. 제 엄마한테 효도한다고."

"정말요?"

믿을 수 없다는 듯이 박 과장은 우리 셋을 차례로 돌아보았다.

"그럼, 우리가 없는 얘기라도 지어서 하는 거 같아요?"

엄마가 허리를 곧게 세우고 가슴을 쭉 폈다. 조금의 거짓도 없다는 듯 당당해 보였다.

"내가 우리 미선이 덕분에 얼마나 편하게 사는지 몰라요. 엄마 살라고 이런 집도 다 사주고. 늙은 엄마 걱정된다고 옆에 붙어 같이 살아주고. 이런 효심이 어디 있어요?"

박 과장은 기가 찬다는 듯 혀를 내둘렀다. 그는 더 이상 미선 이모와 자기 사이에 있던 일을 털어놓지 못했다. 적당히 예의를 차리다가, 방문 근처에도 가지 못하고 자신의 어머니가 기다리는 집으로 도망가듯 돌아갔다.

*

우리 셋은 각자의 허풍을 다시 떠올리면서 낄낄거렸다. 그러면서 할머니와 엄마는 남은 에그 타르트를 하나씩 나누어 먹었다. 이제 남은 에그 타르트는 하나뿐이었다. 그날 우리에게 주어진 모든 일용할 양식은 미선 이모를 위한 것이었으나, 모두 다른 이들의 입 속으로 들어갔다.

자정이 지나자 할머니와 엄마는 원래 미선 이모가 지내던 방으로 들어가 잠을 청했다. 나는 잠들지 않은 채 이모가 방에서 나올지도 모른다는 희망을 품고 그 앞을 지키고 있었다. 그러나 이모는 좀처럼 나올 기미가 없었다.

나는 잠이라도 깨야지 싶어 부엌으로 향했다. 조금 출출했다. 입 속에 넣을 거라고는 아까 남은 한 개의 에그 타르트뿐이었다. 저건 안 돼, 저건 이모의 에그 타르트야. 하지만 내 손은 이미 그 달디단 디저트를 향해 뻗어가고 있었다. 입 안에 침이 고이고, 곧이어 혀에 부드러운 커스터드 크림이 닿았다. 겉면을 감싼 페이스트리에서 배어난 버터의 기름기가 손가락 끝에 묻어 미끌거렸다. 입 안에 에그 타르트를 한가득 넣고 씹는 동안 저작 운동으로 내 턱이 움직인다는 감각이 잠을 깨웠다. 순식간에 에그 타르트는 입 속에서 사라졌다. 입가에 묻은 크림을 손가락으로 닦고, 싱크대에 서서 찬물로 손을 씻었다. 마치 아무 일도 없었던 것처럼 방문 앞으로 가서 이모의 이름을 불렀다.

"미선 이모."

여전히 대답이 없었다. 어쩌면 아무도 없는 방 앞에서 공허하게 이모를 찾고 있는 게 아닌가 싶었다. 문득 막막한 기분이 들었다. 이모는 정말 방 안에 있는 걸까. 문고리를 잡고 당겨보았지만, 역시 열리지 않았다. 이렇게 오랫동안 사람이 방에만 있을 수 있을까. 어쩌면 이모는 방 안이 아닌 다른 곳에 있는 게 아닌가도 싶었다. 어쩌면 이모는 벌써 수십 년 전 자신이 운영하던 학원을 성공시켜 팔아넘기고, 대기업 과장인 남편과 P 아파트에 거주하면서, 낮에는 물소가죽 소파에 누워 텔레비전을 보고, 밤에는 거위 솜털로 채운 이불을 덮고, 때때로 마호가니 식탁에 앉아 영국제 찻잔에 담긴 홍차를 마시며 살아가고 있는 게 아닌가.

정말 그런 것인지 확인이라도 하겠다는 듯, 닫힌 문 앞에서 다시 이모를 불렀다.

"미선 이모. 이모, 거기 있어?"

응답이 없었다. 불안의 그림자가 방문에 짙게 드리워졌다.

나는 떨림을 숨기기 위해 헛기침을 한 후 이모, 거기 있는 것만 알려줘, 거기 있다는 것만 알려줘, 진짜……, 불평하듯 혹은 기도하듯 웅얼거렸다. 그러자 잠깐이라도 주의를 빼앗기면 도저히 눈치 챌 수 없을 정도로 작은 움직임, 자신 없는 농담을 던지는 사람의 목소리처럼 한껏 줄어든 미미한 소리가 그 방문을 톡, 하고 울렸다.

로
쿰

모든 것이 낮았다. 주문을 하기 위해서 무릎을 살짝 구부려야 했다.

"뜨거운 아메리카노 주세요."

어쩐지 내 목소리가 줄어들고 있었다.

혼자 운영하는 열다섯 평쯤 될 법한 카페. 주인은 키가 작았고, 키에 맞춰 모든 것을 낮춰놓았다. 낮은 것은 카운터나 조리대만이 아니었다. 주변 상권을 교란시키는 건 아닌가 걱정될 만큼 커피값이 저렴했다. 가격에 비례하듯 커피 맛은 떨어졌다.

한 잔에 칠백오십 원인 커피는 방금 뭘 마신 건지 의문이 들 만큼 커피와 숭늉 사이의 밋밋한 맛이었으나, 인스턴트커피 분말을 반 스푼 넣으면 제법 깊은 맛이 났다.

하지만 뭔가 더 있어야 했다. 디저트 진열장을 내려다보았다. 마들렌이 이천오백 원, 마카롱은 이천 원, 딸기 쇼트케이크는 육천 원. 디저트는 커피에 비하면 저렴하지 않았다. 그렇지만 커피를 시키고 마들렌을 추가하면 오백 원을 깎아준다. 나는 마들렌을 주문했다. 그런 후 자리에 앉아 가방에서 커피 분말을 꺼냈다. 분말을 담아온 통을 흔들어 알갱이들을 컵 안으로 털어 넣었다. 그러는 사이, 회색 터틀넥을 입은 남자가 주인에게 "전체적으로 가구 높이를 올리는 게 좋지 않을까요?" 강권하듯 묻고 있었다. 주인은 그를 올려다보며 "그렇다면 커피값도 같이 올려볼게요" 말한 후 칠백오십 원짜리 숭늉 맛 커피를 건넸다.

이 카페가 전체적으로 높아진다면, 키가 작은 카페 주인이 일하기에는 힘들지 않을까. 하지만 이곳의 낮은 의자에 무릎을 세우고 앉아 커피를 마셔야 하는 사람이라면 누구라도 그 남자의 말에 기꺼이 동의할 것이었다.

내 생각에 남자는 이렇게 말했어야 했다.

'의자와 테이블만이라도 높여주지 않겠어요? 여기 오래 앉아 있는 사람들을 위해서요.'

그러나 회색 터틀넥 남자는 더 이상 아무것도 묻지 않았다. 커피를 받아 들고 아랫입술을 잘근잘근 씹어대며 출입문을 빠져나갔다.

카페에서는 한 시간 정도 책을 읽었다. 허리가 아파 더 이상 앉아 있을 수 없었다. 나갈 때 테이크아웃으로 한 잔을 더 주문했다.

커피가 식기 전에 도착했으나, 집에는 아무도 없었다. 불러도 대답이 없었다.

달리 할 것이 없어 노트북을 열어 방금 전 카페에서 있었던 일을 타이핑했다. 대단한 에피소드는 아니었지만, 다 적어놓으니 소설의 첫머리 같았다. 기왕 써본 것을 계속 좀 쓸까 싶었다.

1

그때, 문이 벌컥 열리고 안이 왔다. 붉은 종이 쇼핑백을 손목에 걸고 있었다. 놀라서 그것을 휙 낚아챘다. 안의 손목에 눌린 끈 자국이 붉고 선명했다. 안은 그 자국을 손가락으로 가볍게 두드렸다. 나는 숨을 길게 내쉬고, 쇼핑백을 들여다보았다. 금색 테를 두른 플라스틱 케이스에 무언가 들어 있었다. 안은 그것이 로쿰이라고 했다.

"그게 뭔데?"

"튀르키예 디저트."

두툼한 엿을 단면이 보이게 잘라놓은 모양새였고, 여섯 가지 색으로 되어 있었다. 뚜껑을 열고 그중 하얀색을 집어 들었다. 찐득거릴 줄 알았더니 미세한 흰 가루가 덮여 있어 손에 들러붙지 않았다.

"그건 카이막을 베이스로 한 거야."

미간이 찌푸려질 만큼 달았고 끝맛이 고소했다. 그렇게 얼굴이 못생겨질 만큼 달아야 튀르키예식 디저트라며 안도 로쿰 하나를 입에 넣으려 했다.

"안 돼!"

그러다가 안은 장난치듯 손의 방향을 돌려 로쿰을 내 입술에 가져다 댔다. 붉은 무화과 로쿰이었다. 카이막 로쿰보다 훨씬 달았다. 젤리와 떡의 중간 정도 되는 식감을 가진 그것을 우적우적 씹어 침에 녹인 후 꿀꺽 삼켰다.

"맛있어?"

"달아."

"혀가 녹을 만큼?"

"뇌가 녹을 만큼."

로쿰에는 손도 대지 말라고 경고했다.

"도대체 이게 다 뭐야? 어디서 난 거야?"

"설탕과 전분을 섞은 튀르키예식 디저트야. 1776년 알리 무힛딘 하즈 베키르가 처음으로 제작한……."

안은 이것을 주문한 지 삼 주 만에 받았다고 했다. 어디서? 마켓 이스탄불. 이런 걸 왜? 안은 장황하게 튀르키예 리라 가

치가 폭락하는 상황을 늘어놓으며 지금이 아니면 이토록 싼
값에 즐길 수 없다는 둥 알아들을 수 없는 소리를 했다.

"너무 달면 커피랑 먹을까?"

안은 원두를 갈고 커피를 내렸다. 그런 안을 보면서 이 디
저트를 꼭 지금 먹어야 하는 것인지 묻고 싶었다. 하지만 지
금이 아니라면 언제 먹을 수 있지? 안은 언제라도, 당장 내일
이라도 사라져버릴 것 같았다.

커피를 내린 후, 안은 오밀조밀 달라붙어 있는 로쿰 하나를
뚝 떼어냈다. 피스타치오가 박힌 초록색 로쿰. 미간을 찌푸린
채 그 맛을 음미하더니, 보란 듯 두 번째 로쿰을 입에 넣었다.
너무 달아서 얼굴이 다 일그러졌다.

"그렇게 달면 먹지 마."

치과 의사처럼 안의 입 속을 들여다보았다. 다 녹지 못한
로쿰이 혀 위에 남아 있었다. 지난주, 안은 일주일 내내 초콜
릿 아이스크림을 먹어댔다. 오 리터짜리 업소용 아이스크림
한 박스를 다 비웠고, 죄를 사하듯 자신에게 말했다.

"받아들여. 일어난 일 모두 다⋯⋯."

일단 그의 위장이 그렇게나 많은 설탕과 우유 혼합물을 받
아들였다는 사실이 놀라웠다. 정말로 그는 다 받아들일 수 있
게 된 건가. 오 리터의 아이스크림과 바다를 건너온 화려한
색의 로쿰, 그리고 번져가듯 커지는 몸의 구멍까지. 하지만
나는 아니었다. 아직은 받아들일 수 없었다.

2

첫 증상은 눈에 보이지 않았다.

안은 가슴 한가운데가 쑤신다고 했다. 병원을 전전하며 여러 검사를 받았지만 이상이 없다는 소견만 들었다. 그의 통증은 원인이 없었고, 눈에 보이지도 않았다. 나는 몇 번이나 되물었다.

"정말 아픈 거야? 아픈 거 맞아?"

당시 나는 예민했다. 신춘문예 최종심에서 연거푸 세 번을 낙방했다. 등단이 중요한 게 아니잖아. 내가 계속 소설을 쓰고 있다는 것이 중요해. 스스로를 위로하다가 등단도 못 할 바에야 이제 그만 쓰자. 이게 현실이야. 좌절했다. 이모가 운영하는 학원에서 강사 일을 해보리라고 마음먹고 있었다. 대학 시절 몇 번 도운 적이 있어 가늠되지 않는 일은 아니었고, 오히려 너무 잘 알고 있어 하고 싶지 않은 일이었다. 이모의 학원에서 일할 때, 대부분의 아이들과 싸웠다. 목이 아프도록 소리를 질렀다. 나랑 맞는 일이 아니야, 생각했지만 맞는 일을 찾으려는 노력도 하지 않았다. 그런 것이 있긴 한가 싶었다. 하지만 이제 생각이 달랐다. 맞춰가면 되지 않겠는가. 잘하면 이모를 도와 분점을 낼 수 있고, 부원장이 될 수 있고. 목이 다 쉬더라도 손가락만 온전하다면 남은 시간에 소설도 쓸 수 있을 테니까…….

"쿡쿡 쑤셔."

안이 가슴 한가운데를 손가락으로 누르며 말했을 때, 나는 고작 이런 말로 응답하며 울먹거렸다.

"이제 어떻게 해야 할지 모르겠어."

등단을 못 하리라는 불안에 더해 그 전날 버스에서 겪은 일을 반추하면서 자신이 나아질 가능성이 전혀 없는 인간처럼 여겨졌다.

안은 버튼을 누르는 듯 줄곧 검지로 명치를 누르고 있었다.

"병원 가자."

이제는 어느 병원으로 가야할지 몰랐지만, 어디라도 가지 않을 수 없었다.

"이러다가 괜찮아질 거야."

안은 내 손을 슬쩍 잡았다.

"기다려보자."

양반다리를 하고 앉아 안을 마주 보았다.

"무슨 일 있었어? 하루 종일 얼굴이 찡찡하네."

안이 가슴을 누르던 검지로 내 이마를 콕 눌렀다.

"얼굴이 찡찡하다고? 그게 맞는 말이야?"

찡찡이라고 발음할 때마다 미간이 좁아졌다. 우리는 머리를 맞대고 휴대폰으로 '찡찡하다'를 검색해봤다. 표준국어대사전에 따르면, 찡찡하다의 의미는 다음과 같았다.

1. 마음에 걸리는 일이 있어 겸연쩍고 거북하다.
2. 코가 막혀 숨쉬기가 거북하다.

나는 '마음에 걸리는 일'이라는 문구를 가리켰다.

"뭐가 마음에 걸려? 뭔데?"

"어제 버스를 탔는데, 어떤 줄 알아?"

"모르지."

"내가 아직 말을 안 했으니까."

"그러니까."

안의 응답이 성의 없게 느껴져 짜증이 났지만 꿋꿋이 말을 이었다.

"버스 옆자리에 아기를 업은 엄마가 앉은 거야. 포대기로 아기를 등에 메고 있었어."

"이렇게?"

안은 뒤로 손을 돌려 아기를 업은 시늉을 했다.

"아기를 안 키워봐서 잘 몰라도, 앞으로 메는 아기 띠보다는 포대기가 더 불편할 것 같잖아. 아무래도 아기가 뒤에 있으니까."

"그렇겠지."

"날도 추운데, 포대기로 아기를 등에다 메고 버스를 타고 어딜 가는 거잖아. 별생각이 다 들었거든. 왜 택시를 안 타고 버스를 탈까? 왜 아기 띠가 아니라 포대기일까? 날도 흐리고 눈도 올 것 같은 날씨에."

"너는 괜한 생각을 많이 하는 것 같아. 소설을 써서 그런가?"

"소설 안 써도 이런 생각 하지 않아?"

"그런가?"

"버스를 타고 다녀서 그런 걸지도 모르겠어. 버스에 앉아 있다 보면, 어쩐지 사람들을 관찰하게 되잖아."

"그래?"

안의 심드렁한 태도가 마음에 들지 않았다. 안은 피곤해 보였다.

"흠…… 하여튼 그 아기가 비니를 쓰고 있었단 말이야. 겨자색 비니였는데, 아기가 고개를 내 쪽으로 돌리고 있었거든. 그런데 쓰고 있던 비니가 비뚤어진 거야. 그래서 한쪽 귀가 드러나 있었어."

안은 비니 쓴 아기를 상상하는 듯했다.

"아기 엄마는 아기가 등 뒤에 있으니까 그 사실을 모르지. 귀가 드러나 있고, 모자가 떨어질 것처럼 비뚜름하게 씌워졌다는 걸 말이야."

"그래서?"

"아기가 나를 뚫어져라 보더라고."

"너는?"

"나도 아기를 봤지. 눈이 예뻤어. 눈에 내가 비쳐 보였어."

"모자를 제대로 씌워줬어?"

나는 아기의 모자를 고쳐 씌워주지 않았다. 손을 뻗으면 아기가 울지 않을까, 그렇다면 오해를 사지 않을까, 그런 생각을 했다. 아기 엄마는 고단해 보였고, 너무 피곤한 사람은 금방 화를 내지 않을까, 걱정스러웠다. 그러다가 아기 엄마가 거칠게 손을 들어 하차 벨을 눌렀다. 아기는 귀를 드러낸 채 버스 밖으로, 겨울의 차가운 공기 속으로 엄마와 함께 내렸고 버스는 출발했다. 곧이어 귀에 들러붙는, 멀리서 들려오는 아기의 울음을 떨쳐내려고 나는 이어폰을 귀에 꽂았다.

"나는 왜 이 모양일까……."

"괜찮아. 사람은 다 저마다의 모양으로 사는 거니까."

그것이 저마다의 모양이라면…… 나는 다른 모양으로 살아보고 싶었다. 더 그럴듯한 모양을 복사해서 덮어쓰고 싶었다. 아기의 모자를 씌워주는 사람이 될 수 없는 걸까. 내가 하지 않고 지나쳐버린 일들이 떠오를 때면 과거로 돌아가 그 일을 다시 해내는 사람이 되고 싶었다.

3

얼마 동안 안은 통증을 호소하지 않았다. 그러다가 어느 날 보여줄 것이 있다고 했다.

"여기로 바람이 지나가는 것 같아."

안이 윗옷을 올리자 구멍이 있었다. 명치 부근이었다. 볼펜 한 자루가 들어갈 크기였다. 다시 옷을 내리면 구멍은 보이지 않았다.

어제저녁에 샤워를 하다가 찌르르 아파서 내려다보니 구멍이 생겨 있었다고 말했다.

"어디 좀 봐."

안의 가슴 앞으로 얼굴을 가까이 가져갔다. 한쪽 눈을 가리고 다른 쪽 눈으로 구멍을 보았다. 구멍 너머로 작은 선반 위 핸드 드립 세트가 가지런히 놓여 있는 것이 보였다. 먼지 쌓인 핸드 드립 세트⋯⋯. 카페에 돈을 쓰기보다는 집에서 커피를 내려 마시는 쪽이 더 경제적이란 계산에서 산 것이었다. 그러나 원두 한 팩을 드립으로 내려 마신 후, 우리는 다시 카페에 다니고 있었다. 우리는 그런 말을 했다. 카페는 커피를 마시러 가는 곳이 아니라고. 공간의 분위기 같은 것이 필요하다고. 그래, 그러니까 카페에 가지 않으려면 이 집을 카페 분위기로 바꿔야 해. 어느 쪽이 돈이 덜 들지? 카페에 가는 것? 인테리어를 카페처럼 바꾸는 것? 우리는 인테리어를 바꾸는 대신 다시 카페에 들락거렸다. 돈은 늘 안이 냈다. 그에게는 월급이라는 고정 수입이 있었다. 데이트 비용을 다 내고도 소액의 적금이라도 들 수 있었다. 반면 나는 얻어먹고 다니면서도 한 푼을 모으지 못했다. 하지만 앞으로 이모의 일을 돕게

될 테니까, 커피값도 내고 돈도 모을 수 있을 거니까 "이제 커
피값은 내가 낼게"라고 했을 때 안은 배시시 웃으며 진심으
로 좋아했다. 커피값은 한 달에 적어도 이십만 원이 넘었다.
일 년이면 이백사십만 원. 적은 돈이 아니었다. 그렇다고 큰
돈인가, 그건 또 아니었다. 그 돈을 아껴볼까 잠깐 고민했다.
십 년이면 이천사백만 원이고, 백 년이면 이억사천만 원. 백
년 후에도 살아 있을 것 같지는 않지만 혹시 모르는 일이었
다. 백 세 시대에, 물가는 오르고 있으니 아낀 커피값은 예상
치의 몇 배가 되겠지. "그 돈을 이제 내가 다 낼 거야. 너는 마
시기만 해" 그렇게 말할 때 안은 장난스럽게 환호하며 기뻐
했다. 나도 기뻤다.

　눈물을 줄줄 흘리면서 안의 외투를 챙겨 들었다.

　"얼른 병원 가자."

　"이제 병원은 아닌 것 같아."

　안은 곧 사람이 올 거라고 알려주었다. 나는 소맷부리로 눈
물을 닦아냈다.

　"누구?"

　"인터넷으로 알아봤는데 비슷한 증상을 가진 사람들이 모
인 카페가 있었어."

　"그게 뭐야?"

　"정확한 건 그 사람이 와봐야 알 것 같아."

그날 '소멸'에 대해서 알게 되었다.

안의 집을 찾아온 이는 밤색 양장을 입은 젊은 여자였다. 자신을 '소멸증상지원재단'의 직원이라고 소개했다. 그녀는 얇은 책자 한 권을 건네주었고, 소멸이 어떤 증상인지 알려주었다.

"신체 일부에 생긴 구멍이 점차 넓어지다가, 나중에는 신체 전부가 그 구멍에 먹히듯 사라지는 현상입니다."

직원은 병이라고 하지 않고 '현상'이라고 했다.

"죽는 거예요?"

울지 않으려 해도 자꾸 눈물이 흘렀다. 직원은 이런 상황을 골백번은 겪어본 사람처럼 능숙하게 손수건을 건네주었다.

"사라지는 거죠. 죽는다고는 할 수 없어요. 호흡과 심장 운동이 멈추는 것이 아니니까요."

나와 안은 휴대폰으로 '사망'이라는 단어를 찾아보았다.

생리적으로는 호흡과 심장의 고동이 영구적으로 정지하는 일, 법률적으로는 생활기능이 절대적·영구적으로 정지함으로써 권리능력이 상실되는 일.

웹페이지에서 제공하는 지식백과의 정의는 혼란스러웠다. 직원은 이 상황 역시 익숙한 듯 말을 이어나갔다.

"생리적으로도 법률적으로도, 다만 사라지는 것에 불과합니다."

"사라진다는 게 뭐예요?"

"눈에 보이지 않게 되는 거죠."

그녀는 호기심 많은 아이를 오래 상대해야 하는 어른처럼, 차분하면서도 약간 지친 투로 답했다. 소멸을 경험한 이들의 증언에 따르면, 소멸은 감정적 혹은 감각적 자극에서 발현되는 것이었다. 소멸은 지금까지 회복된 사례가 없었다.

직원은 영상을 하나 보여주었다. 노트북 화면에 두 여자가 보였다. 두 사람은 나이 차이가 있는 듯했다. 엄마와 딸이거나 자매, 친구, 혹은 연인으로 보이기도 했다.

"레몬 파운드케이크를 먹었을 뿐이에요."

젊은 여자가 말했다.

"혀가 녹을 만큼 달다, 생각했는데 구멍이 뚫려버렸죠."

방금 말한 여자가 입을 벌렸다. 혀에 구멍이 있었다.

"신기한 건 혀에 구멍이 있어도 말을 할 수 있다는 거예요."

직원은 영상을 멈췄다.

"신체 기능에는 문제가 없습니다."

직원은 잠시 멈추었다가 다시 말했다.

"필요하다면 심리 상담을 지원해드립니다. 진행 과정을 저희 재단에 보고해주시기로 약속하면 모든 지원은 무료입니다. 사후 관리까지 철저히 해드리죠."

"사후 관리요?"

"소멸 직후 일어날 수 있는 모든 문제를 관리합니다. 특히 재산 문제 같은 것이 있죠."

그때부터 직원의 말은 조금 어려워지기 시작했다. 요약하자면, 소멸하는 사람이 쌓아온 유형의 재산들이 곳곳에 남기 때문에 그것을 처리해야 한다는 말이었다. 가령 살고 있는 집도 전월세인가, 자가인가에 따라 처리 방식이 달랐고, 빚이나 예금을 미리 양도해두지 않으면 변제와 취득의 의무나 권리도 사라진다고 했다.

"그러니까 빚을 갚을 필요도 없어진다는 말이죠?"

안은 처음으로 입을 열었다.

"빚이 있었어? 얼마나?"

안은 대답하지 않았다. 침묵이 감돌자 직원이 다시 입을 열었다.

"재단에서는 서류상 문제가 없도록 검토합니다. 만약 대리인이 서명한 경우에는 흔적이 남을 수 있으니까요. 그런 것을 일괄적으로 처리하죠."

안은 저축은행에서 대출받은 사실을 털어놓았다. 안의 가슴에 뚫린 구멍보다 상당한 액수의 돈을 나 몰래 대출한 사실이 더 믿어지지 않았다.

"그 돈은 어디 있어?"

안은 돈이 사라졌다고 했다. 직원은 모든 내용을 수첩에 적었다.

"정말이죠? 빚도 사라지는 게 맞죠?"

안은 그것만이 중요하다는 듯 되묻고 있었다. 직원은 몇 초 간 입을 다문 채 안을 바라보다가 "네"라고 짧게 답했다.

"이런 일이 자주 일어나요?"

"자주 일어나지는 않아요. 그래도 일어나고 있죠."

"뉴스에 나와야 해요."

"나온 적 있어요."

"본 적 없어요."

"있을 겁니다. 기억을 못 할 뿐이죠."

"왜 기억을 못 해요?"

"소멸은 그런 것이니까요."

직원은 쓸쓸한 미소를 지어 보였다.

"당신들은 무슨 돈으로 이런 일을 하는 거예요?"

"우리는 기부를 받아 운영하는 봉사 단체예요."

나는 코웃음을 쳤다. 믿을 수 없다는 듯 직원을 노려보았다.

"당장 나가세요. 그리고 다신 오지 마, 이 사기꾼아."

그녀를 잡아끌어 현관 밖으로 밀어냈다. 안이 말려도 소용 없었다. 그렇게 하면 이해할 수 없는 불운이 그녀의 옷깃에 붙어 떨어져나가기라도 할 것처럼 거칠게 밀어냈다. 밤색 블레이저 봉제선이 부욱, 하고 늘어나는 소리가 났다.

"연락 기다릴게요."

그녀는 이 정도는 예상했다는 듯 여유롭게 뒤돌아섰다.

4

다시 병원을 전전했다. 구멍을 본 의사들은 놀라서 입을 다물지 못했다. 동네 병원에서 지역의 중형 병원으로, 대학 병원으로, 수도권 병원으로, 미국 대학 부속 메디컬 센터 어쩌고……로 넘어가다가 우리는 영어로 쓰인 메일을 하나 받았다. 번역기를 돌려보니 미래 의학 발전을 위한 실험체가 되어달라는 내용이었다. 이미 안의 두 달 치 월급이 검진비로 사라져버린 시점이었다.

안의 가슴 구멍이 오백 원짜리 동전 크기로 커졌다.
쓰레기통을 뒤져 그녀의 명함을 찾아냈다.
"우리 좀 도와주세요."

이번에 직원은 자두색 원피스를 입고 나타났다. 커다란 배낭에 짐을 꾸려왔다. 양장 노트와 한 손에 들어오는 미러리스 카메라, 카메라를 세워둘 수 있는 삼각대, 줄자 등이 들어 있었다. 재단에서 기념품으로 제작한 담요와 텀블러, 분말 스프를 선물인 양 풀어놓았다.

주말이었지만 잔업이 있어 회사로 출근한 안을 대신해 내가 그녀를 맞았다.

"상황이 이렇긴 하지만, 안은 일을 갈 수밖에 없어요. 회사가 작아서, 아니 회사가 커도 그런지 모르지만, 어쨌든 일을 대신할 사람이 없어요."

"평소처럼 생활하는 게 좋아요."

그녀는 앞으로 해야 할 일들을 찬찬히 알려주었다. 먼저 주기적으로 안의 인터뷰를 카메라에 담아야 했다. 사라진 신체의 모습을 촬영하고, 신체의 변화가 오기 전 겪은 일과 현재의 심정 등을 영상으로 기록해 재단으로 전송해야 했다. 그녀는 원한다면 영상 속 내용을 노트에 옮겨 적어도 된다고 말했다. 별도로 안과 관련하여 기억나는 것들을 모두 적어두라고도 당부했다.

"우리는 한 가지 가설을 가지고 있어요. 소멸이 일어난 후에는 소멸한 사람이 남긴 모든 기록과 주변의 기억도 지워진다는 것이죠."

직원은 자신의 가방에서 노트를 꺼내더니, 어떤 문장을 손으로 짚었다.

케이크를 먹고 혀에 구멍이 생긴 증상자 F522의 영상을 증상자 M627, 보호자와 함께 시청했다. (파일명: F522_03_INT)

직원은 노트북을 꺼내 파일명 'F522_03_INT'를 찾아 재생시켰다. 중년의 여자가 화면 오른편에서 반복적으로 고개를 끄덕이다가 눈가를 손가락으로 닦았다. 비스듬히 어깨를 기울인 모습이 마치 옆에 누군가 있어 기대고 있는 모양새였다. 화면 속 여자의 얼굴이 점차 낯익었다.

"뭐예요?"

"왼쪽에는 증상자가 있었던 것 같아요. 소멸한 이후 영상에서도 사라져버린 거죠. 혹시 누가 있었는지 기억나요?"

"아니요."

영상 속에 다른 사람이 있었다는 사실은 기억나지 않았지만, 그녀의 밤색 블레이저를 뜯어질 것처럼 끌어당겼던 것은 떠올랐다.

"최근에 F522 증상자가 소멸했어요."

그녀는 자신이 쓴 일지를 나에게 보여주었다.

F522 증상 진행 브리핑

1월 2일: 첫 증상 발현. 레몬 파운드케이크. 찌릿할 정도의 단맛. 혀에 구멍.

3월 15일: 구멍이 점차 넓어지면서 식도 아래로 내려간 상태.

5월 7일: 쇄골 아래에서 골반까지 구멍이 장악.

9월 10일: 얼굴이 희미해지고 신체의 테두리만 남은 상황.

10월 24일: 목소리 사라짐.

10월 31일: 신체 상실.

"저의 경우에는 친언니가 소멸을 겪었습니다. 언니는 발등에서 구멍이 시작됐어요. 아래에서 위로 구멍이 점차 퍼져가면서 사라졌죠. 신발을 신고 바지를 입으면 그 구멍은 보이지 않았어요. 상태를 알았을 때는 구멍이 허벅지 위까지 올라와 있었어요."

그녀는 숨을 한 번 내쉬고 다시 말을 이어갔다.

"언니가 구멍에 먹히는 것 같다고 제 노트에 쓰여 있더군요. 그때 수첩에 모든 것을 적어두었거든요. 저는 비교적 재단의 도움을 빨리 받았고, 많은 것을 기록할 수 있었습니다. 노트를 써요. 우리에게 남는 것은 노트뿐이니까요."

"정말 기억이 사라져요? 그럼 뉴스에서도 못 본 게 아니라 봤는데 기억을 못 하는 건가요?"

"아마도 그렇지 않을까요? 확실하다고는 할 수 없지만요."

"우리를 어떻게 도와줄 수 있어요?"

"소멸을 막을 방법은 없어요. 다만 기록을 돕는 거죠. 당신이 무언가를 기억할 수 있을지도 모르잖아요."

"기록하지 않으면 다 잊어버리나요?"

"그렇게 생각하고 있어요. 저 역시 그래요. 언니를 기억하는 사람은 없어요. 노트에만 남아 있죠."

"당신이 기억하고 있잖아요?"

"저는 기억하지 못해요. 노트에 쓰여 있는 것을 믿을 뿐이죠."

나는 직원을 의심스러운 눈으로 쏘아보았다. 여전히 믿을 수 없었다.

"기억마저 사라진다는 가설을 아직 확정할 수는 없어요. 앞으로 더 많은 사례가 모이면 다른 가설이 나올 수 있겠죠."

어쩌면 지난번에 그녀를 밖으로 쫓아내버린 일을 벌주는 것 같았다. 나는 그녀 앞에 무릎을 꿇었다. 직원은 당황해하며 손을 내저었다.

"왜 그러세요?"

"죄송해요."

"뭐가요?"

"밖으로 쫓아냈던 거요."

"괜찮아요. 처음에는 그럴 수밖에 없으니까요."

그녀는 내 어깨를 두 손으로 붙들었다. 아까부터 나도 모르게 덜덜 떨고 있었다. 윗니와 아랫니가 부딪히고, 몸살감기라도 걸린 듯 추웠다. 그녀는 안쓰러운 듯 바라보다가 일어나 전기 포트에 물을 끓이고, 가져온 스프 봉지를 뜯어 머그 컵에 담아 따듯한 스프를 만들어주었다.

"따듯한 걸 먹어요. 몸이 차면 쇼크 상태에 빠질 수 있거든요."

그제야 그녀가 왜 분말 스프를 가지고 다니는지 알 수 있었다.

"가장 오래된 기억 먼저 적어두세요. 소멸이 진행되는 동안 오래된 기억부터 사라질 수 있거든요."

그 말에, 나는 기억을 테스트라도 하려는 듯 노트를 앞으로 끌어당겼다. 그녀가 가방을 뒤져 펜을 건네주었다.

'안을 처음 만난 날'

그렇게 제목을 붙여놓고 그날을 떠올려보았지만, 기억나지 않았다. 정말 이상했다. 우리가 언제, 어디서, 어떻게 처음 만나게 되었는지 한 글자도 쓸 수 없었다.

5

학원 일을 돕지 않겠다고 선언한 후 가족의 전화는 받지 않았다. 엄마와 이모의 부재중 통화가 거의 백 통이 찍혀 있었다. 전화를 걸어 엄마에게 안이 많이 아프다고 알렸다. 간병해줄 사람이 필요하다고. 엄마는 그걸 왜 네가 하느냐고, 걔는 가족도 없느냐고, 간병인 쓸 돈도 없느냐고 화를 냈다.

"그런 거 아니야. 내가 돌보고 싶어서 그래."

엄마는 별말이 없다가 어디가 어떻게 아프냐고 물었다. 몸에 구멍이 났어. 그렇게 말할 수는 없어서 교통사고가 났다고 둘러댔다. 재활을 해야 한다고, 오래 걸리지는 않을 것 같다고. 엄마는 믿지 않는 눈치였지만 그냥 넘어가주었다.

• REC

"너희 가족한테 말 안 해?"

"어차피 기억에서 사라진다면서."

"그래도."

"연락도 잘 안 하는데, 알려야 하는 건지 모르겠어."

"알았어. 그건 나중에 생각하자."

"그래."

"이제 뭐든지 말해도 좋아, 뭐든. 욕을 해도 되고."

"이거, 처음에 기흉인 줄 알았어. 가슴이 쑤시듯 아픈 거."

"혹시 그 사람 때문이었을까? 아니면 대출금을 날린 일 때
문에?"

"그럴지도 모르지."

"말 안 할 거야?"

"말해서 좋을 게 없잖아."

"이렇게 하자. 보따리를 푸는 거야."

"무슨 보따리?"

"이야기보따리."

"농담해?"

"봐. 일단 머릿속에서 네가 산타클로스처럼 커다란 보따리
를 등에 메고 등장하는 거야. 보따리가 너무 무거워서 바닥에
질질 끌리고 있다……."

"질질 끌리고 있다……."

"그렇게 끌고 와서 털썩 내려놓는 거야. 보따리 주둥이에

매듭이 감겨 있는데, 그걸 풀어야 해. 손톱 끝으로 긁어가면서, 풀어질 만한 구석을 찾아보면서. 엇, 여기! 이제 풀렸어!"

"안에 있는 게 다 쏟아지는데?"

"벌써 쏟아졌어. 사방으로 흩어졌어. 너는 이걸 여기 놓고 가면 돼. 빈 보따리만 들고 돌아가."

6

안은 뒤통수가 따가워 돌아보았다. 작고 묵직한 것에 맞은 듯했다. 바닥에는 육각 볼트 하나가 떨어져 있었다. 돌아보면 아무도 없었다. 복도를 걸으면 그런 것들이 날아왔다. 돌과 클립, 알약. 가볍고 작지만 확실한 모양을 갖춘 것들.

학창 시절에도 비슷한 일을 겪은 적이 있었다. 몇 달 동안 반복적으로 겪은 후 전학을 갔고, 언젠가 이런 일이 되풀이되리라는 예감 속에서 살았다. 나 자신이 존재한다는 사실만으로 누군가는 불쾌해지리라……. 그런 생각이 의식 아래 잔잔히 흘렀다.

안은 바닥에 떨어진 것을 주웠다. 왜 이런 것을 줍고 있는 걸까. 자신도 의문이 들었지만 줍고 있었다. 그러다가 직장 내 괴롭힘이라는 단어가 떠올랐고, 최근 자신에게 말을 붙이지 않던 동료들이 떠올랐고, 뭔가를 바꿔야 한다는 사실을 깨달았다. 괴롭힘이 시작되는 순간은 당하는 자신도 미처 감지하지 못할 만큼 작은 것일 수 있었다. 그것은 눈덩이처럼 불어날 테다. 과거가 안에게 알려준 것이었다. 그러므로 벗어날 방법이 있다면 최대한 벗어날 것이다. 그런 각오가 들었다.

안은 팀장 면담을 신청했다.

"무언가 날아와요. 복도를 걸을 때요."

"다른 건?"

"아직 없어요."

"알았어. 한번 알아볼게."

몇 주가 흘러도 달라진 것은 없었다. 동료들은 더 이상 안과 밥을 같이 먹지 않았다. 업무상 공유할 내용도 안에게만 전달하지 않아 일도 제대로 굴러가지 않았다. 그 무렵 안이 대출금으로 투자한 알트 코인이 매수가의 절반까지 떨어졌다. 일 년 치 연봉이 한 달 만에 사라졌다. 몇 달 전 한창 상승장일 때 직장 동료들이 끈질기게 물어온 통에 안은 자신이 사들이고 있던 코인을 말해주었다. 몇몇은 제법 큰돈을 투자했다. 그들 역시 손실을 보고 있을 것이었다. 미움이 어디서 시작되었을지 안은 모르지 않았다.

복도에서 계속 무언가 날아왔다. 펜 뚜껑, 촛농 조각, 신발끈, 비스킷. 그리고 문구용 칼날이 날아왔다. 베이지는 않았지만, 안은 칼날이 뒤통수를 힘없이 맞고 바닥에 떨어져 창으로 들어온 햇빛에 반짝이던 순간을 기억했다. 그 후로 안은 복도를 지날 때 조깅하듯 뛰어다녔다.

"칼이 날아왔다고?"

안이 칼날을 내밀자, 팀장은 입을 벌린 채 그것을 받아 들었다.

"어떻게 해야 할까요?"

"조금만 더 기다려주겠어?"

안은 팀장이 아무 지시도 하지 않았다는 사실을 눈치챘다. 안은 회사를 떠나야 한다는 생각을 했고, 곧 이직했다. 따지자면 다른 업종이었으나 업무는 비슷했다.

이직한 회사로 출근한 지 일주일도 되지 않아 팀장이 안을 찾아왔다.

"이게 무슨 짓이야?"

회사 앞 공원으로 안을 불러낸 팀장은 다짜고짜 따졌다.

"어떻게 이럴 수 있어? 어떻게 이런 짓을 할 수 있어?"

안은 팀장의 말을 이해할 수 없었다. 팀장은 욕을 퍼붓기 시작했다. 처음부터, 계획적으로, 이런, 쌍, 놈이, 착한 척하고서, 회사에 들어와놓고, 우리 기밀을, 다, 그렇게, 우리가 쌓아놓은 것을…… 팀장은 스스로 화를 이기지 못하고 숨을 컥컥 내쉬며 바닥에 주저앉았다. 안은 어이가 없었다. 기밀이라고 할 만한 것이 있었나. 그 회사는 틴 케이스를 제조하고 납품하는 곳이었다. 안은 그곳의 유일한 영업 사원이었다. 입사한 순간부터 사수 없이 일했다. 영업 시스템을 거의 혼자서 구축했다. 그가 옮긴 회사는 대나무 칫솔을 만드는 곳이었지만, 영업 방식은 비슷할 수밖에 없었다. 그것이 기밀인가? 자신이 만든 시스템마저 두고 나와야 하는 건가? 그걸 어떻게 두고 나오지?

팀장이 거친 숨을 내쉬며 바닥에 누워버렸을 때, 안은 그를 일으켜야겠다는 생각조차 들지 않았다.

"이런 놈이니까 그런 일을 당하는 거야. 이런 놈이니까."

팀장은 식식거리면서 그런 말을 토해냈다. 안은 그곳을 떠났다. 한참을 걷다가 발길을 돌렸다. 팀장은 숨을 들이쉬면서 여전히 바닥에 누워 있었다. 안은 구급차를 불렀다.

"내가 잘못한 건 없다고 생각했어."

안은 고개를 들지 않았다.

"그런데 잘못했던 걸까? 다 잘못한 것 같아. 이제 그런 생각이 들어."

안의 구멍은 더 커져 있었다. 줄자로 재어보니 지름이 7.5센티였다. 노트에 적었다.

구멍이 어제보다 0.1mm 늘었다. 매일 늘어나고 있다. 줄어들지는 않음.

7

구멍 지름이 10센티를 넘은 날, 안은 사직서를 냈다. 대표와 테이블에 마주 앉아 대나무 칫솔을 나무 묘목처럼 작은 화분에 심어놓은 것을 바라보면서 당장 퇴사는 불가능하다는 말을 들었지만, 그러거나 말거나 다음 날부터 출근하지 않기로 했다.

'이렇게 하면 아무것도 챙겨드릴 수 없습니다.'

완곡한 협박 문자를 받았지만 '알아서들 하십시오'라고 답장을 보내놓고, 가슴이 뻥 뚫린 것 같다며 미소 지었다. 물론 실제로도 가슴은 뻥 뚫려 있었다.

어쨌든 그런 연유로 평일 오후 카페에 갈 수 있는 여유가 생겼다. 이번에 우리는 집이 아닌 테이블이 낮은 그 카페에서 재단 직원을 만나기로 했다.

"이 집 커피는⋯⋯."

나와 안은 숨죽여 다음 말을 기다렸다.

"아무 맛도 안 나는데요?"

우리는 동시에 고개를 끄덕였다.

"그래도 낮은 탁자랑 의자는 마음에 들어요. 어린 시절로 돌아간 기분이 드네요. 그때 기억이 잘 나는 건 아니지만요."

"언니랑 보냈던 어린 시절이요?"

"그렇겠죠. 어린 언니가 있었겠죠."

198

우리는 다소 불편하게 무릎을 세우고 앉아 있었다. 카페 주인은 마른 천으로 컵을 닦으며 이쪽을 보고 있었다. 생각에 잠긴 듯한 표정이었다. 어쩌면 탁자와 의자 높이를 올려야겠다고 생각하는 것인지도 몰랐다.

"좀 볼까요?"

직원의 말에 노트북과 수첩을 꺼냈다. 숙제 검사를 하는 교사처럼 그녀는 수첩을 펼쳐 들고 한 장씩 읽어나갔다.

"정말 많이도 적었네요. 글씨가 거의 안 보일 정도로 빽빽해요."

그사이 안은 가져온 쇼핑백을 부스럭거리며 무언가를 꺼냈다. 로쿰이었다. 수첩에서 고개를 돌린 그녀가 이게 뭐냐고 물었다.

"튀르키예식 디저트예요. 리라 가치가 폭락해서 비교적 싼값에 국내에서도 이걸 살 수 있거든요."

"아……."

안의 설명에 그녀는 입을 다물지 못했다.

"선물이에요."

"고마워요. 튀르키예를 좋아하시나 봐요. 아니, 디저트를 좋아하시는 건가요?"

"튀르키예보다는 디저트 쪽이죠."

"이런 걸 자주 드시나요?"

안은 입을 크게 벌리고 혀를 쑥 내밀었다.

"구멍은 나지 않았어요."

"어쨌든 다행이네요."

"하고 싶은 말이 있는데, 해도 되나요?"

"그럼요. 뭐든지요. 듣는 게 제 일이니까요."

"이것 좀 봐주세요."

노트북을 열어 녹화해둔 인터뷰 영상을 재생시켰다. 전 직장 상사가 안을 찾아와 행패를 부린 일에 대한 인터뷰였다. 저장된 날짜를 확인하니 한 달 전에나 찍어둔 것이었다. 나와 안은 그 영상을 두어 번 더 돌려 보았다. 이게 다 무슨 말이지? 내가 이런 말을 했어? 팀장은 도대체 누구야? 안이 물었고 나는 고개를 저었다.

"저희 쪽으로 보낸 목록에는 없는 거네요."

직원의 말대로 그 영상만 누락시킨 채 파일을 전송했다. 영상 속 내용을 되짚어보면 이걸 누군가에게 보내고 싶지 않았을 거라는 생각이 들었다. 어떤 기억은 아무도 모르게 지워버리고 싶지 않나. 이것은 그런 기억 중 하나였을 테다.

처음에는 안에 대한 기억이 사라지고 있는 거라 생각했다. 그러나 비교적 최근의 기억이고, 아직 사라질 만한 시기는 아니었다. 안은 자신이 언급한 사람이 누구인지 모르겠다고 말했다. 그렇다면 안에게 욕을 퍼붓고 바닥에 쓰러져 숨을 컥컥 뱉던 그 사람이 사라진 건 아닐까.

이 사실을 어떻게 받아들여야 할까. 좋아해야 하나. 슬퍼해야 하나. 그 사이 어중간한 감정에 머물러 있어야 하나.

우리는 어디에도 있고 싶지 않았다. 안에게 그런 일을 겪게 한 사람을 어떤 방식으로도 애도하고 싶지 않았다. 그럼에도 흰 국화를 들고, 안이 전에 다닌 회사를 찾아갔다. 확인하고 싶었다. 그가 정말로 사라졌고, 안이 떨쳐내야 할 어떤 비참한 기억도 없다는 사실을.

국화와 음료수 한 팩을 사 들고 사무실에 들어섰을 때, 경직되어 안을 바라보던 얼굴들. 나는 그 얼굴들을 향해 보이지 않는 육각 볼트를 힘껏 던졌다. 볼트를 맞은 얼굴에 멍이 번져가는 것을 보면서, 거기서부터 구멍이 시작되리라 되뇌었다.

"팀장님을 뵈려고 왔어요."

안이 국화와 음료수 상자를 건넸지만 아무도 받지 않았다. 안은 민망해진 손을 거두고, 꽃과 상자를 탁자에 올려두었다.

"누구요?"

"팀장님이요."

안은 이름도 얼굴도 기억나지 않는 그를 '팀장'이라고 부르며 찾았다.

"여기에 팀장 같은 건 없어요."

그들은 안에게서 눈을 떼지 못했다. 전 직장 동료들은 그를 거의 기억하지 못하는 듯했다. 다만 먹어치울 듯 날카롭고 어두운 눈으로 안을 훑고 있었다. 나는 그들이 더 이상 볼 수 없도록 왼팔로 안을 감싸 돌려세웠다. 탁자에 놓았던 국화와 음료수 상자를 도로 손에 들었다. 아무런 호의도 베풀고 싶지 않았다. 그들에게 줄 수 있는 것은 상상의 육각 볼트뿐이었다.

"혹시 이 사람 아닐까요?"

그녀가 태블릿을 열어 한 사람의 얼굴 사진을 보여주었다. 당연하게도 우리는 누구인지 알 수 없었다.

"이분은, 기록에 따르면 지난주에 사라졌어요."

그녀는 태블릿 화면을 껐다.

"만약 이분이 맞고, 소멸한 거라면, 그날의 기억도 사라진 거네요. 어떻게 할까요? 이걸 계속 남겨두실 거예요?"

우리는 동시에 고개를 저었고, 그녀는 영상 파일을 휴지통으로 이동시켰다.

"기억이 사라지면 감정도 사라져요. 저도 언니에 관해 아무것도 느끼지 않아요."

그 말을 들은 안은 커피가 담긴 잔을 두 손으로 붙들었다.

"받아들이셔야 해요. 그리고 안 좋은 기억은 지워버리세요. 좋은 기억만 담아두세요. 그게 우리가 할 수 있는 최선이에요."

우리는 그녀의 말에 동의하는 척했다. 지금 상황에서 우리가 할 수 있는 최선이 무엇인지 몰랐기 때문에 누군가 그것이 무엇인지 알려주면 그대로 따를 생각이었다.

8

안이 잠들면, 안의 윗옷을 몰래 들추고 구멍을 보았다. 이제 구멍은 사람 얼굴 하나가 들어갈 만큼 컸다. 줄자로 지름을 잴 필요도 없었다. 그냥 컸다. 얼마 전까지 동글동글하더니, 이제 영역을 넓혀가며 타원형으로 찌그러졌다.

구멍 속으로 손을 넣어보았다. 처음에는 잘 몰랐지만, 몇 초가 흐르자 얼음에 손을 대고 있는 것처럼 깊은 한기가 손가락 끝에서 저릿저릿 퍼져나갔다. 얼마나 버틸 수 있을지 시험해보고 싶었다. 손을 구멍 속에 내버려두었다. 얼마나 지났을까. 등이 뻣뻣해지고 차가움이 날갯죽지까지 올라와 목 언저리에 이르렀을 때, 불에 덴 듯 손을 떼어냈다.

안의 윗옷을 내리고, 가만히 이불을 덮어주었다.

그런 후 침대에서 일어나 스탠드 불도 켜지 않고 책상에 앉았다. 책상 옆 창문의 암막 커튼을 살짝 열어젖히자 바깥에서 번져오는 가로등 불빛이 어슴푸레 책상 표면을 비췄다. 수첩을 펼친 채 글자를 적었다.

안을 처음 만난 날, 나는……

역시 기억이 나지 않았다. 아직 안에게는 묻지 않았다. 너는 기억하느냐고. 이건 마치 언젠가 지갑을 잃어버렸을 때,

그것이 있을 만한 자리는 기필코 찾지 않은 채 내버려둔 것과 비슷했다. 그런데 그 지갑은 어떻게 되었더라. 한 달쯤 지나 집으로 돌아왔다. 길에 떨어뜨린 지갑을 누군가 우체통에 넣어주었고, 신분증에 찍힌 주소로 발송되어 돌아왔다. 기억도 그렇게 되찾을 수 있을까. 잃어버린 기억을 누군가 우체통에 넣어준다면, 기억이 돌아오는 일도 가능할까.

가능하다. 가능할 것이다. 나는 가능하리라는 가설을 세웠다.

기억은 돌아올 수 있다. 기억은 소멸되지 않는다. 기억은 가라앉은 채 남아 있다.

우리는 배웠다. 그런 것을 무의식이라고. 그러니까 기억은 사라지지 않고 의식 아래로 가라앉는 것이고, 그렇다면 안에 대한 기억은 어딘가에는 존재하는 것이 된다.

존재하고만 있다면 그것을 되찾을 수 있다. 그러니까 존재하고 있자. 계속 존재하게 하자. 그러면 기억할 수 있다.

안을 처음 만난 날의 기억도 어딘가에 있었다. 미래의 어느 시간에 그 기억은 도착할 테고, 첫 만남의 순간 우리는 낯설거나 익숙할 테고, 연인이 될 줄 알았거나 그런 예감을 전혀 받지 못했을 것이다.

"혹시 말이야……"

안이 기척도 없이 깨어나 말을 걸었다.

"구멍을 보고 있었어?"

안이 누운 채 말을 걸었다. 어둠 속에서 입이 움직이는 모양이 보이지 않아 유령과 대화하는 기분이 들었다.

"손을 넣어봤어."

"어쩐지 싸늘하더라."

"옷을 올려서 그럴 거야. 살이 드러나서."

"그래……."

안은 다시 잠이 들 듯 목소리가 줄어들었다가 아, 맞다……
하고서 몸을 일으켰다.

"나 떠올랐어."

"뭐가?"

"팀장 이름."

어떤 손이 팀장의 이름이 적힌 봉투를 우체통에 넣는 모습
이 머릿속에 그려졌다.

"뭔데?"

"구…… 어, 구 뭐였는데……."

안은 다시 자리에 누웠다.

"구교환?"

"그건 배우 이름이잖아."

그는 한참을 말없이 있다가 입을 열었다.

"우리 처음 만났을 때 기억나?"

"처음?"

안은 똑같은 투로 다시 물었다.

"처음?"

"기억나?"

"아, 처음?"

안의 흰자위가 어둠 속에서 잔잔하게 빛났다.

"너는?"

"기억해."

"다행이다."

안은 몸을 일으켰다. 그리고 고개를 약간 숙이고 손으로 눈을 비비듯 눈물을 닦았다. 기억한다고 말한 건 거짓이 아니었다. 나의 가설에 의하면 기억은 어딘가에 있으니까, 기억하고 있는 거다. 다만 그게 '지금'은 아닐 뿐. 다만 안에게 그렇다고 설명할 수는 없었다.

"어땠어?"

안은 어둠 속에서 고개를 돌려 나를 보고 있었다. 그렇게 또렷하게 존재하고 있었고, 잠옷 대신으로 입고 있는 얇은 면 티셔츠 안에 점차 타원형이 되어가는 큰 구멍을 가지고 있었다. 지금 나를 보고 있는 것이 안이 맞나. 나는 안을 잘 보기 위해 먼저 스탠드의 불을 켰다.

9

우리가 처음 만난 날, 나는 버스를 타고 있었다. 안도 버스를 타고 있었다. 안은 대학생이고, 나는 고등학생이었다. 학교에 흥미를 느끼지 못하는 학생.

그날은 1교시 수업을 들은 후 교실에 앉아 있는 것이 싫증나서 아픈 척을 하고 조퇴했다. 곧바로 집으로 가는 버스에 탔다.

안은 이른 아침 눈을 떴고, 빈둥거리다가 겨우 씻은 뒤 오후 수업을 듣기 위해 학교로 향하고 있었다.

버스는 C 대학을 향하고 있었다. 나는 C 대학을 지나 이십여 분을 더 가면 집에 도착했다.

안이 버스에 올라탔다. 그가 자리에 앉기 위해 내 쪽으로 걸어올 때, 민트색 셔츠를 입은 그를 보고 대학생인가? 하는 생각이 들었고, 그가 옆을 스칠 때 의식적으로 창밖에 시선을 던졌다. 나는 당신을 보고 있지 않아요, 당신에게 아무 관심 없어요, 온몸으로 말하듯 토라진 사람처럼 고개를 돌리고 있었다. 그렇게까지 할 필요는 없었지만 그렇게 하고 있었다.

잠시 후 남매로 보이는 아이 둘이 버스를 탔다. 그들은 1인 좌석의 앞뒤로 앉았다. 어째서 뒤에 있는 2인 좌석에 나란히 앉지 않고 그런 식으로 앉았는지 알 수 없지만, 그것이 아이들의 습관 같았다. 아이들은 서로를 보기 위해 팔걸이에 배를 걸치고 몸을 앞으로 내밀어야 했다. 여자아이가 남자아이에게 다시 봐, 하고 말하니 남자아이가 가방을 앞으로 돌리고 뭔가를 꺼냈다. 그것은 비닐 케이스에 담긴 색연필 한 세트였다. 남자아이는 부드럽게 뚜껑을 열어 나선형으로 돌려 쓰는 색연필 하나를 꺼내 여자아이에게 건넸다. 완전 새거네, 하면서 여자아이가 감탄한 순간 버스가 앞으로 쏠리며 급정거했다.

몸이 당기듯 앞으로 밀려 나갔다.

고개를 들었을 때, 버스 바닥에 색연필이 도르르르 굴러가고 있었다. 그 소리가 정말로 도르르르르르 도르르르르르였고, 구르기도 좋게 곡면을 가진 색연필들은 그치지 않고 앞으로 뒤로 굴러다녔다. 여자아이는 미간을 찌푸린 채 남자아이를 원망하듯 보고 있었다. 남자아이는 얼굴이 하얗게 질려 눈만 끔뻑거렸다.

그때, 안이 일어났다. 일어나서 내 옆을 스치고 지나갔다. 움직이는 버스에서 무릎을 굽히고 색연필을 하나씩 주웠다.

하나, 둘, 셋, 넷, 다섯, 여섯, 일곱, 여덟, 아홉.

안이 줍고 있는 색연필의 개수를 속으로 세었다. 아홉 개였다. 여자아이가 하나를 손에 쥐고 있으니 색연필은 모두 열 개였다. 안은 말없이 아이들 앞으로 다가가 오른손 가득 쥔 색연필을 내밀었다. 버스가 멈추지 않았기 때문에, 흔들리고 있었기에 안은 색연필을 잡지 않은 다른 손으로 의자 등받이를 힘주어 쥐고 있었다. 여자아이가 색연필을 받아 들고, 무슨 말인가 해야 한다는 표정으로 안을 올려다보고만 있었다.

아무 소리도 들려오지 않았지만, 안은 고개를 두 번 끄덕이고 자리로 돌아갔다. 다시 내 옆을 스쳤고, 이번에 나는 창문이 아니라 멍하니 앞을 보고 있다가 나도 모르게 그쪽으로 고개를 돌렸다. 끌어당기는 힘이 있었다. 일종의 자력 같은 것. 나와 다른 극을 가진 사람이 다가오면 저항할 수 없이 그쪽을 보게 되었다. 아주 짧은 순간, 그도 나를 보았다.

10

"너라면 아기의 모자를 제대로 씌워줬을 거야."

안이 잠든 것을 알고도, 듣지 못할 것을 알고도 그렇게 말했다. 기다리면 목소리가 들려올 것 같았다. 잠든 이의 입을 벌려 목소리를 끌어올렸다.

'너는 이미 해냈어, 몇 번이나. 상상 속에서 아기의 모자를 다시 씌워주었어.'

*

책장에서 우연히 발견한 수첩은, 끈을 걸어 덮어놓았지만 중앙이 불룩하게 부풀어 있었다. 가만히 보면 옆으로 누운 물고기 같았다. 깨알 같은 글씨로 소설이 되지 못한 메모들이 두서없이 쓰여 있었다. 메모들을 모아 이리저리 배열을 맞추다 보면 한 편의 짧은 소설처럼 보이기도 했지만, 정말로 소설이 되기 위해서는 정교하게 다듬을 필요가 있었다.

지난해 여름, 나는 여러 해 도전 끝에 소설가로 등단했다. 소설가가 되었다고 생계가 해결되는 것은 결코 아니어서 이모의 권유로 학원에서 아이들에게 국어와 간단한 영어를 가르치게 되었다. 달라진 생활 속에서 유일하게 변하지 않은 것은 여전히 내가 커피를 마신다는 사실뿐이었다.

출근 전 이십여 분 여유를 두고 카페에 들렀다. 카페 주인은 몸집이 작았고, 앞치마와 머릿수건이 갈색이어서 그런지 인간 커피콩 같아 보였다. 커피콩이 커피를 내리고 있네……. 그런 생각을 했고, 혀가 데일 만큼 뜨거운 커피는 더럽게 맛이 없었다. 커피만 마시기에는 늘 무언가 부족한 기분이라 진열장에 전시된 디저트 모형들을 유심히 보았다. 마카롱과 마들렌이 있었지만 다른 것을 먹어보고 싶었다.

카페 구석에 회색 터틀넥을 입은 남자가 앉아 있었다. 커피 한 잔을 시켜놓고 책을 읽고 가는 그는 종종 주인에게 카페 인테리어에 대한 개선책을 내놓았다. 하지만 관찰한 바에 따르면 주인이 그의 말을 수긍한 적은 한 번도 없었다.

그와 두 테이블 떨어진 곳에 자리를 잡고 앉았다. 몇 모금 마시지 않은 커피를 한쪽에 치워두고 노트북을 연 뒤 수첩을 옆에 두었다.

한 줄을 쓰고 지웠다. 수첩을 펼치고 몇 줄을 따라 읽다가 노트북에 다시 한 줄을 쓰고, 또 지우고, 다시 수첩을 펼치는 작업을 반복했다. 점차 타이핑하는 시간보다 수첩을 읽는 시간이 늘었고, 노트북은 절전 모드로 넘어간 후 화면이 까맣게 꺼져버렸다.

이 수첩에 적힌 것을 열 번도 넘게 읽은 듯했다. 여러 번 읽으니 그것을 실제로 살아본 것 같은 착각마저 들었다. 수첩에 쓰인 필적은 나의 것과 닮아 있었고, 커피 얼룩이 곳곳에 남아 있는 모양을 보니 더욱 내 것이 아니라고 주장할 수도 없었다.

수첩 속 메모들을 납득하고 믿을 것인지, 아니면 수첩을 갖다 버릴 것인지 문득 고민이 되었다. 하지만 믿지 않은 채 그대로 둘 수도 있었다. 버리지 않고 책장에 꽂아둔다면 아직 읽지 않은 책인 양 남겨둘 수 있을 것이었다.

아무것도 결정하지 않았고, 고민이라고 할 만한 것도 시작하지 않았을 때, 카페 주인이 접시를 들고 다가왔다.

"새 디저트예요. 시식해보세요."

견과류가 듬뿍 박혀 있는 젤리였다. 먹기 좋은 한 입 크기. 잘린 단면이 미끈했지만 안쪽은 불투명하여 그 속이 전혀 보이지 않았다. 주인이 튀르키예식 디저트라고 알려주었고, 그 순간에 나는 그것의 진짜 이름을 기억해냈다.

로쿰이었다.

설탕과 전분을 섞어 만든 디저트. 주변에 하얀 가루가 묻어 있어 손을 더럽히지 않고 집어들 수 있었다. 한 입만 먹어도 혀가 녹을 만큼 달았다. 너무 달아 시간이 멈춘 듯했다. 그 순간 기억은, 무게를 잃은 돌처럼 텅 비어버린 유리병처럼, 원래의 자리보다 훨씬 높은 곳으로 떠올랐다.

앙배의 이야기

1

　전화가 울렸을 때, 상행 방면 고창고인돌휴게소로 들어가고 있었다.

　"앙배야?"

　"응. 앙배."

　긴 하품이 쏟아졌다. 벌써 한 시간 동안 운전대를 붙들고 있었다.

　"무슨 일이야?"

　앙배는 "다른 게 아니라……" 하고 운을 띄웠다. 그러고 보니 꽤 오랜만의 연락이었다.

　"너 착한 암이라고 들어봤지? 갑상샘암 같은 거 말이야."

　앙배는 보험을 팔고 있었다.

　"미안한데 앙배, 지금은 그런 이야기 들을 기분 아니야."

"그래? 무슨 일인데?"

"호남선 타야 하는데 서해안을 타버려서."

익산 쪽으로 빠져야 하는데 내비게이션 싱크가 맞지 않았다. 어, 이게 아닌데? 그 순간 이미 부안 방면으로 들어서고 있었다. 덕분에 목적지까지 한 시간이 추가되었다.

"지금은 어디?"

"고인돌휴게소."

"상행이야?"

"왜, 설마 여기 오려고?"

"삼십 분쯤 걸릴지도."

"와. 너 여기까지 오면 보험 하나 들어줄게. 대신 딱 삼십 분 기다릴 거야."

물론 오지 않으리라 생각했다.

하지만 앙배는 왔다. 나는 이미 델리만쥬와 소떡소떡으로 배를 채운 상태였다.

"27분 48초!"

앙배는 휴대폰에 찍힌 타이머를 내게 보여주었다.

"엄청 달렸잖아."

앙배는 손을 들어 브이를 그렸고, 손으로 배를 쓸더니 케네디 소시지를 사러 갔다. 잠시 후 그는 뿌드득 소리를 내며 소시지를 한 입 베어 물고 만족스러운 미소를 지었다.

"보험은 들어주는 거지?"

나는 엄지를 치켜세웠다. 앙배는 간이 테이블에 앉더니 품에서 작은 태블릿을 꺼냈다.

"강요하는 건 아니야. 그냥 차분히 들어보라고."

앙배는 태블릿을 켜고 손가락으로 화면을 휘휘 쓸어 넘겼다. 그러고는 이거다, 하면서 태블릿 화면을 내 쪽으로 돌렸다. 나는 팔짱을 끼고 앉았다.

"어디 들어나 보자."

"좋은 자세야."

습, 습, 숨을 들이마시는 앙배의 입을 나도 모르게 뚫어져라 보고 있었다.

2

우리는 대학교 영화 동아리에서 만났다. 처음에 나는 앙배에게 관심이 없었다. 앙배는 동아리 방에 죽치고 앉아 스스로 콘티라고 주장하는 네 컷 만화를 그리는 애였다. 선배들이 시나리오부터 쓰는 거라 조언해도 듣지 않았다.

하지만 그는 실세가 누구인지 알았다. 단편 제작 경험이 있어 줄곧 연출을 맡아온 선배에게 매일 캔 커피를 조공하더니, 어느 날부터 동아리의 굵직한 프로젝트에 죄다 참여하는 핵심 멤버가 되었다. 그는 연출 선배가 어렵사리 기회를 잡은 영화사 창작 워크숍에 동행했고, 선배가 영화제 출품을 염두에 두던 단편에 출연하면서 일단은 배우라는 커리어도 쌓았다. 그러나 카메라 울렁증이 심해 연기 도중 자주 토했다. 그런 탓에 촬영은 중단되기 일쑤였다.

촬영을 마치고 편집 시사가 있던 날, 회식 자리에서 연출 선배는 영화제에 출품할 마음을 접었다. 이런 걸 사람들에게 보여주면 업보만 쌓일 거라고 말했다. 선배는 은근한 방식으로 누군가를 꾸짖었다. 얼굴이 발갛게 달아오른 앙배는 말없이 집게와 가위를 들고 앞에 놓인 삼겹살을 잘랐다.

2차부터 각출이라는 소리에 나는 자리를 빠져나왔다. 역시 불편했던 것인지 앙배도 가게를 나오는 무리에 섞여 밖으로 나왔다. 우리는 동행은 아니지만 버스 정류장으로 함께 걷고 있었다. 그곳은 보도블록을 깔지 않아 인도와 차도의 구분이 없었다. 바깥쪽에서 걷던 앙배는 차가 오지 않으면 나와 멀어졌다가 차가 지나가면 다시 가까이 다가왔다. 승용차와 승합차가 지나가고 우리 사이 거리가 가까워졌을 때, 앙배가 말했다.

"너도 시나리오 쓰지?"

"뭐?"

앙배가 그런 걸 물어볼 줄 몰랐다. 그때까지 앙배는 그냥 앙배였다. 나한테 말을 걸지 않는 앙배. 그래서 나도 말을 걸지 않는 앙배. 이대로 아무 관계도 아닌 채 끝날 인연 중 하나.

"우리끼리 인사 같은 거잖아. 쓰고는 있어? 언제 쓸 거야? 이런 거."

그렇게 말하면서 앙배가 성큼 한 발 걸어왔다. 경사로를 내려가던 오토바이를 피하기 위한 것이었지만 지나치게 가까이 다가왔다. 서로의 손등이 짧은 순간 스쳤다. 앙배는 열이 많은 체질인 듯했다. 내 손등에 얼마간 뜨뜻한 기운이 돌았다.

"너는?"

"난 그냥 하라는 걸 하는데?"

"그렇게 열심히 하면서 그냥이야?"

앙배가 또 성큼 다가왔고, 이번에는 얼굴이 거의 닿을 듯했다. 화들짝 놀란 앙배가 한 발 물러섰다.

"특별히 하기 싫은 게 아니면 그냥 하는 거야. 순응적으로."

"굉장히 의욕적으로 보이거든."

"의욕적으로 순응적인가?"

앙배의 말은 잘 이해되지 않았다. 하지만 그다음 말은 확실히 귀에 들어왔다.

"그런데 좀 가깝지 않아? 길이 좁네."

앙배가 한 발 더 물러선 순간 차 한 대가 빠아아앙, 길게 클랙슨을 울렸다. 다행히 차와 접촉하는 일은 없었지만 운전자가 놀라서 차창을 내렸다. "학생, 괜찮아요?" 앙배는 두 손을

흔들어 보이며 "저, 괜찮아요" 하고 외쳤다. '괜찮다'는 말을
그런 식으로 크게 하니, 오히려 반대의 의미로 들렸다. 나는
더러운 것이라도 만지듯 앙배의 소매를 두 손가락으로 살짝
잡고 안으로 끌어당겼다.

"조심해."

앙배는 소매를 붙든 내 소심한 손가락을 보더니 피식 웃고
서 "내가 저쪽에서 걸을게"라고 말했다. 그리고 나에게서 한
발 더 물러섰다. 차가 오지 않을 때 우리는 한 발씩 더 멀어졌
고, 어느새 맞은편에서 서로 모르는 사람인 양 걷고 있었다.

*

그렇게 가까이서 걸어본 또래 남자는 처음이었다. 얼굴이
닿을 듯 가까웠던 순간이 불쑥 생각나 가만히 있다가도 얼굴
에 홍조가 번졌다. 그 무렵 동아리 방을 찾아오는 여자애들이
있었다. 작은 쇼핑백에 선물을 넣어 앙배를 찾아왔다. 앙배가
좀 생긴 편이긴 했다. 그렇더라도 아무 접점 없이 인물만 보
고 사랑에 빠질 만큼 준수한 외모는 아니었다. 어쩌면 그들은
나와 비슷한 경험을 갖고 있는 건 아닐까 싶었다. 앙배가 없
을 때 나는 그 애들이 가져온 간식거리를 대신 받아주었는데,
보는 사람이 없으면 그것을 내 가방에 넣어버리고 모르는 척
했다.

어쨌든 앙배가 누구의 고백을 받아들이는 일은 없었다. 그는 늘 똑같았다. 매일 연출 선배에게 캔 커피를 조공하고, 그 옆에 붙어 네 컷 만화를 그렸다. 연출 선배에게 소소한 촬영 아르바이트가 생기면 삼각대와 카메라를 들고 따라다녔다. 한번은 그 선배가 일주일 정도 동아리 방에 나오지 않았는데, 연락이 되지 않는다며 앙배가 발을 동동 굴렀다. "전화 안 받을 수도 있지. 뭘 그렇게 신경 써?" 다른 선배의 말에 앙배가 떨리는 목소리로 답했다. "선배가 제 전화를 안 받을 리 없어요." 그런 반응 이후 동아리 사람들은 응당 그래야 한다는 듯 두 사람 사이를 의심했다. 그 의심에 동조하고 싶지 않았지만, 연출 선배를 따라다니는 앙배의 열의를 이해하려면 어쩔 수 없었다. 아, 앙배가 선배를⋯⋯. 그렇게 생각하자 그간 품고 있던 앙배에 대한 궁금증이 조각난 퍼즐을 맞추듯 풀리기 시작했다.

*

대학에 들어가 두 번째로 맞는 겨울방학. 연출 선배가 시나리오 스터디를 꾸렸다. 앙배가 참여하자, 나도 우연히 관심이 가는 척하며 참여하기로 했다. 대부분의 스터디가 그렇듯 처음에는 참여도가 높았지만 시간이 지나며 한 명씩 빠져나갔다. 언제부터인가 연출 선배와 앙배와 나만 나오게 되었다.

그렇게 셋만 남게 되자 동아리 방 대신 후문 카페에 가기로
했다.

연출 선배는 우리에게 연필과 스토리텔링 관련 유인물을
나눠주면서, 한 장 읽을 때마다 세 문장으로 요약해 여백에
쓰라고 지시했다. 후반 삼십 분은 돌아가면서 각자 무슨 이야
기를 만들 것인지 발표했다.

스터디 마지막 날, 연출 선배가 오지 않았다. 앙배와 나는
이십 분쯤 기다렸다. 앙배가 여러 차례 전화를 걸었지만 선배
는 받지 않았다. 원래 선배가 전화를 받지 않으면 앙배는 안
절부절못했는데, 그날은 그러지 않았다. 오히려 "선배는 자주
이러니까" 하면서 쉽사리 연락을 포기했다.

메일로 미리 전송받은 파일을 복사집에서 출력하고 카페
로 향했다. 스터디 진행은 평소와 다르지 않았다. 다만 연출
선배가 없었기 때문에 첨언하는 사람이 없다는 것이 조금은
다른 점이었다. 솔직히 말하면 나로서는 홀가분했다. 다른 멤
버들이 점차 스터디에 나오지 않은 이유도 확실히 알게 되었
다. 문제는 선배였다. 선배가 있으면, 자꾸 내가 말하고 있는
것이 그의 구미에 맞는 내용인지 돌아보게 되었다. 그리고 선
배가 발언할 때마다 어쩐지 열등한 인간이 되어 그의 말에 전
적으로 동의하는 제스처를 취하고 있었다. '그건 아닌 것 같
은데?' '솔직히 좀 구리지 않아?' 그런 말에 두들겨 맞다 보면

버틸 힘이 남아나지 않았다. 그래서인가. 선배가 사라지자 스터디는 그 어느 때보다 원활하게 진행되었다. 시간 가는 줄 모르고 하다 보니 아이디어 발표만 남아 있었다.

"오늘은 우리 느긋하게 하자."

앙배도 고개를 끄덕였다.

"너 그동안 하고 싶었던 이야기 다 해. 이런 날이 또 오겠니?"

무슨 말인지 모르겠다는 듯 앙배는 고개만 기울였다.

"무슨 얘기 해볼래?"

"나, 아버지 얘기해보려고."

사실 앙배는 그동안 아이디어를 내놓을 때마다 선배의 타박을 받았다. 갑자기 신체의 일부가 지워진 인간이라든가 화학물질에 노출되어 직립하게 된 개구리라든가 얼음벽에 갇힌 아파트라든가…… 그런 것을 아이디어로 내놓았는데, 선배는 우리 수준에서 많아야 천만 원 정도밖에 지원받을 수 없으니 제작비를 생각해야 한다고 말했다. 그럼에도 앙배는 천만 원으로는 한 컷도 찍을 수 없을 아이디어만 주야장천 늘어놓았다. 그런 그가 진부하게 '아버지'를 소재로 삼는다는 것이 조금은 의아했다.

"우리 아버지는 소포 분류 일을 하고 있어."

"그래? 우체국에 다니시는 거야?"

"그런 셈이지."

그는 고개를 끄덕였다.

"아버지가 항상 이런 말을 하시거든. 한 가지 일을 오래 하면 그 일이 자기 자신이 된다고. 그러니까 아버지는 소포 분류 일을 오래 해서 자신이 '소포 분류' 그 자체라고 생각한대."

"생활의 달인 같은 거야?"

내 말에 앙배는 고개를 또 끄덕거렸다.

"아버지는 누구보다 빨리 일해. 그래서 사람들이 좋아하지. 요즘은 일이 정말 많아. 택배사가 파업하면서 물량이 몰렸거든. 화장실도 못 갈 정도라고 하더라. 얼마 전 방광염 진단까지 받았어."

테이블 위에 올려놓은 앙배의 두 손이 조금 떨리고 있었다.

"우리 아버지 목표는 더 빨리 일하는 거야. 더 빨리 바코드를 찍고, 더 빨리 코드를 구분하고, 더 빨리 소포들을 팰릿에 집어넣는 거. 그래서 더 빨리 일을 마치는 거."

보이지 않을 만큼 빠른 속도로 몸을 움직이는 앙배의 아버지가 머릿속에서 그려졌다.

"너무 힘드시겠다."

"아니. 아버지는 그 일을 좋아해. 물론 힘들지만 자랑스러워하지. 일할 때 제일 살아 있는 것 같대. 처음에는 어리바리했는데 지금은 제법 수장 노릇을 한다는 거야."

앙배는 말을 이어갔다.

"아버지가 돌아올 시간이 새벽 두 시 정도 되거든. 그때 밥을 차려. 아버지는 항상 허기진 상태야. 뭘 먹어도 다 맛있다고 하시지. 밥 차린 보람이 있다고 할까. 그런데 며칠 전에는 밥을 한 숟가락도 못 뜨는 거야. 무슨 일이냐고 물으니까 주머니에서 뭔가 꺼냈어. 그게 뭔지 알아?"

"뭔데?"

"1캐럿 다이아 반지."

"다이아?"

나도 모르게 침을 꼴깍 삼켰다.

"아버지 말로는, 상자 하나가 너무 작아서 팰릿 구멍으로 자꾸 빠져나오더래. 상자엔 알아볼 수 없는 외국어가 잔뜩 쓰여 있어 아주 값나가는 물건일 거라 짐작만 했고. 자꾸 바닥에 굴러다니니까 일단 주머니에 넣고 소포가 어느 정도 쌓이면 다시 집어넣으려고 했대. 그런데 정신없이 일하다가 잊어버린 거야. 그게 여전히 주머니에 있다는 걸 깨달았을 때는 해산하고 버스에 올라탄 다음이었어. 버스 뒷줄에 혼자 타고 있다가 그 상자를 한참 내려다보는데, 도대체 뭐가 들었는지 궁금해지더래. 그래서 열어봤고, 그 안에 반지가 있던 거지."

"되돌려놓으신 거야?"

"처음에는 그렇게 하려고 했어."

앙배는 헛기침을 하며 목을 가다듬었다.

"그런데 궁금한 거야. 정말 다이아가 맞는지. 그래서 그날 아침 보석상에 갔어. 정확한 건 아니지만, 그 반지가 대충 반

년 치 월급하고 맞먹는 값이란 소리를 들은 거야. 그런 말을 들으면 넌 어떨 것 같아?"

"설마……."

"게다가 아버지는 일하던 구역에 있는 감시 카메라가 언제부터인가 작동하지 않는다는 사실도 알고 있었어."

앙배가 흐물흐물한 회색 백팩을 테이블에 올리더니 앞 지퍼를 열어 보드라운 민트색 주머니를 꺼냈다. 앙배는 나에게 손을 내밀어보라고 했다. 반신반의하며 손을 내밀었다. 앙배가 주머니를 뒤집어 툭 털었다.

"어……."

손에 조금 묵직한 기운이 내려앉았다. 그것은 백금으로 테를 두른 반지였다. 중앙에 큐빅이 박혀 있었다. 정교하게 커팅되어 있었고, 창으로 들어온 햇살을 받아 눈부시게 반짝거렸다.

"내가 그걸 훔쳐 왔어."

"무슨 소리야?"

앙배는 내 손에 올려놓은 반지를 두 손가락으로 힘주어 집었다. 그것을 머리 위로 들어 올려 감정하듯 이리저리 둘러보았다. 나도 모르게 입을 조금 벌린 채 앙배를 바라보았다. 앙배는 이마에 힘을 주고 미간을 좁혔다. 그는 반지를 눈높이로 가져와 쏘아보았다. 그러다가 스웨이드 재질의 민트색 주머니 입구를 벌리고 그 안에 반지를 다시 넣었다.

"어때?"

"뭐가?"

"방금 내가 한 얘기."

앙배는 천진한 얼굴로 나를 보았다.

"진짜 같아?"

"반지까지 들이미는데 어떻게 안 믿어?"

앙배는 어리둥절한 내 반응이 만족스러운 듯 엷은 미소를 지었다.

"선배라면 안 믿었을 거야. 오늘 선배가 안 나온 게 너무 아쉽네."

선배가 고개를 비스듬히 치켜든 채 픗, 웃으며 앙배를 조롱하는 모습이 눈앞에 그려졌다.

"그런데 정말 다이아 반지 같아, 반짝거리는 게. 진짜 같은 가짜. 어디서 구한 거야?"

앙배가 당황한 듯 눈을 깜빡이더니 손을 내저었다.

"이거 진짜야. 아버지 반년 치 월급."

"무슨 말이야? 정말로, 진짜라는 거야?"

앙배는 눈을 동그랗게 뜨더니 "그럼, 이 반지가 어떻게 나한테 있겠어?" 하면서 오히려 내게 되물었다.

나는 보험 청약서에 이름을 썼다. 딱히 앙배가 설명을 잘한다는 느낌은 받지 않았지만, 객관적으로 따졌을 때 조건이 괜찮았다. 매달 이만 원 정도를 80세까지 납입하면 100세까지 보장되고, 등록된 모든 암의 진단비가 최소 삼천만 원에 중복 보장도 가능했다. 앙배는 다시없을 조건이라고 했다.

"나 말고 보험 들어준 사람 있어?"

"진규 선배."

"선배?"

"보험 가입은 동거인의 숙명이니까."

두 사람이 함께 살고 있다는 사실은 전해 들어 알고 있었지만, 앙배에게 직접 들으니 조금 충격이었다. 그런데 선배가 꼬박꼬박 보험료를 낼 돈이나 있을까. 아마도 그 돈도 앙배가 내겠지, 그런 생각이 들자 80세가 지나서도 앙배가 선배의 보험료를 내주는 상황이 그려져 소름이 돋았다.

"괜찮아?"

나도 모르게 몸을 부르르 떨었다. 앙배가 놀라서 물었다. 나는 별일 아니라고 대답했다. 앙배야말로 괜찮은 건가? 앙배는 그저 보험 계약 하나를 성사시켜 기쁜 듯했다.

*

그해 겨울방학이 지나고 앙배는 입대했다. 그 무렵 선배는 갑자기 부자 삼촌의 유산이라도 받은 것처럼 돈을 써댔다. 새 노트북을 샀고, 명품 신발을 신고 다녔다. 카페에서 마주친 동아리 후배들에게 디저트를 사주고, 서점에서 시나리오 작법서를 잔뜩 사들여 동아리 방 책장에 비치했다.

나는 그 돈이 어디서 났을지 의심 가는 구석이 있었다. 만약 앙배의 반지를 판 돈이라면, 선배의 돈지랄은 한 학기도 못 갈 것이었다. 예상대로 선배는 어느 날부터 카페에서 케이크를 사달라고 조르는 후배를 피해 도망가고, 작법서를 접어가며 읽는 동기에게 화를 냈다. 자주 떨어뜨려 모니터 모서리가 거미줄처럼 갈라진 노트북을 수리하지 않은 채 가지고 다니면서, 두 발만은 명품 신발을 꿰신고 있었다. 지각을 면하려고 운동장을 가로질러 뛰어다녔기 때문에 앞코에는 항상 흙먼지가 뽀얗게 내려앉아 있었다.

제대 후 곧바로 복학하지 않고 휴학을 선택한 앙배는 가끔 동아리 방에 들러 선배를 기다렸다. 선배의 수업이 끝나기 십분 전에 앙배는 꼭 강의실 앞까지 찾아가 기다렸고, 둘은 카페를 가거나 저녁을 같이 먹는 듯했다. 나는 앙배를 마주칠 때마다 묻고 싶었다. 그 반지를 팔아서 선배에게 돈을 준 것이냐고. 하지만 그때마다 앙배에게 알 수 없는 거리감을 느꼈

고, 그건 아마도 선배 생각으로 가득한 앙배가 미워서 그랬던
것인지도 몰랐다.

*

두 사람이 떨어져 있던 일 년의 기간을 굳이 포함한다면,
둘은 십 년이 넘는 시간을 붙어 있었다. 앙배가 복학한 후 연
출 선배와 투룸에서 살고 있다는 소식은 동아리 사람들을 통
해 들었다. 그때 나는 취업 원서를 서른 곳쯤 넣고 그중에서
가장 페이가 적은 회사에 최종 합격해, 연예인의 이력을 자극
적으로 편집하는 유튜브 채널의 작가로 일하고 있었다. 그런
나에게 두 사람의 이야기는 연예인의 마약 투약이나 성범죄
은폐에 비하면 아무 일도 아닌 것처럼 느껴졌다. 하지만 몇
달이 지나면 기억에서 희미해지는 연예계 이슈와 달리, 두 사
람의 동거는 시간이 흐를수록 더 선명한 장면이 되어 머릿속
을 헤집어놓았다.

"어디서 지내?"

"지금은 정읍에 살아. 그러니까 여기까지 올 수 있지."

앙배는 정읍 시내 근처 단층 주택에서 살고 있다고 말했다.
몇 년 만에 맛보는 평화인지 모르겠고, 이제 선배는 정말 시
나리오에 완전히 집중할 수 있는 장소를 얻은 것 같다면서,
그런 환경을 제공한 자신이 자랑스러운 듯 말했다.

"선배는 지금도 시나리오 쓰고 있어?"

"그게 선배 일이니까."

나는 앙배에게 '일'이란 경제적 보수가 따라오는 것이어야 한다고 말하려다가 그만두었다. 졸업 이후 선배가 앙배에게 기생하면서 글만 쓰는 한량 생활을 열의 없이 이어간다는 것을 동아리에서 모르는 사람은 없었다. 하지만 선배 얘기만 나오면 들뜬 듯 분홍빛이 감도는 앙배의 얼굴 앞에서는 아무 말도 할 수 없었다.

이런 얼굴을 나는 삼 년 전에도 본 적이 있었다. 그때 앙배는 연출 선배와 헤어진 상태였다. 앙배는 선배한테서 벗어나니 아주 홀가분하다면서, 이제 호구 짓은 그만할 거라고 몇 번이나 각오했다. 솔직히 그의 각오는 조금 지겨웠다. 이제 아니라고, 선배는 정말 아니라고 주절거리는 말들. 하지만 각오란 그 자신이 쉼 없이 과거에 흔들리고 있기에 자꾸 터져 나오는 것이었다. 결국 그들의 완벽한 이별은 일 년도 가지 못했다.

4

'김진규 결혼!'

동아리 선배에게 연락을 받고 얼마 후 모바일 청첩장이 날아왔다. 안부 메시지 하나 없이 청첩장만 날아온 것이었다.

선배에게 축의금 낼 생각을 하니 아까웠지만 그곳에 가지 않을 수 없었다. 곧바로 백화점으로 달려가 사백만 원이 넘는 명품 가방을 샀다.

당시 나는 꽤 규모가 있는 프로덕션의 기획팀으로 이직한 상태였다. 이전 직장에서는 최저임금에 가까운 월급을 받으며 포털에 올라오는 연예인 기사를 읽고 '우리 오빠 그만 괴롭혀요 손가락 뽑아버리기 전에' 하는 식의 협박성 메일을 삭제하느라 밤낮없이 회사에 붙어 있었지만, 이직 원서를 쓰다보니 그것이 마냥 삽질만은 아니었던 것이다.

기획한 영상 중 손에 꼽을 정도이긴 해도 100만 조회 수가 터진 것도 있었고, 나름대로 잘되는 것과 안 되는 것을 구분하는 안목도 생겼다. 프로덕션 경력직 서류에 합격했을 때는 아무래도 그런 능력치를 높게 평가받은 것이라 생각했는데, 막상 면접에 들어가보니 다른 것이 눈에 띈 모양이었다. 대표가 눈여겨본 것은 포트폴리오로 제출한 시나리오 기획이었다. 오래전 해외 영화제에서 각본상을 받은 그녀는 유난스럽게도 그 기획을 칭찬했다.

그 기획이란, 사고 이후 신체의 일부가 점차 지워지는 인간이라든가 화학물질에 노출되어 인간적인 성격을 갖추게 된 개구리의 생태계라든가 상상할 수 없는 추위로 하룻밤 사이 얼음에 갇혀버린 아파트라든가…… 그런 것들이었다.

"가장 마음에 든 건 역시 반지 이야기예요. 선량하던 아버지가 반지를 훔치고, 그걸 아들이 다시 훔치게 되면서 일어나는 이야기요."

다른 임원은 대중 영상 기획에 높은 점수를 준 듯했지만, 대표는 계속 시나리오 기획에서 나의 '가능성'을 봤다고 말했다. 만약 그 기획안이 내가 아닌 앙배의 머리에서 나온 것이라 고백한다면 어떻게 될까. 그것으로 내 미래는 달라졌을까? 그때 내가 할 수 있는 것은 말을 아끼기 위해 힘주어 입을 닫고 있는 일뿐이었다.

*

결혼식 날, 연출 선배는 턱시도를 입은 게 아니라 커튼을 감아놓은 것처럼 보였다. 며칠 사이 살이 빠져 볼품없게 되었다면서, 그는 내 가방과 얼굴을 번갈아 보았다.

"굉장한 곳에 들어갔다면서? 후배들한테 취업 특강이라도 해야지?"

선배는 아직도 동아리 리더인 것처럼 굴었다. "제가 그럴 짬은 아니에요" 하며 그 앞에서 불편한 감정이 없는 척 너스레를 떨었다. 듣기로는 신부 집안이 군산 앞바다에서 중국집을 하는데, 월평균 매출이 이천만 원이고, 이제 선배는 꼼짝없이 그 식당 부엌에 쪼그리고 앉아 짬뽕에 들어갈 조개껍데기를 씻어야 할 팔자라고 했다. 나는 그렇게 된 선배의 사연을 듣고 웃음이 나는 것을 참아야 했지만, 만면에 떠오르는 미소는 지울 수 없었다. "무슨 좋은 일이라도 있나 보네?" 연출 선배는 시무룩한 얼굴로 물었고, 나는 그에게 결혼을 진심으로 축하한다고 말했다.

예식은 공장 컨베이어 벨트에 결혼할 사람들을 올려둔 것처럼 신속하고 낭만 없이 진행되었다.
"너도 왔어?"
돌아보니 앙배였다. 그는 선배만큼이나 홀쭉해져 있었다. 우리는 나란히 서서 선배가 입장하는 모습을 봤다. 굳은 얼굴로 앞만 보고 걸어나가는 선배가 과연 결혼 서약을 하기는 할까 싶었다. 앙배는 예식에 집중하지 못했다. 발가락 끝으로 꼿꼿하게 서 있다가 균형을 잃는 동작을 반복했고, 하품을 하고 나서 고인 눈물을 소매로 닦아냈다. 선배의 결혼을 흔쾌히 받아들일 수 없어 그런 것인지, 아니면 그저 모든 과정이 지루해서인지 몰라도 자꾸 딴짓을 했다. 나는 그에게 밖으로 나가자고 말했다.
"축의금 냈으면 됐지. 사진까지 찍으려고?"
기다렸다는 듯 앙배가 먼저 등을 돌려 문 쪽으로 걸어갔다. 웨딩 홀 밖으로 나오자 미적지근한 대기를 뚫고 한 줄기 시원한 바람이 불었다. 앙배가 고군산군도로 드라이브를 가자고 했다. 몇 해 전 군산 인근 섬을 연륙한 다리가 개통되며 육지에서 섬까지 차로 다닐 수 있게 된 것이다. 마침 군산에 오면 한번 들러볼 생각인 터라 좋다고 대답했다. 앙배는 무녀도에 카페가 있다고, 그곳에서 커피를 마시자고 했다.

차를 타고 가면서 앙배의 근황을 들었다. 농산물 유통 업체에서 영업직으로 일하고 있다면서 뒷좌석에 쌓인 브로슈어와 감귤 박스를 가리켰다. 무슨 일이든 별 저항 없이 일단 하고 보는 앙배의 성격이 영업과 잘 어울리면서도, 카메라 울렁증으로 자꾸 토하던 그가 사람들 앞에 나서는 일을 할 수 있을지 걱정이 되었다. 하지만 앙배는 꽤 우수 사원인 듯했다. 그의 얼굴을 표지로 삼은 브로슈어 몇 장이 흩어져 있었다.

"막상 하니까 잘하고 싶더라고."

예전에 앙배가 해준 아버지 이야기가 떠올랐다. 누구보다 빨리 일하기를 바랐던 사람.

"너 이직한 곳 말이야. 동아리 사람들이 선망하는 회사였잖아."

앙배의 입에서 그 이야기를 들으니 목 언저리가 덴 듯 열감이 올라왔다.

"운이 좋았지."

"네가 잘될 줄 알았다니까."

나도 모르게 눈에 힘을 주고 앙배를 돌아보았다.

"왜?"

"예전에 너랑 닮은 사람 만난 적 있어. 굉장히 멋졌거든."

"그게 무슨 상관이야?"

"네 미래 같았어."

"그래? 덕분에 운 좋게 붙었나 보네."

"나한테 한 턱 쏴야지. 내 덕분에 그렇게 된 거라면."

나는 불안감으로 두 손을 꼭 맞잡았다. 설마 양배가 뭘 알고 하는 이야기는 아니겠지? 그대로 굳은 채 앞 유리창을 건너다보았다. 고군산대교 위는 온통 안개로 뒤덮여 있어서 차가 나아갈 때마다 없던 길이 나타나는 듯했다. 다리 끝에 놓여 있는 섬은 물을 많이 머금은 묵화처럼 흐릿했다. 잠시 동안 그 풍경에 넋을 놓고 있을 때, 양배가 다시 물었다.

"너도 혹시 시나리오 쓰고 있어?"

'너도'라는 말이, 누군가 아직도 시나리오를 쓰고 있다는 사실을 짐작하게 했다. 선배가? 아니면 양배가? 나는 그 꿈을 버리지 못한 사람이 선배 한 사람이기를 바랐다.

"너는?"

양배는 잠시 말이 없다가 입을 열었다.

"원래도 그렇게 열심히 쓰지는 않았잖아. 이제는 시간도 없고, 쓸 마음도 없고."

나는 양배의 얼굴을 슬쩍 곁눈으로 보았다. 시간이 없다는 말보다 마음이 없다는 말이 더 슬펐다. 줄곧 시간이 없었기 때문에 마음 또한 없어져버린 것일 테다. 양배의 시간은 어디에 바쳐진 것일까. 묵묵히 콘티 비슷한 그림을 그리고 열성적으로 선배를 따라다니고 스터디에 꼬박꼬박 참여하던 과거의 앙배가 떠올랐다. 모든 것이 선배 곁에 붙어 있기 위한 노력이기만 했을까. 그것이 누군가를 좋아하는 마음만으로 지속되지 않는, 다른 영역의 노력이라는 사실을 앙배는 정말 모르는 걸까.

5

두 개의 작은 솔섬은 일렁이는 바다 건너 나란히 자리하고 있었다. 앙배가 아버지 이야기를 꺼낸 것은, 두 개의 솔섬이 보이는 카페에 앉아 적당히 식은 커피를 마시던 순간이었다.

"아버지는 잘 지내셔?"

앙배는, 이제 고백하는 거지만 여태껏 반지 이야기를 들은 사람은 나밖에 없다고 말했다. 스물한 살에 앙배는 나에게 그 이야기를 꺼내놓고, 몇 년이 흐르도록 누구에게도 그 말을 할 기회를 얻지 못했다. 그러니까 연출 선배는 모르는 이야기라는 뜻이었다.

"그 반지는 어떻게 됐어?"

솔직히 말하면, 그가 반지를 연출 선배에게 주었다는 말을 듣고 싶었다. 그렇게 해야 내 안에서 그들의 서사가 완성될 수 있으니까.

앙배는 다이아 반지를 아버지에게 돌려주었고, 아버지는 다시 주인에게 돌려주었다고 말했다. 나는 그 말을 믿고 싶지 않았지만, 믿지 않을 경우 앙배와 그의 아버지를 도둑으로 몰아야 했다. 그것 또한 원치 않는 이야기였다.

"반지 주인이 심하게 컴플레인을 걸었어. 결국 그 일을 그만두셨지."

"어쩌다가 그렇게까지……."

"그래도 금방 다른 일을 찾았어. 새롭게 시작하는 일이었지만 밤에 일한다는 것은 같았어. 여러 사람을 이끄는 수장 같은 역할이라는 점에서도 그 전과 비슷한 일이라며 만족해하셨지."

"무슨 일인데?"

"심야 버스 운전."

"퇴근할 때 타고 다니시던 그 버스?"

"아버지가 운행하는 버스는 예전에 일하던 우편집중국을 지나는 코스는 아니야. 더 외곽을 돌거든. 한번 출발하면 다섯 시간 동안 화장실도 갈 수 없는 지옥의 코스래. 그래서 계속 방광염을 달고 살았어. 게다가 손목에 염증이 있어 매일 병원도 가야 해. 그런데도 일은 계속한다고 하셔. 가만히 있을 수가 없다는 거야. 아무것도 안 하는 게 더 힘들대."

"너희 아버지, 정말 훌륭하신 분이야."

238

"정말 그래. 성실하고 착한 사람. 그렇지만 그런 사람도 유혹에 빠질 때가 있잖아?"

나는 고개를 크게 끄덕였다. 아무렴, 그럴 때가 있고말고.

"이번에는 칼이었어."

"칼이었다니?"

"종점에 도착하고 보니까 뒷줄 창가 자리에 칼이 있는 거야. 아버지 손보다 조금 긴 단도였어. 손잡이 중앙에 영롱한 푸른 보석이 박혀 있고, 그 주위를 작은 큐빅이 타원 모양으로 촘촘히 두르고 있는 칼이었지. 어둠 속에서도 칼날이 번쩍거려서 조금만 베어도 크게 다칠 것 같았대. 아버지는 땀에 찌든 손수건을 꺼내 칼을 둘둘 감았어. 차고지에 유실물을 모아두는 바구니 같은 게 있긴 한데, 혹시 누군가 그 바구니를 뒤지다가 다치기라도 할까 봐 걱정이 됐던 거야. 그래서 일단 칼을 집으로 가지고 왔어."

"그래서?"

내가 지나치게 얼굴을 들이밀었는지 앙배가 뒤로 주춤 물러섰다.

"전화를 받고 아침에 가보니까 아버지가 식탁에 칼을 올려놨더라고. 얼핏 봐도 눈에 딱 들어오는 칼이었어. 보석에서 나오는 빛이 강렬하더라. 아버지는 또 이런 일이 생겨버렸다면서 고개를 숙였지. 그리고 나한테 칼을 유실물 센터에 맡겨달라고 부탁했어. 주무셔야 했거든. 맑은 정신으로 버스를 몰아야 하니까. 잠자리에 들기 전에 버스 번호랑 발견 시각을 적은 종이를 건네주셨어. 그런데 이번에는 내가 궁금해진 거야. 손잡이에 박힌 보석이 정말 값진 것인지, 얼마나 비싼 것이면 그렇게 빛이 나는지. 그냥 가벼운 의문이었어. 귀금속을 파는 곳에 들러서 그 값만 따져보려 한 거야. 그런데 그게 얼마였는지 알아?"

귓가에 바짝 힘이 들어갔다.

"아파트 한 채 값이래."

앙배는 약간 뜸을 들이더니 다시 입을 열었다.

"실은 그 칼을 아버지 몰래 한동안 가지고 있었어. 혹시라도 유실물 센터에서 연락이 오면, 그때 돌려놓으려고 했지. 만약 연락이 오지 않으면 주인이 칼을 찾으러 오지 않았다는 뜻일 테고, 그럼 그 칼은 우리한테 선물 같은 게 아닌가 싶어서."

"그래서? 칼은? 지금도 갖고 있어?"

앙배는 칼이 곧 주인을 찾아갔다 말하고서 힘없이 눈을 감았다가 떴다. 식은 커피의 표면을 내려다보느라 고개를 숙인 채 얼마 동안 침묵했다.

"그러니까 훔치지 않았다는 거잖아. 아버지는 계속 버스 기사로 일하시는 거고."

"잠깐 흔들렸던 것뿐이야."

나는 앙배를 향해 손을 뻗었다. 커피 잔을 가볍게 쥐고 있던 그의 오른손에 내 손을 포개어 얹었다.

"잘했어."

그때처럼 앙배의 손등은 뜨거웠다.

"이제 선배도 떠났고, 지금이 너한테 기회인 것 같아. 하고 싶은 거 해. 내가 도울게."

"뭘 해야 하는데?"

"시나리오 다시 쓰자."

그 말은 진심이었다.

"아버지 이야기를 한번 써볼까?"

나는 여전히 앙배의 손을 잡고 있었다.

"뭐든 써봐. 마음이란 게 그렇잖아. 없는 것 같다가도 다시 생기는 거니까."

앙배도 내 손을 뿌리치지 않았다. 잡힌 채로 있어주었다. 그는 고개를 돌리고 가만히 있었다. 덩달아 그쪽을 보니 조금 전 보았던 솔섬과 바다의 풍경이 달라져 있었다. 간조 때였다. 바닷물이 순식간에 빠져나가면서 나란한 두 개의 섬 쪽으로 길이 생겨나고 있었다.

"섬까지 걸어갈래?"

앙배가 내 손을 잡고 일으켜 세웠다. 우리는 손을 잡고 걸었다.

"이런 걸 다 보다니……."

자연의 신비 앞에서 할 말을 잃은 나에게 앙배가 말했다.

"운이 좋은 거지."

그 말은 내 가슴 깊은 곳을 단도처럼 찌르고 들어왔다.

*

이듬해, 앙배는 우리 프로덕션이 주관한 공모전에 장편 시나리오를 보냈다. 기획팀에서 스토리 개발을 서포트하던 나는 공모전에 제출된 작품을 수합하는 업무를 맡았고, 앙배에게 미리 연락받기는 했지만, 그의 이름이 찍힌 원고를 메일로 확인하는 순간엔 혹시 모를 기대감으로 심장이 울렁거렸다.

얼마 후 앙배의 시나리오가 예심을 통과했다는 소식을 들었다. 그즈음 대학생 대상 창작 워크숍을 준비하느라 기획팀 모두 정신없이 바빴다. 어쨌든 한 달여간 심사를 거쳐 최종 결과가 발표되었다. 앙배의 시나리오는 본심에 오르기는 했지만 '아버지와 아들의 비극적 서사가 압도적이고 매혹적으로 느껴졌으나, 상상력의 규모가 억제된 듯 협소하고 작품이 가지고 있는 가능성보다 개선점이 더 눈에 띄어 많은 지지를 받지 못한 점이 아쉬웠다'는 평을 받으며 끝내 탈락했다.

나는 앙배에게 전화를 걸어 아쉬움을 전했다. 앙배는 홈페이지에 올라온 결과를 보았다면서, 떨어질 것을 예상했으니 괜찮다고 말했다. 예상하고 있으면 괜찮은 건가? 나는 정말

로 괜찮은 거냐고 다시 묻고 싶었지만, 이어진 앙배의 말에
입을 닫아버렸다.

"선배가 이혼했어. 조개껍데기 씻는데 구역질이 나서 못
하겠대."

앙배는 선배가 돌아온 것이 넌더리가 난다면서도 신나서
어쩔 줄 모르는 목소리였다.

"떨어져 있으니 알겠더래. 선배가 사는 세상에 내가 없는
게 영 이상하다는걸."

어떻게든 사라져버렸으면 싶어서 아무 데나 흘리고 온 것
이 다시 주인을 찾아온 것 같았다. 그렇게 떠나지 않는 방식
으로, 그것은 끊임없이 주인의 충성을 요구했다.

그때 나는 선배 얘기에 대꾸하지 않았다. 앙배가 자신의 이
야기만 하기를 바랐다.

"앙배야, 계속 쓸 거야? 그럴 거지?"

"일하면서 쓰는 거 힘들더라. 이제 돌봐야 할 식구도 있고."

돌봐야 할 식구? 부아가 치밀었다.

"멈추지 말고 해. 이제 시작이야. 본심까지 갔잖아."

"솔직히 말하면 그동안 멈춘 적은 없어. 많이는 못 써도 하
긴 해왔어. 걷다가, 운전하다가, 앉아서도, 누워서도, 영화로
하고 싶은 이야기를 떠올렸어."

"그럼 계속하기만 해."

"그만하고 싶어서 그래. 꿈이 없는 사람으로 살아보고 싶

어서."

앙배는 그런 사람이 되고 싶다고 말했다. 퇴근하고 집에 돌아와 책상에 앉는 사람이 아니라 맥주 한 캔을 들고 영화를 보다 이도 닦지 않고 잠드는 사람.

"정말 그런 사람이 되고 싶어?"

"아무리 생각해도 그 이상은 그려지지 않으니까."

둔중한 쿠션으로 맞기라도 한 듯 얼얼한 기운이 얼굴로 올라왔다.

"왜 그런 생각을 해?"

"아무도 알아주지 않잖아. 이제 재미도 없고."

나는 앙배의 시간을 야금야금 없애버린 범인이 여태껏 연출 선배일 거라고 믿었다. 틀린 생각은 아니었다. 하지만 누군가 더 있었다. 그의 이야기가 누군가의 마음에 흡족한 것이란 사실을 솔직히 털어놓지 못한 사람, 그래서 앙배가 자신의 가능성을 알지 못하게 만든 사람. 그 지독한 인간은 누구인가.

"앙배야, 미안해."

"무슨 소리야? 이게 누가 미안할 일이 아니잖아."

나는 미안한 이유조차 솔직하게 털어놓지 못했다.

6

　오랫동안 준비한 창작 워크숍이 시작되었다. 스토리 개발부 직원들이 한 팀씩 가이드를 맡았다. 내가 맡은 팀의 구성원은 단편 연출 이력이 있는 복학생과 이제 막 영화 동아리에 입회한 신입생이었다. 두 사람은 트뤼포 영화 속 주인공 이름을 별칭으로 삼았다. '쥘'과 '짐'이었다. 두 사람은 다른 조에 비하면 배경지식은 부족했지만 열의가 넘쳤다. 그들은 거의 신생 동아리나 다름없어 학교에서 많은 지원을 받지 못하고, 영화에 대해 가르쳐줄 어른을 구하지 못해 자꾸 뒤처지는 것 같다고 말했다.

　"이런 상황이다 보니 우리가 영화를 오래 좋아하지는 못할 것 같아요."

　그렇지만 그들은 열성적으로 참여했다. 나는 과제를 공지하고 진행 상황을 체크하면서 현실적인 기획 방향을 잡아주었다. 가령 독립 단편을 찍는 데 억 단위 세트장을 세울 수 없으니 배경은 미래나 과거보다 현재로 잡을 것, 소재는 시의성 있는 문제를 다루면서도 잔잔한 일상이 묻어날 것, 무엇보다 자신의 경험을 돌아볼 것, 결핍이 있는 캐릭터를 구축할 것 등등.

　짐과 둘이 대화를 나누게 된 것은 워크숍이 절반 정도 지났을 때였다. 쥘이 몸살감기로 참여하지 못한 날이었다.

"과제는 했나요?"

짐은 쾌활하게 답하고 가방에서 종이 낱장을 꺼냈다. 종이에 아이디어 목록이 빼곡하게 적혀 있었다. 순번은 100번이 훌쩍 넘었다. 내가 제안한 과제는 고작 스무 개였다.

"영화를 정말 좋아하시는 것 같아요."

"좋아하죠. 하지만 기간 한정 메뉴 같은 거예요."

"무슨 말이에요?"

"말했잖아요. 영화를 오래 좋아하지는 못할 거라고요."

"좋아하지 않게 되면 안 할 거예요?"

"그렇지 않을까요?"

"좋아하지 않아도 엄청 싫지만 않으면 계속할 수도 있잖아요?"

"엄청 싫어하게 될 수도 있잖아요?"

"한번 좋아한 것을 엄청 싫어하게 되기도 하나요?"

짐은 잠시 말이 없었다. 무언가 말을 할 듯 말 듯 망설이다가 다시 입을 열었다.

"영화를 안 좋아하세요?"

"특별히 좋아하지는 않아요."

"그런데 이런 곳에서 일할 수 있다니 엄청 행운아네요."

"그런 것 같아요."

짐은 손바닥으로 이마를 문질렀다.

"방금 좀 재수 없었어요."

246

"그런 의도는 아니에요. 정말로 행운인걸요."

"행운이 어디 있는데요?"

짐이 테이블로 몸을 바짝 붙였다.

"그냥 이력서 내고, 포트폴리오 내고, 면접 보고, 그 어딘가에 행운이 있겠죠."

"뭔가 더 있을 거예요."

짐이 두 손바닥을 맞닿게 하고는 손끝을 벌렸다. 그 손에 무엇이라도 던져주기를 바라는 것 같았다.

"포트폴리오가 중요하지 않았을까요? 이력서나 면접에서 특별한 인상을 주었을 것 같지는 않아요."

"뭘 냈는데요?"

"스태프 경력, 진행한 프로젝트, 그리고 영화가 되길 바라는 이야기를 제안했어요."

"영화가 되길 바라는 이야기요? 그게 뭐예요?"

짐은 나를 빤히 보았다.

"말해주세요."

"왜 그렇게 궁금해하는 거예요?"

"우리한테는 그런 걸 알려줄 사람이 없으니까요."

짐이 쓸쓸한 듯 미소를 지어 보였다.

"저만 알고 있을게요."

짐이 새끼손가락을 불쑥 내밀었다. 손가락은 걸지 않았지만 약속은 한 것으로 간주했다. 메일함을 열어 기획서 몇 개를 보여주자 짐은 꼼꼼히 읽더니 감탄했다.

"어디서 모티프를 얻은 거예요? 경험에서 나온 건가요?"

무엇보다 자신의 경험을 돌아볼 것. 내가 그들에게 한 조언이었다.

"인간이 된 개구리 말이에요?"

그렇게 말하자 짐은 와하하하, 크게 웃었다. 웃음소리가 길어지자 어색한 기운이 돌았다. 그는 너무 웃어서 눈가에 눈물이 맺혀 있었다.

"그만 웃어요."

짐이 숨을 크게 들이쉬고 내뱉었다.

"저한테도 행운이 올까요?"

눈물이 아직도 눈가에 조금 남아 있었다. 나는 테이블 위에 놓인 과제 종이를 내 쪽으로 가져왔다.

"찢어도 돼요? 조금만요."

짐은 고개를 끄덕였다. 나는 종이의 귀퉁이를 잡고 길게 찢었다. 오른편 끝에 걸린 어미와 마침표들이 줄줄이 찢겨나갔다. 길쭉해진 종이를 앞뒤로 반복해 접어 사이사이로 집어넣었다. 그렇게 차곡차곡 접어 오각형을 만든 후, 손톱만큼 짧아진 변을 살짝 힘주어 찔렀다. 도형이 부풀어 올랐다.

"별이에요."

작고 불룩하게 만든 그것을 짐에게 내밀었다. 짐은 두 손으로 받았다. 그리고 그것을 동글게 말아 쥐었다가 조심히 펼쳐 보더니 "행운이군요" 하고 말했다.

7

앙배는 커피와 호두과자를 주문했다. 커피는 가면서 마실 것이고, 호두과자는 돌아가서 선배와 먹을 거라고 말했다.

"보험 일은 언제부터 시작한 거야?"

"얼마 안 됐어. 같은 영업이라면 이쪽이 인센티브가 높아서 해볼 만하겠더라."

"영업의 달인 같은 게 된 거야?"

언젠가 비슷한 말을 한 적이 있었다.

"그렇게 될 거야. 하지만 지금은 얼른 집으로 돌아가서 누워 있고 싶어."

"맥주 마시면서 영화 보다가 이도 안 닦고 잘 거지?"

"어떻게 알지?"

"미래에서 보고 왔으니까."

나의 농담을 앙배는 가볍게 웃어넘기면서, 커피와 호두과자를 들고 일어섰다.

"그만 가봐야겠네."

"앙배야."

앙배가 돌아보았다.

"할 말이 있어."

막상 말을 하려고 보니, 내가 그에게 해야 할 고백은 두 가지나 되었다. 둘 다 영원히 숨길 수 없으리라. 적어도 하나는 이제 말하고 싶었다.

"그건가?"

"뭔 줄 알고?"

"우리 아버지 이야기 아니야? 볼 때마다 물어봤잖아."

"아, 그랬지? 아버지는 잘 지내셔?"

"여전하시지. 지금은 구청 일자리 사업에 참여하셔서. 이번에는 뭘 가져오신 줄 알아?"

반지와 칼, 그다음은 도대체 무엇일까 궁금해 눈이 크게 떠졌다.

"하얀 강아지를 데려왔어. 아침에 청소를 나갔다가 발견한 거야. 주인 없이 돌아다니는 것 같아서 며칠 지켜보다가 사료를 주었더니 따라오더래. 그 애가 지금은 아버지의 유일한 친구야."

"뭔가, 엔딩이 멋진 영화 같네."

"네가 멋지다고 하면 정말로 그런 거겠지. 넌 전문가잖아."

나는 고개를 저었다.

"전문가 같은 거 아니야."

"우리 중에서 제일 전문가가 됐어."

양배가 민망한 듯 뒷머리를 긁적였다.

"그 이야기는 됐어. 할 말 있다고 했잖아. 그거 말하게 좀 해줄래?"

"알았어, 말해봐."

나는 앙배의 입과 코 사이를 뚫어져라 보았다. 이번에는 내가 말할 차례인데도 마치 앙배의 입에서 무슨 말이 나오기를 바라는 사람처럼 기다리고 있었다.

"안 해?"

"그러니까……."

앙배의 눈을 보았다가 다시 시선을 내렸다. 나는 땅을 보았다. 검은 아스팔트가 시야를 채웠다.

"나 옛날에 너 좋아했어."

"뭐라고?"

나는 침을 삼키고 고개를 들었다. 앙배는 입을 살짝 벌린 채 굳어 있다가 허얼, 하고 한숨 섞인 소리를 냈다.

"그런 것 같았어."

그것이 앙배의 대답이었다.

"알고 있었어?"

그런 반응은 예상치 못한 것이었다.

"알고 있었던 것 같아."

그 말이 이국의 언어처럼 곧바로 이해되지 않았다.

"선배가 너를 멀리하라고 했거든. 나한테 뭔가 숨기는 것 같다면서."

아차, 싶었다. 여기 없는 사람인데도, 여기 없을 뿐 아니라 내 인생의 이야기에서 없는 사람 취급하며 살아왔는데도, 어딘가에서 게슴츠레 이쪽을 보고 있는 선배의 시선이 느껴지는 것 같았다. 선배는 무엇을 보았을까? 앙배를 향한 애틋함 속에 어둡게 깃들어 있던 또 다른 감정. 그것은 선배를 향한 질투만이 아니었다.

"혹시 선배가 말이야. 네 이야기로 시나리오 쓴 적 있어?"

"아니, 한 번도 없어. 선배는 신기할 정도로 내가 하는 이야기에 관심이 없어."

적어도 선배는 앙배의 이야기를 훔치지는 않았던 것이다. 나는 앙배에게 무언가 말해야 한다고 생각하면서도 입을 떼지 못했다. 이제 두 번째 고백을 할 순간이었다. 그러나 나는 아무 말도 할 수 없었다. 두 다리에 힘을 주고 뻣뻣하게 서 있을 뿐이었다.

*

앙배의 차가 휴게소를 빠져나가고, 나도 다시 도로에 들어섰다.

두 달 전, 나는 프로덕션 대표에게 면담을 신청했다. 입사 면접 때 제출한 기획이 친구의 아이디어를 허락 없이 사용한 것이라고 그 자리에서 고백했다. 대표는 그 기획안이 무엇인지 물었다. 준비한 파일을 건네자 찬찬히 읽어보더니 무덤덤한 얼굴로 말했다.

"그렇더라도 이건 당신을 채용할 때 결정적으로 고려한 사안은 아니었어요."

대표는 입사 면접 때의 일은 기억도 나지 않는다면서, 혹시라도 마음에 걸리는 부분이 있다면 이제는 신경 쓰지 않아도 된다고 말했다. 나는 준비해둔 사직서를 내밀었다.

"사실은 영화 만드는 일을 좋아하지 않는 것 같아요."

일주일 전, 대표는 나에게 전화를 걸어 어떻게 지내느냐 물었다. 고향에 내려와 부모님과 살고 있다고 말했다. 대표는 어느 제작사에 나를 추천했으니 면접에 꼭 가보라고 알려주었다. 잠시 침묵하더니 그녀는 이쪽 일이 영화를 좋아해야만 할 수 있는 것은 아니라고 말했다. 그러고는 작별 인사도 없이, 마지막 호의를 베풀어 완전한 끝을 선언한 사람처럼 돌연 전화를 끊어버렸다.

나는 속도를 높여 차를 몰았다.
그 면접은 오늘이고, 세 시간 후 시작될 예정이다.

꿈의 책의 꿈

1

처음 카레를 맛본 날을 잊을 수 없다. 이렇게 맛있는 것이 있구나, 감탄하며 내 행복의 이미지는 '카레'로 정했다. 이상형은 카레를 좋아하는 사람, 카레에서 평온과 기쁨을 느끼는 사람. 하지만 그때까지 사귄 사람들은 카레를 별로 좋아하지 않았다. 선량하고 성실한 사람, 재미있는 사람, 조금 이상하지만 매력적인 사람을 만났지만 역시 카레를 좋아하는 사람을 만나고 싶었다. 서른 살 여름, '카레라…… 있으면 먹지만 딱히 좋아하는 건 아니'라던 사람과 헤어지고, 문득 다음 상대는 카레를 굉장히 좋아하는 사람일 거란 예감이 들었다.

이듬해 봄, 혼자 서점에 들렀는데 한 남자가 다가와 뜬금없이 인사를 했다. 안녕하세요. 그가 눈에 익었다. 종종 문학 코너에서 마주치던 남자였다. 나도 덩달아 인사했다. 안녕하세요. 그 인사를 계기로 마주칠 때마다 한마디씩 나누다 친해졌고, 함께 저녁을 먹게 되었다. 뭘 먹으러 갈까요? 카레 어떠세요? 카레 좋아요. 진짜 좋아하세요? 네, 진심으로 좋아해요. 우리는 식사하는 동안 카레 이야기를 했다. 카레는 맛있어요. 맵기도 하고 달기도 하고. 빵에 찍어 먹을 수 있고. 카레 우동은요? 그건 신세계죠. 카레는 명확해요. 이건 카레야! 하고 알아차릴 수 있어요. 채소도 고기도 다 어울려요. 카레가 '카레'인 것도 좋아요. 그냥 좋네요, 다.

카레와 새우튀김을 시켜놓고 시간 가는 줄 몰랐다. 나는 그가 마음에 들었다. 특히 입고 있는 옷이 마음에 들었다. 하얀색, 회색, 검은색으로 연결되는 모노톤이 수수하면서도 세련되었다. 그도 내가 입은 어중간한 길이의 스커트를 칭찬했다.

그는 자신이 소설가라고 했다. 이후 우리는 주말마다 카레 음식점을 찾아다녔다. 아주 자연스럽게 연인이 되었고, 서로의 집에서 카레를 만들어 먹었다. 주로 데이트 장소가 된 그의 집에는 각종 카레가 쌓여갔다.

우리의 연애는 단순했다. 영화 채널을 틀어놓고 집에서 카레를 먹고 수다를 떨었다. 소설가가 소설을 쓸 때, 나는 소파에 웅크리고 앉아 소설을 읽었다. 둘 다 벌이가 넉넉지 않아 항상 돈이 없었기 때문이다. 하지만 그런 것은 문제가 되지 않았다. 이 연애는 카레처럼 그것만의 묘미가 있었다. 그와 있으면 전혀 심심하지 않았다.

한편으로 그가 쓰는 소설에 내가 등장하지 않을까 하는 기대감도 있었다. 소설에는 나인 것도 같고 아닌 것도 같은 여자들이 종종 나왔다. 등단 삼 년 차인 그는 적당히 주목받는 신인이었고, 곧 소설집 출간을 앞두고 있었다.

사귀고 일 년이 지난 즈음, 연애가 한창 무르익던 시기, 그는 청탁받은 원고에 골몰해 있었다. 소설을 쓰느라 시간이 없는데, 매일 내가 보고 싶어 글이 써지지 않으니 문제라고 했다. 그러니까 이대로 집을 합치는 건 어떤가, 이런 이야기를 진심 반 장난 반으로 하고 있었다.

어차피 나는 그의 집이 직장과 더 가깝다는 이유로, 세면도구며 화장품이며 옷이며 이불이며 전부 끌고 들어온 상태였다. 그는 오후 내내 집에서 글을 쓰고, 내가 집으로 돌아오면 저녁 식사를 함께했다. 차나 와인을 마시고 함께 잠자리에 들었다. 내 집에는 좀처럼 가지 않게 되었다. 우리는 함께 살지 않을 이유를 찾을 수 없었다. 두 달 후, 월세 계약이 끝났고 그와 본격적으로 함께 살기 시작했다.

*

단편 마감 이 주 전부터 그는 외출을 삼가고 글만 썼다. 아침마다 같이 돌던 공원 산책로도 나가지 않고, 눈을 뜨면 간단한 스트레칭만 하고 샤워한 후 책상에 앉았다. 나는 아침나절 산책로를 열 바퀴 돌고, 샤워한 후 밥을 먹고 출근하는 패턴이었다. 평소 그도 비슷한 생활 리듬을 지켰지만, 마감이면 온 신경을 소설에 집중시켰다. 일어나서 밥 먹고 소설, 잠시 숨을 돌리고 점심 먹고 소설, 팔굽혀펴기 백 번하고 저녁 먹고 소설. 마감일이 다가올수록 그는 초조해했다.

"내 얘기를 써보는 건 어때?"

한 줄도 쓰지 않고 모니터 앞을 떠나지 못하고 있으니 그냥 던져본 말이었다. 그도 지나가는 말이란 걸 알지만, 다정한 말투로 "무슨 이야기인데?" 하고 물었다. 그 나긋나긋한 목소리에 기분이 좋아져 무슨 말이라도 종알거리고 싶어졌다.

"오늘 아침에 말이야. 혼자 산책하고 왔잖아."

"응응."

그는 손으로 턱을 괴고 비스듬히 앉았다. 아, 다정한 사람. 이것으로 충분하다. 게다가 매사에 게으름을 부리지 않는다. 다정하고 성실하다. 이것만으로도 너무나 사랑스럽다. 내 마음은 언제나 그를 향해 열려 있었다. 나는 불쑥 사랑해, 외치고 싶은 마음을 꾹 누르고 이야기를 시작했다.

"산책로는 우측 방향으로 돌게 되어 있잖아. 그래서 사람들이 한 방향으로 걷게 되는 거고. 그런데 한 명이 좌측 방향으로 도는 거야. 딱 혼자서만. 그렇게 돌면 어떻게 되는지 알아? 반대 방향으로 돌고 있는 모든 사람과 얼굴을 마주 봐야 해. 애써 안 볼 수도 있지만 산책로를 돌다 보면 무심결에 보게 되잖아. 저 사람 이 산책로에 처음 와서 잘 모르나 보다, 눈치를 보다가 우측 방향으로 돌지 않을까 싶었는데 다섯 바퀴쯤 돌 때도 방향을 바꾸지 않는 거야. 여섯 바퀴를 돌아도, 일곱 바퀴를 돌아도. 꿋꿋이 반대 방향으로 돌고 있어. 그때부터 신경이 쓰여서 한 바퀴를 돌고 그 사람이 나타날 쯤에는 아, 그 사람 또 나타나겠네, 그렇게 마음의 준비를 하는 거야. 내 앞뒤로 돌던 사람들도 그렇지 않았을까. 신경 쓰이는 사람이네, 또 나타나겠네, 하면서."

"재밌는데?"

그는 연필 한 자루를 들어 펼쳐놓은 노트에 '방향이 다른 여자'라고 적었다. 그러고는 얘기해줘서 고마워, 하고 말했다. 약간의 침묵.

"이건 어떨까? 정말로 네가 소설에 나오는 거야."

"소설에 나오라고?"

"응. 너를 쓰는 거야. 내가."

"주인공이야?"

"주인공? 그렇다고 볼 수도 있고."

*

　마감이 일주일 앞으로 다가오자 그는 말수가 줄고 책상 앞에서 떨어질 줄 몰랐다. 우리는 전날 만들어놓은 카레로 아침 식사를 챙겼다. 며칠 사이 그는 수척해져 있었다.

　"소설도 좋지만 계속 살이 빠지는 건 볼 수 없어. 얼른 다 쓰고, 여기저기 먹으러 다니자."

　그는 그래, 그래, 하면서 내 어깨를 토닥거렸다.

　아침 식사를 마치고 공원에 도착하자 그녀가 있었다. 여느 때처럼 좌측으로 산책로를 돌고 있었다. 한 바퀴, 두 바퀴, 옆을 지날 때마다 희미한 땀 냄새가 났다. 스쳐 갈 때 언뜻 보니 검은 머리칼 사이로 새치가 듬성듬성 보였다. 몇 살일까? 아이처럼 하얗고 통통한 얼굴이었다. 나이를 가늠할 수 없었다. 어리게도 보이고 나이 들어도 보였다. 나 역시 얼마 전 하얗게 세어버린 머리카락을 두 가닥 뽑았다. 어쩌다 앞머리를 내리면 한참 어리게 보인다는 얘기를 듣기도 했다. 이런저런 생각을 하는 사이, 그녀는 트랙을 벗어나 공원 입구에서 왼쪽으로 꺾인 길로 들어서고 있었다. 나는 오른쪽으로 꺾인 길로 다녀서 왼쪽 길을 가본 적이 없었다. 왼쪽은 척 보아도 아파트와 원룸 건물들이 촘촘히 모여 있는 어지러운 동네였다. 오른쪽은 상가 건물과 작은 빌라가 섞여 있었다. 곧 시야에서 그녀가 사라졌다. 멈춰서 공원 입구를 바라보았다. 한 방향으로 걷는 사람들이, 길을 막고 서 있는 나를 교묘히 피해 갔다.

*

종일 업무에 시달리고 돌아오니 집 안이 어두컴컴했다. 그는 한 손으로 이마를 가리고 소파에 쭉 뻗어 있었다. 형광등을 켜자 벌떡 일어나 부스스한 얼굴로 왔어? 하며 미소를 지었다. 나는 신발을 벗고 가방을 걸어둔 뒤 동그란 러그가 깔린 바닥에 앉았다. 그는 말없이 소파에서 몸을 일으켰다. 우리는 아침, 점심과 마찬가지로 저녁에도 카레를 먹었다. 카레 속 감자를 듬뿍 퍼서 오이 피클을 반찬 삼아 밥을 먹었다. 내일은 오는 길에 크로켓이라도 사올까 봐. 카레 크로켓? 카레 크로켓에 카레 우동? 우리는 낄낄거리며 웃었다.

"막상 쓰려니까 잘 모르더라고."

"뭘?"

"너 말이야."

그는 빈 밥그릇을 두 손으로 쥔 채 말했다. 나에 대해서 모른다고? 누구보다 나를 안다고 생각하는데. 그는 밥그릇을 개수대로 옮겨놓고 돌아와 앉았다.

"그러니까, 너를 알긴 아는데 잘 몰라."

"그게 무슨 말이야?"

"말 그대로 잘 모른다는 거지. 생각을 해봤는데, 너를 가장 잘 알려면 무슨 질문을 해야 할까 하고."

"그래서, 그 질문이 뭔데?"

"아주 이상한 것 말이야."

"응?"

"아주 이상하다고 느낀 것에 대해서 말해봐. 그럼 알 수 있어. 네가 좋아하고 싫어하는 것을 얘기하는 것보다 아무리 시간이 지나도 이상하다고 여겨지는 것들, 그런 것을 알게 되면 네가 누구인지 알게 될 것 같아."

"이상한 것? 이상한 사람 같은 걸까?"

"이상한 사람이 있었어?"

나는 이규를 떠올렸다.

"아니, 없어."

"없어?"

그는 침울한 표정으로 테이블을 내려다보았다. 이야기값을 지불하지 않으면 영영 달콤한 생활도 없을 것처럼 조용히 노트북으로 돌아가 앉았다.

한번 머릿속에 떠오른 이규는 사라지지 않았다. 이규의 피로와 무기력에 찌든 얼굴. 이규는 첫 애인이었고 삼 년을 만났다. 정확히는 삼 년간 질질 끌었다. 스무 살에서 스물세 살로 넘어가는 동안 연애 경험도 사람 경험도 거의 없던 나에게 이규는 온 세상이었다. 우리는 처음 사귈 때부터 자주 싸웠다. 여느 날처럼 말다툼이 시작되어 헤어지자, 헤어지는 수밖에 없어, 하다가 헤어졌다. 평소와 다름없이 싸운 거라 아무래도 다시 만나게 되지 않을까 했는데, 누구도 먼저 연락하지 않고 있다가 이듬해에 완전히 헤어진 것이 되었다.

"얼핏 누가 떠오르기는 하는데."

그가 고개를 돌려 나를 보았다. 입술에 미소가 걸려 있나 미간을 찌푸리고 보아도 웃는지 웃지 않는지 알 수 없었다.

"이름은 이규였고."

이번에는 눈살을 찌푸리지 않아도 알 수 있었다. 그는 미소를 띠고 다정한 얼굴로 내 쪽을 향해 의자를 돌렸다.

*

이름은 이규였고, 나보다 열 살 많았다. 스물에서 스물셋까지 만났다. 그사이 그는 서른에서 서른셋이 되었다. 당시 내 입장에서 이규는 '어른'이었다. 그와 이런저런 이야기를 하고 여기저기를 다니는 동안 습득한 감정과 생각이 지금의 나를 결정지었을까, 혹시 그가 옆구리에 끼고 다니던 소설책들이 내 빈 시간을 채우는 취미가 되어 결국 나는 소설가 애인을 만나게 된 것이 아닌가(그것참 재밌네! '벗어나지 못한 이규의 시간'이라고 적으며 바로 그 소설가 애인이 맞장구쳤다) 그런 의문도 들었다. 이규와 헤어지고서는 친구를 통해 그가 박사과정을 마치고 학교를 떠났다고 들었다(이규는 대학에 십삼 년을 머물렀다). 다소 예민하지만 똑똑한 사람이었으니 어떻게든 잘 살고 있을까. 혹은 그런 사람이라 어떻게도 잘 살지 못하는 건 아닐까. 그런 생각이 들자 마음이 무거웠다. 이규를 불행하게 만든 건 내가 아니라 이규 자신이야. 도리질을 하자, 소설가 애인이 어깨를 감싸주며 말했다.

"이름이 마음에 들어. 이규."

*

소설가 애인과 이야기하며 새벽까지 깨어 있느라 늦잠을 잤다. 평소보다 삼십 분 늦게 공원에 도착했다. 그녀는 역시나 좌측으로 산책로를 돌고 있었다. 오늘도 희미한 땀 냄새, 하얀 얼굴. 입술이 터서 피가 맺혀 있었다. 햇살이 비출 때 물방울처럼 반짝였다. 피가 나요, 나는 속으로만 말하며 그녀 옆을 스쳐 지나갔다.

한 바퀴를 더 돌자 곡선으로 길이 틀어지는 지점에서 그녀는 걸음을 멈추고 휴대폰에 얼굴을 비춰보고 있었다. 다음 바퀴를 돌고 그곳에 돌아왔을 때 그녀는 없었다. 어딘가로 가버렸다. 공원 입구 쪽에도 없었다. 집에 갔구나, 생각하며 걷고 있는데 힘이 나지 않았다. 두어 바퀴만 더 돌고 집에 가야겠다는 생각이 들었다. 두 바퀴 정도는 반대로 돌아보자, 하며 가벼운 마음으로 우측 방향 트랙을 도는 사람들 옆으로 비켜나 좌측 방향으로 산책로를 돌기 시작했다. 반대로 걷고 있으니 의외로 마음이 편했다. 한 사람이 아니라 여러 사람과 마주쳐야 하니, 마주쳐야 한다는 부담이 여러 개로 쪼개져 오히려 누군가 신경 쓰이거나 하지 않았다.

두 바퀴를 더 돌자 등줄기로 땀이 흘렀다. 잠을 충분히 못 잔 탓인지 심장이 두근거리고 손안에 땀이 찼다. 나는 공원 입구로 나왔고, 입구와 대각선으로 바라보는 공터에 벽돌로 지어진 오래된 슈퍼, 그 앞에 펼쳐진 파라솔 테이블에 앉아 이온 음료를 마시는 그녀를 발견했다. 그녀는 이온 음료 캔을 발로 밟아 찌그러뜨리고 쓰레기통에 던져 넣은 후 어딘가로 걸어갔다. 그 뒤를 따라갈 아무런 이유가 없었지만—어쩌면 무슨 일인가 일어나면 또다시 소설가 애인에게 말하고 싶은 마음에서—그녀를 따라가보기로 했다.

왼쪽 길. 여러 번 본 길이었지만 직접 걸음을 내디딘 적은 처음이었다. 그녀의 티셔츠 뒷면에는 커다란 미키 마우스가 그려져 있었고, 미키 마우스는 장갑 낀 하얀 손을 내밀며 윙크를 하고 있었다. 프린트된 미키 마우스는 오래되어 벗겨진 자국이 여러 군데였다. 소매 부분도 후줄근하게 늘어나 있었다. 다음으로 티셔츠를 걸치고 있는 작은 어깨가 보였다. 추위로 오그라든 것처럼 좁은 몸이었다. 단단히 뭉쳐놓은 차갑고 작은 눈덩이 같았다. 운동화 뒤축이 닳아 걸을 때마다 몸이 한쪽으로 기울었다. 걸음은 빠른 편이었다.

그녀는 아파트들이 모여 있는 길로 들어섰다. 그때부터는 아파트, 주차장, 아파트, 주차장, 아파트, 주차장, 똑같은 구획이 반복됐다. 그녀는 성큼성큼 걸어, 티셔츠의 미키 마우스처럼 페인트칠이 벗겨져가는 한 아파트 앞에 섰다. 입구에서 좌우로 고개를 두리번거리고 아파트 안으로 들어갔다. 나는 그녀를 따라 아파트로 들어갔고, 계단을 타고 올라가는 그녀를 아래서 지켜보았다. 얼마 지나지 않아 발걸음이 멈췄고, 현관문이 열리고 닫히는 소리가 들렸다. 2층이거나 3층 같았는데, 소리가 꽤 가까웠으니 2층일 확률이 높지 않을까 싶었다. 조심히 발을 내디뎌 소리 나지 않게 층계를 올랐다. 그리고 마주 보고 있는 203호와 205호에 한 번씩 귀를 대보고, 203호에서 희미하게 들리는 여자 목소리를 듣고서야 이건 미친 짓이라는 생각이 들었다. 아파트 밖으로 나와 왔던 대로 아파트, 주차장, 아파트, 주차장, 아파트, 주차장, 아파트, 주차장을 지났다. 그런 후 한 번 더 아파트, 주차장, 아파트, 주차장, 아파트, 주차장, 아파트, 주차장을 지났고, 왜 자꾸 아파트와 주차장뿐인지 숨이 막힐 것 같아 걷기를 그만두고 잠시 주위를 둘러보았다. 눈앞에는 끝없이 아파트, 아파트, 아파트라서 어디가 어디인지 구분되지 않았다. 내가 서 있는 곳을 알수 없었다. 순간 정신이 아득했다. 어지럽고 목이 말랐다. 조금 목이 마른 정도가 아니라 참을 수 없이 목이 말랐다. 어서 집으로 가야지. 그런데 집이 어디인지 감조차 잡히지 않았다. 아무런 생각이 들지 않아 그저 이제껏 걸어온 길을 망연자실 돌아보고만 있었다.

2

나는 카레를 좋아하는 사람과 연애하고 싶었다. 둘이서 맛있는 카레를 찾아 인도와 일본으로 여행을 떠나고, 카레 음식점을 열어서 적당히 돈을 벌고. 그런데 인생은 완전히 다른 방향으로 흘러갔다. 카레를 좋아하는 애인을 만나지 못했고, 인도와 일본으로 여행을 가지 못했고, 카레 음식점을 열지 못했고, 적당히 돈도 벌지 못했다. 모든 것이 앞에서 미역국 속 미역을 젓가락으로 집어 드는 이규 탓으로 여겨졌다. 이규는 스무 살에 만났다. 그는 카레를 좋아하지 않고, 여행을 귀찮아하고, 음식점을 열 생각은 태어나서 한 번도 해본 적이 없었다. 더군다나 돈을 벌 생각도 없었다. 이규는 책을 많이 읽었고 글을 썼지만, 그것은 별로 돈이 되지 않는 일이었다. 당신이 돈을 더 벌었으면 한다고 말을 하면, 이규는 읽던 책을 덮고 축 처진 어깨로 이불 속에 들어가 나오지 않았다. 이럴 시간에 돈을 벌면 좋잖아. 무슨 일이라도 하면 좋잖아. 투덜거리고 타박하면 이규는 머리까지 이불을 덮고 잠든 척했다.

무기력한 인간. 꼴도 보기 싫어. 스물셋쯤 이규와 헤어졌다면, 내 인생은 어떻게 되었을까. 지난밤 꿈에서 나는 이규와 헤어져 있었다. 그곳에서 이규는 없는 사람이었고, 새로운 애인과 나는 지나간 사람 중 하나인 이규 이야기를 하고 있었다. 그는 무척 다정하고 잘 받아주는 타입으로, 상대가 무슨 이야기이든 재잘거리게 만들었다. 나는 이규를 이제는 나와 아주 먼 사람처럼 이야기하고 있었다.

*

그의 이름은 이규였고, 그 사람은 카레를 좋아하지 않았어. 대신 책을 좋아해서 어딜 가나 손이나 옆구리에 항상 책이 붙어 있었지. 그런데 어느 날 읽고 있던 책이 그대로 옆구리에 붙어버려서 이규는 '책-인간'이 되었어. 그래도 인간이기만 할 때는 참을 수 있었거든. 카레를 좋아하지 않는대도 말이야. 하지만 책-인간이면 이야기가 달라지지. 이규, 당신 어떻게 된 거야, 물어보면 난 책-인간이 되었어, 이런 내가 싫어졌어? 하고 따지더라. 처음에는 책-인간이면 지적인 분위기가 있지 않나 생각도 했어. 어쨌든 그냥 인간보다는 책-인간이 책과 밀접하다고나 할까. 그런데 지내다 보니 그저 눅눅히 젖은 종이 같은 거야. 사람이 산뜻하지 않고, 자주 우울하고, 비가 오면 옆구리가 쑤셔서 외출도 할 수 없었지. 말수가 줄고, 어쩌다 입을 열면 이해할 수 없는 말만 했어. 그동안 싸운 적은 좀 있지만 우리가 꽤 잘 맞는다고 생각했는데 책-인간 이규는 왜 이렇게 멀게 느껴질까, 온종일 생각했지. 그러다 문득 깨달았어. 인간과 책-인간은 완전히 다른 종인 거야. 정확히 말할 수 없지만, 깊은 곳에서 서로 통하지 않아. 그런 생각이 들자 더더욱 멀게 느껴졌고, 결국 헤어지기로 했어. 헤어지자고 말한 날도, 그는 옆구리 쪽으로 고개를 돌리고 자신의 몸과 연결되어 있는 그 책의 책장을 하나하나 넘기면서 차분하게 내 말을 듣고 이렇게 말했어. **가서 이발사를 불러줘.** 그 무렵 이규는 맥락이 없었어. 책 속 문장을 자신의 말처럼 웅얼거렸지. 그 문장을 어디선가 본 기억이 얼핏 들었어. 이규의 옆구리에 붙어버린 책이 아마도 그 책이었을까. 이규는 옆구리의 책을, 아기 새를 보호하는 어미 새처럼 조심히 감싸고는 자리에서 일어나 떠나버렸어.

"옆구리에 책이 붙어버리다니…… 대단하다고 해야 하나, 안됐다고 해야 하나."

꿈속 남자는 흥미를 붙이고 더 해봐, 더, 하면서 얘기를 재촉했다. 뭔가 더 얘기하고, 서로의 귀를 만지작거리며 놀았다. 귀에 닿은 손가락 감촉이 깨어서도 남아 있는 것 같았다. 아침에 일어나 그 달콤한 꿈을 되새기며 공원 트랙을 돌았다. 한 여자가 모두와 다른 방향으로 산책로를 돌고 있었다. 별일도 아니었다. 가끔 그런 사람들이 있었다.

산책을 마치고 집으로 돌아오자 이규가 소파에 몸을 묻고
책을 읽고 있었다. 전날 먹다 남은 크로켓을 데우고 채소를
볶고 사과를 깎았다. 끓인 우유에 홍차 티백을 넣었다. 식사를
마치고 이규는 다시 책 속으로 돌아갔다. 그의 옆구리를 잠자
코 바라보다가 출근 준비를 시작했다. 이규는 왜 돈도 벌지
않고 식사 준비도 하지 않고 아무것도 하지 않을까. 그것이
때론 참을 수 없었다. 하지만 모처럼 좋은 꿈도 꾸었고, 평화
로운 상태로 출근하고 싶었다. 이규는 이도 닦지 않고 소파에
앉아 책만 봤다. 나 일하러 가, 하면 응, 무성의한 대답만 하고
눈길도 주지 않았다. 그러라지. 어차피 꿈속 애인이 좋아. 그
런 말을 웅얼거리며 현관문을 열고 밖으로 나왔다.

*

나는 서점에서 일했다. 서점은 1층이고, 2층은 정체를 알
수 없는 기업의 지역 지점이나 공증을 해주는 작은 회사들이
모여 있었다. 3층에는 중학생을 가르치는 학원들이 모여 있
었다. 아마 같은 건물 어딘가에서 일하고 있을 사람들을 종종
횡단보도에서 마주치기도 했다. 그러나 서로 아는 척은 하지
않았다. 나로서는 그들이 괘씸했다. 몇 번이나 서점에서 마주

272

치고 이 책 저 책 찾아주는데도 밖에서는 모른 척인 것이다. 그 와중에 한 여자에게 유난히 눈길이 갔다. 두어 달 전 처음 본 날부터 유독 낯익은 여자였다. 미디스커트를 입고 작은 회색 가방을 메고 다니는 여자였다. 그 여자를 보고 있으면 나도 저런 식으로 옷을 입었지, 하는 착각이 들었다. 나는 미디스커트며 회색 가방을 가져본 적 없었다. 그런데도 그렇게 옷을 입은 자신이 또렷이 눈앞에 그려졌다. 내 옷장에는 닳아빠진 미키 마우스 티셔츠 일곱 벌이 있을 뿐이었다. 그러나 미디스커트를 입고 회색 가방을 든 내 모습이 환영처럼 시시때때로 머릿속에서 펼쳐졌다.

혹시 미친 게 아닐까, 어느 날 이규에게 말하자 그렇게 따지자면 자신이 더 미쳤을 거라고 했다. 자신은 십 년 전 시작된 꿈을 아직도 꾸고 있다고, 그 꿈에서 그는 책 따위 전혀 읽지 않고 수없이 많은 여자를 만나는 남자라고 했다. 그 남자는 이규를 꿈속 인물로 생각할 거라고 했다. 꿈에서 그가 잠들면 내가 깨어나. 어느 쪽이 꿈인지 알 수가 없지. 이규는 세상을 어떤 눈으로 보고 있는 걸까. 그는 대체로 반은 감겨 있는 눈으로 책 속 문장을 헤매다가 이규, 하고 부르면 몽롱한 기운에 젖은 얼굴로 고개를 들고서 다시 책으로 돌아갔다. 당신이 나보다 더 미쳤다고 해서 안심이 되거나 위로가 되는 게 아니야. 그런 말을 원하는 게 아니야. 당신이 단단한 사람이면 좋겠어! 눈 똑바로 뜨고 있어! 과연 듣고는 있는지 알 수 없었다.

책을 볼 때도 의심스러웠다. 정말로 뭔가 보고 있긴 한 건지 의문이 들 만큼 눈꺼풀을 내리깔고 미동조차 하지 않았다.

*

출입문에서 짹짹짹 새소리가 울리고 미디스커트를 입은 여자가 들어왔다. 시간은 세시 반이었다. 이 시간이면 여자는 서점에 들어와 문학 코너 앞에서 부지런히 뭔가 읽었다. 십 분쯤 문학 코너 앞 간이 의자에 앉아 계간지를 보더니, 그것을 들고 카운터로 걸어왔다. 뭐 재미있는 거라도 실렸나요? 나는 스스럼없이 물었다. 나는 그녀가 질문에 답해줄 거란 사실을 알았다. 어떻게 된 일인지 알 수 없지만, 물어보면 동시에 그녀의 대답이 떠올랐다. 처음 만날 때부터 그랬다. 이제 놀랍지도 않았다. 이번에 P 소설가의 단편이 실렸어요. 이렇게 말하겠지, 하면 역시나 **이번에 P 소설가의 단편이 실렸어요** 하고 말했다. P 소설가 좋아하시나 봐요, 하면 그럼요, 좋아하죠, 하면서 의미심장한 미소를 지을 테지, 하니 정말로 **그럼요, 좋아하죠** 하면서 의미심장한 미소를 지었다. 심지어 그녀가 속으로 P는 내 애인이니까요. **오늘은 일이 끝나고 맛있는 저녁을 먹기로 했어요** 하는 소리까지 들렸다. 무슨 좋은 일 있으세요? 하고 물었다. 듣지 않아도 이미 알고 있었지만 그녀는 내가 떠올린 대로 네, **오랜만에 저녁 약속이 있어서요** 했다. 장소는 S역 근처 중화 요리점. 찹쌀 탕수육과 맑은 짬뽕이 유명한 곳. 지난 저녁, 둘이 연태 고량주를 마시자며 약간 들 떴구나.

"연태 고량주를요?"

나도 모르게 그 단어가 튀어나왔다. 누가 버튼을 눌러 내 입에서 그 단어를 바깥으로 밀어낸 것 같았다. 그녀가 눈을 깜빡였다. 그녀는 속으로 **뭐지? 우연히 말해본 것일까? 독심술인가** 하면서 잠시 동작을 멈췄다. **P도 그런 얘기를 썼었지. 독심술보다는 텔레파시였나. 마음을 들여다보는 능력? 그런데 그건 어정쩡했어. 칭찬할 내용은 아니었는데 왜 다들 좋다고 할까. 실은 그 아름다운 얼굴이나 날씬한 몸 때문에 대접받고 있는 거 아니야? 물론 성실하지만 천재까지는 아니잖아. 모두 P를 지나치게 좋아해.** 나는 달아오른 얼굴을 씰룩거리며 겨우 미소를 지었다. **어쨌든 좋아. P 같은 사람을 어디서 만날 수 있겠어? 섬세하고 다정하고 노력하고 있잖아. 얼른 맛있는 걸 먹고 싶다. 벌써 세 시가 넘었어. 지쳤어.** 그녀는 자신의 생각이 다 들리는지도 모르고 계속 주절거렸다. 갑자기 배가 고프고 입 안에 군침이 돌았다. **나도 갈 거야. 이규에게 탕수육과 맑은 짬뽕을 먹자고 해야지. 연태 고량주도 마셔야지.** 그녀는 정신없이 생각을 내뱉으며, 얼굴은 평온한 척 입가에 미소를 걸고 있었다.

*

서점 업무를 마치고, 이규에게 전화를 걸어 S역 근처로 나
오라고 말했다. 예상대로 이규는 왜, 어째서 그래야 하냐고,
밖에 나갈 기력이 없다며 징징거렸다. 나오라면 나와! 나오
라고 제발! 화를 내니 이규는 알았어, 알았어, 화내지 마, 화
내는 거 싫어, 하면서 나오겠다고 했다. 나는 S역 1번 출구에
서 삼십 분이 넘도록 이규를 기다렸다. 멀리 이규의 모습이
보이자마자 먼저 발길을 돌려 음식점으로 걸어가버렸다.

음식점에 들어서자 붉은 등이 걸려 있는 실내에서는 중국
어로 부르는 듯한 노래가 흐르고 있었다. 종이 덮개를 씌운
수저가 꽃처럼 테이블마다 꽂혀 있었다. 바닥은 나무였고, 유
리판 아래 하얀 식탁보를 깔고 있는 테이블도 나무였다. 붉
은빛이 도는 의자도 나무, 엉덩이를 대고 앉는 자리만 푹신한
쿠션이었다. 이규는 45도 각도로 메뉴판을 세워 들고 첫 장
부터 마지막 장까지 메뉴를 읽었다. 반쯤 허리를 눕히고 앉은
이규는 의자에서 꿀처럼 흘러내리고 있었다. 이규, 우리 돈을
좀 모아서 카레 가게라도 차리면 어떨까. 마침 마지막 장까지
훑어본 그는 메뉴판을 덮고 피로한 표정으로 눈을 끔뻑거렸
다. 카레 가게라…….. 생각하는 척 허공을 올려다보았다. 글
쎄…….. 카레 따위 안중에도 없는 얼굴이었다. 깐풍기랑 삼선

짜장면이요. 종업원이 오자 그는 묻지도 않고 주문했다. 내가 아까 탕수육이랑 맑은 짬뽕 먹자고 했잖아. 이규는 고개를 가누지 못하고 왼손으로 턱을 괸 채 너 그런 적 없는데, 하더니 왼손을 내리고 오른손으로 턱을 괴었다. 나는 눈을 비비고 봤다. 이규의 말이 문자 형태로 입가에서 흘러나와 찐득하게 달라붙어 있었다. 침이라고 할 수 없는 끈끈한 농도였지만 입에서 나온 말간 액체가 침이 아니라면 무엇일까, 달리 뭐라 할 수 없어서 왜 침을 흘리고 있냐며 티슈를 두 장 뽑아 건넸다. 이규가 입가를 닦자 티슈는 그대로 턱에 붙어버렸다. 고량주가 먼저 나왔고, 술을 갖고 온 종업원이 흠칫 놀란 표정으로 이규를 보더니 곧 눈길을 돌렸다. 이규는 손으로 얼굴을 가리고 화장실에 갔다. 나는 술을 두 잔 따라 한 잔은 이규 쪽으로 밀어두었다. 이규가 돌아올 즈음 깐풍기가 나왔다. 이규의 입가에 붙은 하얀 티슈 조각은 떨어지지 않았다. 침 같은 것이 묻어 있던 자리를 따라 스티커처럼 붙어 있었다. 물고기 모양이네. 나는 이제 웃음만 나왔다. 낄낄거리며 잔을 들고 고량주를 한번에 목으로 넘겼다. 크아. 이규도 고량주를 들이켰다. 연거푸 한 잔 더. 그리고 입을 열었다. 너, 나 미워하는구나. 이규의 눈가가 벌게져 있었다. 나는 깐풍기 하나를 입에 넣고 우물거렸다. 아주 미워. 미워졌어. 그래도 헤어지자는 말은 나오지 않았다. 미워하지 마. 미움 받는 거 싫어. 이규는 어지러운지 두 손을 포개고 그 위에 머리를 올려놓았다. 사방이 고요했다. 가게에는 우리 말고 다른 손님이 보이지 않았지만 또렷한 목소리 하나가 어디선가 들려왔다.

우리 결혼할까?

*

이규는 고개를 들지 않았고, 이규의 머리가 있어야 할 자리에 소설가 P의 얼굴이 떠 있었다. 그녀는 P를 마주 보고 앉아 탕수육과 맑은 짬뽕을 기다리고 있었고, 테이블 위에 놓인 반짝이는 반지를 내려다보면서 자신이 어째서 한 번도 프러포즈를 예상하지 않았는지 의아해했다. **이미 함께 살고 있으니 벌써 결혼한 기분이어서, 그런 기분 속에 들어가 있으니 구태여 그런 기분 속에 들어갈 필요를 느끼지 못해서 결혼할 거라고 생각하지 않은 건가. 어쨌든 나는 P가 좋아. P는 근면하고 배울 점이 많아. P에게 굉장한 미래가 있을 것만 같아. 늘 기대감을 갖게 하지. 그건 반짝거리는 보석 같아서 갖고 싶어져. 저 사람이 펼쳐놓은 삶을 내 쪽으로 끌어들일 거야. 아니지. 그보다 그런 삶으로 끌려 들어가 젤리 속 과일처럼 잠겨 있어야지. 소설가의 아내라니, 생각하기에 따라서는 근사한 일이잖아……** 그녀는 속으로 떠들며, 반짝이는 반지를 들어 약지에 끼웠다. 그리고 반지를 올려두었던 보랏빛 표지의 책을 들었다. 책이 나왔어. 소설가 P는 목소리를 약간 떨었다. **오전에**

출판사 들러서 가져왔어. 나에게는 당신이 필요해. 소설가의 아내라니, 근사하다면 근사한 일이잖아. 그녀는 소설가 P가 자신의 생각을 따라 말하자 놀라서 입이 벌어졌다. **이상해. 왜 P 마저 생각을 읽는 걸까. 착각인 걸까. 우연일까. 서점 여자도 그렇고. 실핏줄이 선 눈으로 나를 보고. 뭘 다 아는 얼굴로 위아래로 훑어보고. 기분 나쁘게 그 여자가 앉은 탁자에 나랑 같은 립밤이랑 핸드크림이 있어. 그 여자가 말을 걸면 나도 모르게 이것저것 말하게 돼. 매번 서점에 가지 말자 해도 꼭 가게 돼. 이상하지. 이유가 없어. 그냥 가. 내 영혼이 가느다란 고리에 물려 있는 거야. 그쪽에서 끌어당기면 갈 수밖에 없어.** 그녀는 소설가 P를 응시했다. 그러면서 시험 삼아 다른 문장을 떠올렸다. **결혼이라니 하지 말아버릴까. 비루하다면 비루한 일이잖아.** 곧이어 소설가 P가 **결혼이란 건 비루하다면 비루한 일이지만**이라고 말하자 그녀는 의자를 뒤로 밀치며 일어섰다. 그녀는 무슨 말인가 해보려고 했다. 하지만 아무 말도 할 수 없었다. 누군가 입을 접착시킨 것처럼 아예 열리지 않았다.

　내 앞에 펼쳐진 광경을 지켜보다가 그 모든 것을 끝내고 싶어졌다. 테이블에 놓여 있던 티슈 케이스를 들어 고개 숙인 채 잠들어 있는 이규를 향해 던졌다. 이규, 그만 일어나. 가자. 여기서 나가자. 티슈 케이스는 날아가면서 하얀 티슈들을 허공에 뿌려놓다가 텅, 소리를 내며 떨어졌다. 날아오른 티슈들은 죽은 듯 엎어진 이규의 머리에 하늘하늘 내려앉았다.

3

　나는 카레를 좋아하는 남자와 결혼했다. 그런 남자와 결혼
하니 일단 카레만 만들어두면 몇 날 끼니는 거뜬히 해결할 수
있었다. 결혼 후 남편은 강의를 나가고 인터뷰도 하고 칼럼을
쓰고 장편을 쓰고 단편도 썼다. 그는 글을 쓰는 것 같았지만,
옆에서 보면 그저 닥치는 대로 일감을 받아 처리하는 중인 듯
했다. 나도 이 일 저 일 하며 열심히 돈을 벌었다. 결혼 후 삼
년이 지나 어느 정도 생활이 안정되었고, 대출로 보증금을 마
련해 아파트 전세로 이사했다.
　우리는 무수히 많은 카레를 먹었고, 아이를 가질지 말지 여
러 번 논의하고, 결국 아이는 낳지 않기로 결정했다. 카레를
좋아하는 아이가 아니라면 이런저런 반찬도 만들어줘야 하
고, 간식도 챙겨줘야 하고, 힘들지 않겠어? 아이가 우리 마음
대로 자라주는 것도 아니고 말이지.
　내가 서른여덟 살이 되던 해 봄에, 남편의 세 번째 장편소
설이 문학상을 탔다. 그렇게 큰 상은 처음이었다. 그 소식을
들은 날 우리는 뜨거운 밤을 보냈고, 그해 여름이 시작할 무
렵 배 속에 아기가 들어선 것을 알았다. 별일 없을 거라며 방

심한 탓이었다. 아기가 생겼어, 어떡해. 처음에는 걱정스러웠지만 시간이 지날수록 아이가 생겨서 안심하고 있다는 걸 알았다. 아이가 생길까 봐 전전긍긍하면서 한편으로는 아이가 없는 인생일까 봐 전전긍긍했던 것이다.

*

그 아이가 벌써 중학생이 되었다. 아이는 아침을 먹으러 내려오며 집 안의 냄새를 맡더니 불쑥 "오늘도 카레네" 하고 말했다. 잊고 있던 무언가가 떠올라 카레를 뜨던 국자를 들고 잠시 멈춰 있었다.

"엄마, 무슨 생각해?"

"아니야. 아무 생각도 안 해."

"나도 아무 생각 없고 싶다."

"중학생이 무슨 생각을 한다고?"

"중학생이 얼마나 복잡한지 엄마는 모를 거야."

남편이 식탁에 앉으며 농담하듯 엄마들은 모르는 게 없어, 하고 말했다. 말투는 툴툴거려도 아이는 애정이 가득했다. 얼른 앉아, 하면서 내 팔을 끌어당겼다. 부드럽고 다정한 아이였다. 그리고 다행히도 카레를 좋아했다. 며칠이고 카레만 먹어도 군말이 없었다. 나는 국자로 카레를 퍼 담으며 고기를 잔뜩 건져내 아이의 그릇에 담았다. 식사를 마치고 작업실로 향하는 남편이 아이와 함께 집을 나섰다.

아침의 분주함이 지나가고 혼자 집에 남아 있으니 조용하고 평화로웠다. 커피를 끓이고 소파에 앉아 베란다 창을 내다보았다. 벌써 내 나이는 쉰둘인가 쉰셋이었다. 쉰둘이 맞을 것이다. 늘 한 살 차이로 나이가 헷갈렸다. 그러니까 그것은 서른하나 혹은 서른둘에 있던 일이었을 테다. 살면서 딱 한 번 기절한 적이 있었다. 당시 목이 마르고 어지러워 이대로 쓰러질지도 모른다는 공포에 이마 언저리가 싸늘해지고 등에 한 줄기 땀이 흘렀다. 똑같은 모양의 아파트가 늘어선 동네를 혼잣말을 중얼거리며 걸었다. 누군가 발바닥에 굽을 달아놓은 것처럼 걸음이 무거웠다. 괜찮아. 괜찮을 거야. 그 말을 속으로 여러 번 반복하며 계속 걸었다. 매일 산책하던 공원이 보이자 얼른 공원 앞 매점으로 달려가 이온 음료를 집어들고 계산도 하지 않은 채 냉장고 앞에서 벌컥벌컥 들이켰다. 매점 아주머니가 놀라 "아가씨" 하고 나를 불렀다. 나는 매점 바닥에 쓰러져 서서히 정신을 잃었다. 파란 캔의 이온 음료가 넘어져 단내를 풍기며 바닥을 적시는 모습이 마지막 기억이었다.

*

병원에서 깨어났을 때는 한밤중이었고, 소설가 애인은 간이 침대에 앉아 노트북 모니터 불빛에 얼굴을 밝히고 뭔가를 쓰고 있었다. 혈압 때문일 가능성이 크대. 더 검사해야 되나 봐. 그는 노트북을 내려두고 두 손을 잡아주었다. 괜찮아? 손에 힘이 전혀 들어가지 않았다. 고개만 돌리고는 응, 하고 대답했다.

"꿈꿨어."

"무슨 꿈?"

"어떤 여자한테 물 얻어 마시는 꿈."

꿈에서 그 여자가 물을 건네주며 당신은 무엇을 줄 거냐고 물었다. 가진 것이 없다고 하자 검지로 나를 가리키며 당신은 당신을 줄 수 있잖아요, 하고 씩 웃었다. 그 순간, 꿈인데도 꿈인 것을 알았고 잠에서 깨고 싶었고 떠지지 않는 눈꺼풀을 들어 올리려 힘썼다. 하지만 꿈 바깥에서 잠들어 있는 몸은 미동 없이 고요했다. 그녀가 물컵을 코앞에 내밀며 마셔요, 하고 웃었다. 차가운 물컵이 입가로 다가와 앞니를 눌렀다. 나는 고개를 돌렸고, 그때 눈이 번쩍 뜨였다.

몇 년 동안 첫해에는 자주, 시간이 지나서는 가끔, 그 꿈을 떠올리게 하는 꿈들이 반복되었다. 목이 마르고, 땀을 흘리고, 물을 원하고, 앞니로 차갑게 컵이 부딪혀왔다. 아무리 시간이 흘러도 그 꿈은 소멸되지 않을 것 같았다. 악몽에 시달린 밤이면, 꿈속에 영혼의 일부를 두고 온 것은 아닌가 싶었

다. 자꾸 이상한 꿈을 꾼다고 남편에게 말하기도 했다. 남편
은 내 이야기를 듣고 몇 번인가 그 꿈을 소설로 써보려 했지
만 도저히 써지지 않는다고 했다. 그것이 자신의 이야기가 아
니기 때문이라고 말했다. 따지자면 그것은 내 이야기도 아니
었다. 그것은 이규의 이야기였다.

오랜만에 남편의 소설을 다시 읽어보려 서재로 들어섰다.
소파에 몸을 파묻고 앉아 『꿈의 책의 꿈』 표제작을 펼쳤다. 도
대체 몇 년 전이었을까. 남편이 작성한 초고를 읽었을 때, 나
는 심장이 내려앉는 것 같았다. 늘 책을 읽던 이규가, 이번에
는 책 속으로 아주 들어가 있었기 때문이다. 이규는 원래부터
책 속에 살던 사람 같았다. 꿈꾸듯 나른하고 무기력한 이규.

바로 한 달 전, 대학 동기에게서 뜻밖의 소식을 들었다. 이
규가 삼 년 전에 죽었고, 가난하게 살았고, 책을 많이 읽었고,
죽을 때 얼굴이 깨끗했고, 죽는 순간까지 함께 살던 여자가
옆에서 돌봤다고. 그 여자가 누구인지 아는 사람은 없었다.
삼 년이 지나 전해진 부고였다.

*

어떤 일들은 시간과 공간을 무시한다. 나는 그냥 알았다.

이규를 마지막으로 본 날은 분명 그날이었다. 그 일은 어제처럼 가까웠다. 실은 어제의 일보다 그 일이 더 가깝게 느껴졌다. 메뉴판을 오랫동안 훑어보던 이규, 책이 붙어 있던 옆구리, 앉는 부분만 쿠션인 나무 의자, 흘린 침을 따라 티슈 조각이 묻어 있던 얼굴. 그것이 정말 있던 일인지, 소설의 일부인지 이제는 잘 구분되지 않았다. 순간, 코끝으로 카레 냄새가 스쳤다. 식탁에 남아 있는 카레…… 카레를 치워야지. 그렇지만 몸이 일으켜지지 않았다. 물 먹은 솜처럼 무거웠다. 비스듬히 소파에 누워 있으니 잠이 쏟아졌다. 물 먹은 솜이라기보다 흘러내리는 꿀 같았다. 찐득거리며 달라붙는 달콤한 잠의 세계. 서서히 눈꺼풀이 감겨왔다. 카레를 냉장고에…… 그다음 문장들은 내 입술 주변에 들러붙었다. 그러더니 꿀이 되어 흘러내렸다.

불가해한 삶 속 성실한 수수께끼의 미학

민선혜(문학평론가)

    햇볕이 내리쬐는 날 운동장 한가운데에 앉아 돋보기를 들고 모래를 살펴보면 전에는 보이지 않았던 것들이 눈에 들어온다. 모래는 생각보다 반짝거리고 색이 다양하다는 것, 모래는 모래가 아닌 것들과 함께 이루어져 있다는 것을 알게 된다. 이렇게 돋보기를 들고 전에는 보지 못했던 것들에 골몰하다 보면 이상한 일이 벌어지기도 한다. 돋보기 아래에 종이를 가만히 가져다 놓으면 빛이 어느 한곳으로 모이다가 희미하게 연기가 피어오르기도 하는 것이다.

    김나현의 소설은 볼록렌즈 실험처럼 어느 한곳을 들여다보게 만들고, 그곳에 잠재해 있던 이상한 기미들을 살며시 들춰낸다. 김나현의 볼록렌즈가 빛을 모으는 지점은 잘 보이지 않는 곳, 그래서 더욱이 볼록렌즈가 필요한 곳이다. 가만히 들여다보지 않으면 보이지 않는 마음과, 가만히 바라보지 않으면 이해되지 않는 세계와 사람들. 김나현은 이렇게 삶의 애매한 곳을 향해 아주 정확하게 빛을 모은다. 희미하고 분명치 않은 삶의 구석들을 확대해 보는 것만으로 그 누구도 쉽게 답을 말할 수 없는 수수께끼가 스르륵 튀어 오른다. 그래서일까. 김나현의 인물들은 자주 이야기한다. "아무도 인생을 몰라."(33쪽)

『래빗 인 더 홀』 속의 인물들은 "왜 계획대로 되는 건 바닐라라테뿐인지 모르겠다"(「오늘 할 일」)고 말하면서도 자신도 모르는 사이에 잃어버린 것들에 대해 "걱정하지 마세요. 그저 눈이 없을 뿐이니까요"(「안의 세계」)라고 태연하게 이야기한다. "인생이 이럴 줄 몰랐다"(「오늘 할 일」)고 말하지만 어떤 체념과 상실에 쉽게 주눅 들지 않는다. "자신 없는 농담을 던지는 사람의 목소리처럼 한껏 줄어든 미미한 소리"(「미동」)로나마 "존재하고만 있다면 그것을 되찾을 수 있다"(「로쿰」)고 믿는 태도를 보여주기도 한다. 삶의 한복판에서 튀어 오른 수수께끼 앞에서 답을 맞추는 것보다 더 중요한 것이 있다는 듯 슬며시 뒤로 빠지는 인물들에게서 우리는 이상한 유쾌함과 초연함을 확인할 뿐이다. 그렇기 때문에 내 마음처럼 되지 않는 나의 마음과 계획대로 흘러가지 않는 나의 인생이 던지는 수수께끼에 대한 답을 생각해야 할 이들은 책을 읽는 우리들이다. 김나현의 첫 소설집과 함께 도착한 이상한 수수께끼 앞에서 우리가 확인하게 되는 것은 무엇일까.

보고 싶지 않아도 보이는 세계

어떻게 하면 눈을 감고도 앞을 볼 수 있을까? 눈이 사라져도 앞을 볼 수 있는 '안(眼)'은 과연 무엇일까? 김나현의 등단작이기도 한 「안의 세계」는 아주 예리하게 새로운 시각이 열리는 순간을 포착해내며, 눈이 없지만 앞을 볼 수 있는 인물들을 통해 '본다'는 감각을 새로이 재구축한다.

화자 '이레'는 로비를 지날 때마다 대리석 바닥의 경계를 밟지 않으며 정규직 심사에 통과하길 바라는 인물이다. 그런 이레에게 직속 상사인 '백 과장'은 쉽게 거절하기 힘든 부탁을 한다. 첫 번째 부탁은 자신의 동네에서 납치 사건이 있었으므로 자신을 집 앞까지 거의 매일 데려다달라는 것. 두 번째 부탁은 "이레 씨, 돈 좀 있어? 한 오백 정도?" "이럴 거야? 겨우 오백 갖고?"(17쪽)라는 도통 이해할 수 없는 화법으로 돈을 빌려달라는 것이다. 이레는 "정규직 평가에서 과장급 이상의 평가는 필수"(17쪽)이므로 백 과장의 무례하고도 불쾌한 부탁을 쉽게 거절하지 못한다. 이레에게 부탁하는 백 과장의 태도는 무심하고 또 무례하다. 이렇게 눈치 없어 보이는 백 과장은 사실 사내 힘의 논리, 호의가 베푸는 힘의 논리를 정확하게 계산할 줄 아는 사람에 더 가깝다.

　이레에게 빌린 돈을 갚지 않고 홀연히 사라진 백 과장 때문에 오른 보증금을 내지 못하게 된 이레는 공인중개사 '방아깨'과 함께 이사할 집을 찾으러 다닌다. 방아깨은 "눈동자가 있어야 할 자리에 피부만 남"(20쪽)았지만 마치 "눈이 보이는 사람처럼 자연스"(20쪽)럽고 꼼꼼하게 방을 살핀다. 그런 방아깨을 보면서 이레는 "눈이라는 게 없어도 거기 있다고 생각하니까 보이는 것도 같았다"(24쪽)고 생각하며 희미하게 솟아오르는 청록빛의 눈을 목격하기도 한다. 눈이 사라진 자리에서 떠오르는 눈을 통해 소설은 보는 것과 보이는 것의 차이를 섬세하게 주목한다.

　어느 날 홀연히 사라진 것처럼 느닷없이 집으로 찾아온 백 과장은 빌려 간 돈을 돌려주며 자신이 왜 사라졌는지, 사라진 날에 무슨 일이 있었는지 털어놓는다. 주말마다 나가던 노숙인 배식 봉사에서 만난 노숙인 '목'이 백 과장의 집으로 찾아온 것이다. 백 과장은 그런 목에게 정성스러운 저녁을 차려주었지만, 목은 고맙다는 말도 없이 도리어 백 과장의 도시락이 "항상 맛있지는 않"(39쪽)다며 알레르기를 일으킬 수 있는 음식은 제외해달라는 부탁을 다소 뻔뻔하게 이야기한다. 이에 더해 목은 "배부르게 먹여달라고 누가 부탁했나요? 왜 바란 적도 없는 것을 해주고 감사받지 못해 안달"(42쪽)이냐고 백 과장에게 되묻는다. 노숙인 목과 백 과장의 대화 속에서 드러나는 것은 노숙인 배식 봉사 속에 감춰진 타인에 대한 백 과장의 기만과 "잘못된 곳에서 살아가고 있다"(48쪽)는 불편한 확신이다. 노숙인 봉사로도 가려지지 않는 "뭔가 잘못하고 있다는 무거운 마음"(48쪽)을 마주하게 되는 것이다. 백 과장은 세상이 호의적이지 않다는 것을 알려주기 위해 이레에게 정규직 전환이 이루어지는 일은 없을 것이라고 말하면서도 그 자신은 권력에 기대어 이레의 호의를 바라왔고, 또한 호의가 없다고 말하면서도 노숙인에게 베푸는 자신의 호의가 왜곡 없이 전달되기를 바라며 자기 효능감을 느끼는 모순적인 인물이다. 이런 백 과장의 모습을 통해서 우리는 가만히 들여다보지 않으면 쉽게 포착되지 않는 이면의 모습과 마음을 확인할 수 있게 된다.

그런데 주목할 점은 이런 모순적인 백 과장을 보며 이레는 "상대를 이해하지 않으려 순간적으로 마음의 문을 닫아버리는 나를 깨"(49쪽)닫지만 그럼에도 불구하고 백 과장의 빈약한 정수리를 보고 가슴이 먹먹해져 눈을 감아버리게 된다는 것이다. 이레 역시 백 과장과 마찬가지로 자신도 "잘못된 곳에서 살아가고 있다"는 것, "뭔가 잘못하고 있다는 마음"을 "의자 앞 통유리에 희미하게 비친, 등이 굽은 한 사람"(18쪽)을 보며 느꼈을 것이기 때문이다. 그러니 이레의 감은 눈 너머로 "눈앞이 아닌 눈 안에서 펼쳐"(51쪽)지는 또 하나의 세계는 이해하기 싫어 애써 외면했던 것을 기어코 이해하게 되고

마는 일의 다름이 아닐 것이다.

불가해한 삶의 장력

이제 새로운 안(眼)의 세계에서 발견하게 되는 안(內)의 세계는 어떤 모습일까. 새로운 눈으로 바라본 세계의 안쪽에서 김나현의 인물들이 확인하게 되는 것은 자신이 자리한 현재의 위치와 삶의 궤적이다. 이들이 돌아본 자신의 삶은 아무리 노력해도 자신이 계획한 대로 굴러가지 않는다. 때문에 전혀 예상치 못한 곳에 도착한 스스로의 모습을 확인하며, 어쩌다 이곳에 도착하게 되었는지 어리둥절한 표정으로 삶의 이면을 살핀다. 김나현이 그리는 세계의 기본값은 '노동'하는 인물들의 세계이다. 열심히 일하는 인물들이 자신의 삶을 어리둥절해하는 모습이 인상적인 이유는 이들이 노동에 따라오는 보상을 통해 자신의 삶을 계획적으로 개척해나가고자 하기 때문이다. 그러나 이들이 확인하게 되는 것은 그 무엇도 계획대로 굴러가지 않는다는 삶의 불가해함이다.

「미동」과 「앙배의 이야기」는 과거의 삶의 궤적을 따라가며 어떻게 '현재'에 이르게 되었는지 살피는 내용이라고 할 수 있다. 「미동」은 보건소에서 연락을 받은 후 자가 격리를 핑계로 열쇠를 갖고 방문을 잠가버린 이모의 삶의 조망하는데, 엄마와 할머니에 의하면 이모가 아홉 살 때도 스물세 살 때도 지금처럼 방문을 걸어 잠근 적이 있었다는 것이다. 자신의 계획대로 삶이 흘러가지 않을 때마다, 자신의 의지와 무관한 곳으로 내몰리게 될 때마다 이모는 열쇠를 갖고 방에 들어가 문을 걸어 잠근 것이다.

이번에도 우리는 이모의 목소리가 아닌 이모의 직장 동료 '박 과장'의 목소리를 통해 이모가 왜 문을 걸어 잠그게 되었는지 짐작하게 된다. 토요일 오후 박 과장의 집에서 함께 낮술을 하던 이모는 박 과장으로부터 "미선 씨를 좋아하니까 나랑 사귀자고, 아니, 실은 당장이라도 결혼하고 싶다"(160쪽)는 고백을 듣는다. 가족들에게 비혼을 선언한 미선 이모에게 미래의 삶과 계획을 공유한 이성의 상대가 있었다는 사실에 할머니와 엄마는 당장이라도 두 사람의 결혼을 허락할 것처럼 박 과장을 무한히 환대한다. 그러나 미선 이모의 취향이 "의외로 소박하지 않고 좀 화려하더라"(163쪽)는 박 과장의 말은 화기애애하던 분위기를 단숨에 냉각시킨다.

자신이 원하는 것을, 자신이 앞으로 살고 싶은 삶을 이야기했을 뿐인데 '의외로' 소박하지 않고 화려한 사람이 되는 순간, 이모는 어떤 생각이 들었을까? 자신이 계획하고 꿈꾸던 미래가 남들이 보기에는 허황된 꿈으로, 실현 불가능한 것으로 보이게 되는 순간 이모는 자신의 삶을 되돌아보기 위해 방 안으로 들어간 것이 아니었을까. 열심히 일하며 살아왔던 자신의 도착지와 계획 사이의 낙차를 이모는 어떻게 이해할 수 있을까.

「앙배의 이야기」 역시 자신의 뜻대로 흘러가지 않는 인물들의 삶을 보여준다. 소설은 새로운 제작사 면접을 보러 가는 길에 휴게소에서 '앙배'를 만나 보험을 가입하는 현재를 기점으로, '영화'라는 하나의 꿈을 위해 모인 이들의 삶이 얼마큼 다른 궤도에 놓일 수 있게 되는지 보여준다. 이들이 보여주는 삶의 의아한 지점은 영화를 그리 좋아하지 않는 '나'가 세 사람 중에서 영화라는 꿈에 가장 가까이 있다는 점에 있다. 그러나 '나'가 영화 동아리 사람들이 모두 선망하던 프로덕션에 입사할 수 있었던 이유는 포트폴리오에 앙배의 이야기를 훔쳐 시나리오 기획안을 제출했기 때문이다. '나'는 자신이 앙배의 자리를 빼앗았을지도 모른다는 죄책감으로 인해 이 모든 것을 '제자리'로 되돌려놓으려 한다. 앙배에게는 계속 시나리오를 써볼 것을 독려하면서, 프로덕션 대표에게 입사 당시 제출한 시나리오 기획안이 사실은 자신의 아이디어가 아니었다고 털어놓으며 사직서를 제출한 것이다. 그러나 당연하게도 이 역시 '나'의 계획대로 되지 않는다. 앙배는 소득 없이 시나리오 습작을 하는 연출 선배의 뒷바라지를 하는 것으로 자신의 꿈을 정리하려 하고, '나'는 "영화를 좋아해야만 할 수 있는 것은 아니"(253쪽)라는 대표의 전화를 받고 새로운 제작사의 면접을 보러 간다.

마치 삶이 끌어당기는 장력을 벗어나지 못하는 것 같은 세 사람의 모습은 앙배가 들려주는 이야기와 어딘가 닮아 있다. 앙배가 들려주는 세 편의 이야기 중 두 편은 우연히 값비싼 분실물을 만나게 되지만, 끈질기게 주인을 찾아가 결국 앙배의 것이 되지는 못하는 것으로 끝이 난다. 반면 연출 선배와의 관계는 "어떻게든 사라져버렸으면 싶어서 아무 데나 흘리고 온 것이 다시 주인을 찾아온 것"(243쪽)처럼 쉽사리 정리되지 못한다. 아무리 갖고 싶어도 손에 넣을 수 없는 것들과 아무리 잃어버리려 해도 자꾸만 주인을 찾아오는 것들 사이에서 인물들은 삶의 장력과 불가해함을 마주하게 된다.

「오늘 할 일」 속의 '선일'과 '나'의 삶 역시 계획대로 흘러가지 않기는 마찬가지이다. 선일은 새해가 되면 맡게 될 업무에 들떠 다이어리 두 권을 사 왔지만, 회사의 관행에 따라 처리한 일이 문제가 되어 사직하게 된다. 이에 선일의 다이어리에는 몇 달 전까지만 해도 전혀 예상하지 못했을 '달리기'와 '장보기' 같은 계획이 적힐 뿐이다. 그러나 선일은 예상치 못한 비행 훈련 소음 때문에 소소한 하루의 계획마저 제대로 지키지 못한다. 커리어나 대출 상환, 결혼 생활 같은 커다란 계획뿐만이 아닌 '하루' 단위의 계획도 내 마음처럼 되지 않는 현실 속에서 겨우 내 마음대로 '바닐라라테' 한 잔을 사 마실 수 있을 뿐이다. 너무 많은 변수와 그것을 도무지 피할 길 없는 상황 속에서, 오늘의 할 일을 계획하면서도 그것을 지킬 수 있을 것이라는 확신보다 지키지 못할지도 모른다는 불안이 더 큰 와중에도, 이들은 성실하게 다이어리 쓰기를 멈추지 않는다. 지금과 다른 상황을 위해서는 어떤 것을 선택해야 했는지 답을 알 수 없는 질문만 존재하는 상황 속에서 그럼에도 불구하고 '오늘 할 일'을 계획하는 일은 이해할 수 없는 삶의 공백을 채워보려는, 나의 하루를 조금이라도 내 쪽으로 끌어당겨 오려는 노력의 다름이 아닐 것이다.

상실과 구멍의 발현

김나현의 소설에서 또 하나 두드러지는 것은 상실과 구멍에 대한 상상력이다. 표제작이기도 한 「래빗 인 더 홀」은 비인간 화자 토끼 '몽이'의 시선으로 상실 이후의 삶을 그려나간다. 몽이에게는 전 주인과의 이별, 그리고 유치원 사육장에서 함께 살던 '망이'와의 이별 경험이 있고, 유치원 관리인 '보해' 역시 사고로 이모를 잃은 경험이 있다. 그런 몽이는 "나는 이제껏 제대로 이별하는 행운을 가져본 적이 없었다. 헤어질 수밖에 없다면, 망이를 다시 만나 반듯하게 마음의 준비를 하고 떠나보내고 싶었다"(112쪽)고 말한다. 그러던 와중에 몽이는 보해의 방 벽에 존재하는 '홀'이 망이를 삼켜버렸다는 사실을 알게 된다. 다른 토끼에게 자신의 아픈 모습을 보이고 싶지 않았던 망이가 자신을 삼켜달라고 홀에게 부탁했다는 것이다. 그리고 방의 주인 보해 역시 홀에게 자신을 삼켜 이 제는 편안하게 만들어달라고 애원했다는 것이다.

어느 날 보해는 방으로 찾아온 남자와 이모의 죽음에 대한 대화를 나눈다. "그건 실수야." "누가 실수한 건데?" "물의 실 수……."(120쪽) 그러나 물은 실수할 수 없다. 공식적으로 누 구의 실수인지 아무도 확언할 수 없는 상황 속에서 보해는 상 실의 아픔과 함께 영원히 답을 내릴 수 없는 질문을 만나게 된다. 도대체 누구의 실수인지, 어디서부터 잘못된 것인지 알 수 없는 의문과 죄책감에서 좀처럼 벗어날 수 없는 것이다. 보해의 상실이 끝없는 질문과의 대면이라면, 몽이의 상실은 아픈 모습을 보여주지 않기 위해 홀연히 사라지는 마음과 다 시 그를 만나 반듯하게 이별하고 싶은 두 마음 사이의 간극을 헤아리는 일이다. 그런데 과연 홀은 상실을 가운데 두고 충돌 하는 마음들을 정리하고, 소리 없이 떠다니는 질문들과 죄책 감으로부터 해방될 수 있는 곳일까. 몽이가 갉아 먹어 없앤 보해의 고통은 홀 속으로 들어가 몽이와 함께 사라질 수 있는 것일까. 어쩌면 홀 속에서 또 다른 상실과 마주하게 되는 것 은 아닐까.

「래빗 인 더 홀」이 그리는 것이 예고 없는 상실이었다면 「로쿰」이 그리고 있는 이별은 "반듯하게 마음의 준비를 하고 떠나보내"(112쪽)는 죽음이다. 어느 날 원인 불명의 고통을 호소하던 '안'에게 가슴에 구멍이 생기기는 '소멸'이 발현된다. 구멍이 점점 커져감에 따라 '안'과의 기억들은 점점 사라지게 되고, '나'는 사라지는 '안'을 잊지 않기 위해 그와의 기억을 노트에 옮겨 적으며 "기억은 소멸되지 않는다. 기억은 가라앉은 채 남아 있다"(246쪽)는 가설을 세운다. '안'과의 이별을 준비하며 '나'는 "내가 하지 않고 지나쳐버린 일들이 떠오를 때면 과거로 돌아가 그 일을 다시 해내는 사람이 되고 싶었다"(180쪽)고 생각한다. 그런 '나'에게 '안'은 소멸되기 전 "너는 이미 해냈어, 몇 번이나. 상상 속에서 아기의 모자를 다시 씌워주었"(209쪽)다는 말을 전한다. 실제로 그것을 행하지 않더라도 상상 속으로, 마음속으로 아기의 모자를 씌워주는 것만으로도 충분하다는 '안'의 말은 이별을 앞둔 상황에서 더욱 심상하게 들린다. '안'과 함께 먹었던 튀르키예식 디저트의 진짜 이름이 '로쿰'이라는 것을 떠올리는 것만으로도 '나'는 깊은 곳에 가라앉아 있던 '안'과의 삶을 '지금'으로 불러오는 것이 아닐까. 그와 함께 공유했던 삶의 요소들이 존재하는 한 모종의 이유로 가슴에 구멍이 난 '안'의 삶과 상처, 기쁨과 슬픔, 어쩌면 그의 소멸까지도 부재의 방식으로 존재할 수 있게 되는 것은 아닐까.

완전히 열리지도, 완전히 닫히지도 않는 삶의 가능성

마지막 작품인 「꿈의 책의 꿈」은 현실과 꿈이 계속해서 교차하고 이어지는 과감한 상상력을 보여준다. 이를테면 카레를 좋아하는 소설가와의 연애가 한쪽 삶에서는 현실이지만, 다른 쪽 삶에서는 꿈이 되어버린다. 꿈과 현실이 기묘하게 뒤얽히는 가운데 주목할 점은 꿈과 현실 사이의 불가항력적인 힘에 이끌려 현실과 꿈을 부지런히 오가면서 자신이 살아보지 못했던 삶의 가능성들을 경험하게 된다는 것이다. 꿈이 멈추는 지점도, 꿈이 멈춘 지점에서 다시 시작되는 현실도 어느 것 하나 자신의 의지대로 움직일 수 있는 것이 없지만, 이 과정 속에서 자신이 살아보지 못한 또 다른 삶뿐만이 아니라 소설가 애인과 '이규'의 삶까지 동시에 경험할 수 있게 된다. 어쩌면 우리는 소설이 보여주는 기묘한 현실과 꿈의 교차를 불가해하고 불가항력적인 삶의 장력을 견디는 방법으로 읽어볼 수도 있지 않을까.

김나현의 소설에는 수수께끼 같은 부분이 하나씩 존재한다. 아무리 읽어도 여전히 물음표로 남는 구석이, 책을 덮을 때까지 어리둥절하게 바라봐야 하는 부분이 있는 것이다. 그러나 수수께끼의 답을 찾지 못했다고 상심할 필요는 없다. 아무리 노력해도 수수께끼는 존재한다는 것, 삶의 모든 질문에 답을 내릴 수는 없다는 사실이 작가가 세계를 바라보고 이해하는 핵심이기 때문이다. 덕분에 우리는 아무리 노력해도 삶의 어느 부분은 여전히 불가해할 수밖에 없다는 간단하고도 중요한 사실을 김나현의 소설을 읽으며 다시 한번 확인하게 된다.

그러나 아무리 노력해도 나의 의도와 의지대로 삶이 흘러가지 않는다는 것은, 삶의 구석구석을 이해할 수 없다는 사실은 허무함을 느끼게 만들 위험이 있다. 그러나 김나현의 소설은 이러한 진실을 전하면서도 허무주의로 기울지 않는다. 왜냐하면 김나현이 그리고 있는 세계는 계획대로 흘러가지 않는 바로 그 지점에서 새로운 가능성이 열리기 때문이다. 누군가와 함께한 기억이 소멸해도 그와 함께 먹었던 로쿰의 맛까지는 잊지 않는 세계, 지키지 못할 계획을 매일 다이어리에 적어보는 세계, 한쪽의 꿈이 닫히면 또 다른 쪽의 현실이 활짝 열리는 세계이기 때문이다. 그렇기에 이 세계 속의 사람들은 상실의 슬픔과 죄책감이 아무리 무거워도, 이해하고 싶지 않은 사실과 사람을 기어코 이해하게 되어도, 풀 수 없는 수수께끼를 담담하고 침착하게 바라보며 삶의 국면마다 발견하게 되는 또 다른 수수께끼를 마주하는 것을 주저하거나 멈추지 않는다. 이것이 김나현의 소설이 우리에게 전하는 성실한 수수께끼의 미학이다.

  스무 살 이후로 언제나 소설가가 되고 싶었다. 등단이란 타
이틀도 중요했지만, 나에게 소설가는 자기 이름이 새겨진 한
권의 소설집을 가진 사람이었고, 그래서 그런 사람들이 오랫
동안 부러웠다.

  이제 나도 한 권의 소설집을 가진 사람이 되었다. 그래서
기쁜가? 물으면 기쁘다고 해야겠지만 아직은 실감이 나지 않
는다. 오래 바라던 꿈은 현실이 되어도 현실 같지 않다고 해
야 할까.

  소설집에 들어갈 단편을 다시 읽으면서 알게 된 것이 있다.
내가 소설을 통해 지난 시간을 기억하는 사람이 되었다는 것
이다. 소설을 한 편 한 편 읽을 때마다 그 소설을 쓰던 당시의
일들이 떠올랐다.

실린 소설 중 가장 오래된 건 2016년 여름에 쓴 「꿈의 책의 꿈」이다. 올해를 기준으로 칠 년 전에 쓴 소설이다. 그때는 일도 하지 않고 사람도 별로 만나지 않았다. 매일 지칠 만큼 걷다가 도서관 서가에서 빈둥거렸고 아주 조금씩 소설을 썼다. 그해 여름, 우레탄이 깔린 산책로를 이백 바퀴쯤 돌았을 것이다. 그렇게 잔잔한 시간 속에서 쓰인 소설이 일종의 분기점이 되었다. 그때까지 쓴 것 중 가장 마음에 드는 소설이었다. 언제가 되더라도 반드시 소설집에 싣겠다고 다짐했다.

그로부터 사 년이 지난 2020년 가을, 「안의 세계」를 썼다. 그때는 회사에 다녔다. 동시에 해치워야 할 크고 작은 프로젝트가 여섯 개 정도 되었다. 집에 돌아오면 영혼이 사라진 기분이 들 만큼 지쳐 있었다. 그래도 책상에 앉아 사십오 분 스톱워치를 맞춰놓고 썼다. 소설은 가을의 끝자락에 마무리되었다. 마지막 문장을 썼을 때 이제 됐다, 이제 됐어, 그런 말이 입에 맴돌았다. 소설을 쓰고나서 조금도 아쉽지 않았다. 당시 내가 쓸 수 있는 최선을 쓴 것 같았다. 「안의 세계」는 나를 등단하게 해주었다.

「미동」 「앙배의 이야기」 「래빗 인 더 홀」 「오늘 할 일」은 2022년 한 해 동안 발표한 소설들이다. 사이좋게 계절을 나눠 봄, 여름, 가을, 겨울에 각각 발표했다. 이틀 만에 써내고 스스로도 놀랐던 「미동」, 군산에 다녀온 후 여러 번 엎어가며 완성한 「앙배의 이야기」, 제목이 먼저 떠올라 홀린 듯 쓰기 시작한 「래빗 인 더 홀」, 십수 년 만에 대학원에 돌아가 존경하는 선생님의 수업을 들으며 썼던 「오늘 할 일」. 그리고 미발표작 중 「로쿰」은 남자 친구에게 선물받은 튀르키예 전통 디저트를 먹다가 써 내려간 소설이다.

 등단하기 전을 습작기라고 부른다면, 나는 습작기가 꽤 길었던 편이다. 등단 소식을 주위에 전했을 때 어떻게 지금까지 쓰고 있었냐는 말을 듣기도 했다. 새삼 나도 그런 의문이 들었다. 어떻게 쓰고 있었을까? 소설집을 만들기 위해 그동안 쓴 소설들을 반복해 읽으며 서서히 깨달았다. 나는 늘 내가 쓸 소설이 궁금했던 것이다. 하나를 끝내면 다음 하나가 올 것이고, 써보기 전에는 알 수 없는 미지여서 그것을 보고 싶은 열망이 나를 책상 앞으로 이끌었다. 가능하다면 앞으로도 그렇게 쓰고 싶다. 내가 나의 소설을 궁금해하면서, 아직 오지 않은 소설을 성실하게 발굴해보고 싶다.

*

 자음과모음을 통해 등단하고 첫 소설집도 출간하게 되었다. 자음과모음이 없었다면 지금의 작가 생활도 없었을 것이다. 무척 고마운 곳이다. 첫 소설집을 담당해주신 박진혜 차장님, 추천사를 써주신 정한아 작가님, 해설을 맡아주신 민선혜 평론가님께도 감사드린다. 소설은 혼자 쓰더라도, 책으로 묶여 나오는 과정에는 여러 사람의 정성이 깃든다는 걸 다시금 깨달았다. 소설을 쓰고나서 아무에게도 보여주지 않던 시절도 있었지만, 소설의 존재와 가능성은 읽어주는 사람을 통해 더욱 넓어진다는 것을 이제는 안다. 그렇기에 이 책의 독자에게 깊은 감사를 전하며, 우리의 존재와 가능성이 함께 넓어지기를 바란다.

안의 세계로 한 발 나아가며

2023년 가을

김나현

수록 작품 발표 지면

안의 세계
『자음과모음』 2021년 여름호

오늘 할 일
『문학들』 2022년 겨울호

래빗 인 더 홀
웹진 『비유』 2022년 11월호

미동
『에픽』 #07 (2022년)

양배의 이야기
『자음과모음』 2022년 여름호

래빗 인 더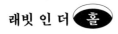

© 김나현, 2023

초판 1쇄 인쇄일 2023년 11월 21일
초판 1쇄 발행일 2023년 12월 5일

지은이   김나현
펴낸이   정은영
편집   박진혜 박서령
디자인   박정은
마케팅   이언영 연병선 한정우 윤선애 최문실
제작   홍동근

펴낸곳   (주)자음과모음
출판등록 2001년 11월 28일 제2001-000259호
주소   10881 경기도 파주시 회동길 325-20
전화   편집부 02) 324-2347, 경영지원부 02) 325-6047
팩스   편집부 02) 324-2348, 경영지원부 02) 2648-1311
이메일   munhak@jamobook.com

ISBN 978-89-544-4980-9 (03810)